Stefan Sprang

Fred Kemper und die Magie des Jazz

Das Buch ist mit dem Arbeitsstipendium des Landes Nordrhein-Westfalen 2011 gefördert worden.

© Bücher vonne Ruhr
Verlag Henselowsky Boschmann
Gerichtsstraße 1, 46236 Bottrop
E-Mail: post@vonneruhr.de
www.vonneruhr.de
1. Auflage 2011
ISBN 978-3-942094-16-0
Herstellung: Westermann Druck Zwickau GmbH
Umschlag: Ilse Straeter
Autorenfoto: Peter Schiborr

Stefan Sprang

Fred Kemper und die Magie des Jazz

Roman

Es gibt keine falschen Noten.
Charles Mingus

Wenn du nichts in deinem Kopf hörst,
dann spiel nicht.
Miles Davis

Musik ist deine eigene Erfahrung,
deine Gedanken, deine Weisheit.
Wenn du es nicht lebst,
kommt es nicht aus deinem Horn.
Charlie Parker

Ich singe einen Song
nie zweimal auf die gleiche Weise.
Billie Holiday

Jazz ist Zärtlichkeit und große Gewalt
Gertrude Stein

 Henselowsky
Boschmann

Für meine Eltern, meine Freunde und die einzigartigen Musiker, die jene Musik gemacht haben und machen, die ich so liebe – und: für jenen Ort, von dem ich stamme, diesen Platz, zu dem ich gehöre.

Der Wind konnte das: Er änderte seine Richtung an einem der letzten Spätsommernachmittage einfach so, spielend leicht und unbeugsam. Denn er konnte tun, was er wollte, seit er eines Tages aufgetaucht war über dem Land. Die aufsteigenden Gase und Dämpfe der Kokerei schob er kurzerhand ein paar Grad weiter nach Norden. Viele Bewohner der Siedlung atmeten auf – nicht Fred Kemper. Er mochte den schwefeligen Geruch, das herbe, manchmal beißende Aroma, mit dem er groß geworden war. Der Geruch gehörte hierhin, so, wie jeder und alles irgendwo hingehörte.

Fred mochte es auch, stundenlang auf seinem Lieblingsplatz zu hocken. Ein morscher Baumstumpf war das rechts hinter der kleinen Steinmetz-Werkstatt. Sie gehörte zu dem Friedhof auf dem Hügel jenseits der Straße. Von hier aus hatte man die beste Sicht auf die hünenhaften Gebäude aus rotem Backstein und die zahllosen Förderbänder, die immer höher hinaufführten auf ihren Metallstelzen. Sie fütterten ihm unbekannte und unersättliche Maschinerien. Er sah sechs in akkurater Linie aufgereihte himmelhohe Schlote, sah dicke Kegel, aus denen speckige weiße Wolken aufstiegen, und erkannte in der Ferne mit geschärftem Blick kleinere Rohre. Durch die fackelten die Arbeiter das überflüssige Gas ab.

»So ungefähr haben die Drachen Feuer gespuckt, als sie hier gelebt haben, vor vielen Millionen Jahren oder noch ein bisschen mehr.«

Das hatte Albert Kemper seinem Sohn erklärt, damals, als Fred noch ein kleiner Junge war. Gequengelt hatte er, wenn seine Eltern ihn weiterziehen wollten, weg von dieser Stelle auf dem Weg zwischen Bushaltestelle und ihrem Zuhause. Nicht preisgeben wollte er seinen Platz mit dem unverstellten Blick auf die Kokerei. Fred wollte sehen, wie die Drachen Feuer speien. Und immer wieder folgten seine Augen den Schienensträngen, die nebeneinander einen weiten Bogen um das Gelände machten und sich dann auffächerten neben den Kohlehalden. Immer wieder versuchte er sich vorzustellen, aus welchen fernen Gegenden der Rohstoff für die geheimnisvollen Prozeduren herangefahren wurde. Und er malte sich aus, in welche sagenhaft exotischen Länder das Ergebnis schließlich auf die Reise ging in nicht enden wollenden Zügen.

Wenn es Abend wurde an einem klaren Herbsttag, dann verlor Fred sich endgültig in dem Ausblick: Zimtfarben färbte sich der Streifen über dem Horizont, davor die Silhouetten der miteinander verwobenen Werksanlagen wurden grau, wurden dunkler, wurden schwarz. Umso strahlender flatterten die zierlichen Fackeln im Wind. Und über allem kühlte der Himmel aus in ein frostiges Blau, um immer noch mehr preiszugeben von der letzten Wärme und dem Licht des Tages – bis die Nacht alles überwältigt zu haben schien. Aber jenen Moment, wenn die Lichter der Kokerei dagegenhielten, wenn sie sich zusammenschlossen zu einem Heiligenschein, der seinen Glanz zu holen schien aus der ewigen Hitze in Öfen und Kesseln, diesen Augenblick hatte Fred noch nicht oft miterleben können, auch wenn er in diesem Spätsommer 1967 vierzehn Jahre alt werden sollte. Er musste pünktlich ins Bett.

Fred kam vom Fußballplatz. Rotblond glänzte sein Haarschopf in der Nachmittagssonne, rot hing Staub an seinen Schuhen, hatte sich in den Wülsten der heruntergerollten Kniestrümpfe gefangen. Die nackten Beine waren schmutzig, an einigen Stellen klebte getrocknetes Blut. Mama würde sich erst aufregen und dann ängstigen. Sie war Krankenschwester. Blut und Asche, für sie war das eine in jedem Fall Krankheiten verursachende Mischung. Dabei hatte Fred alles richtig machen wollen. Er hatte zum Ausfallschritt angesetzt, war mit dem rechten Fuß ausgerutscht und auf der mit harten Bröckchen durchsetzten Schlacke gelandet. Provozierend langsam kullerte der braune Ball an ihm vorbei in das Tor aus Blechrohren. Seine beiden Mitspieler hatten ihn beschimpft. Sie taten das immer: Kein guter Torwart war er, obwohl er der Größte auf dem Platz war mit den längsten Armen. Fred war zu langsam, zu ungelenk und am Ende zu feige, um dem Ball entschlossen entgegenzugehen. Die drei vom gegnerischen Team lachten. Am Ende hatten sie sich alle verabredet, morgen wieder hierher zu kommen. Das gute Wetter musste noch einmal für eine Revanche genutzt werden.

Fred hatte die Abkürzung über den Friedhof genommen. Prächtige Kastanien, Hainbuchen und einige andere Arten, die er nicht benennen konnte, bildeten einen kleinen Wald. Er lief vorbei am stets mit frischen Nelken geschmückten Ehrengrab eines Bürgermeisters aus längst vergangenen Zeiten, holte weiteren Schwung, flitzte die aus brüchigen Ziegeln gemauerte Treppe herunter, zwei Stufen auf einmal nehmend, überquerte die Straße mit großen Schritten ohne links und rechts zu schauen. Selten kam ein Auto vorbei. Auf der anderen Seite bog er ab auf den Trampelpfad, rannte den Hang hinunter. Früher, hatte sein Vater ihm erklärt, hatten hier Häuser gestanden und Familien gewohnt, die nicht viel anders waren als Freds Familie. Jetzt gab es nur noch Brachland, überwuchert von wilden Sträuchern, von Schafgarben, Schachtelhalmen und Königskerzen. Kleine Birken wuchsen hier, namenloses Unkraut schoss daneben aus dem Boden, auf die unzähligen Brennnesseln musste man achtgeben. Und, das hatte Mutter ihm eingeschärft: »Steck dir niemals was vom Goldregen in den Mund, da stirbst du dran!«

Hier und da war ein Streifen oder Stück kahl geblieben, weil dort zu viele Steine und Trümmer lagen. Hier steckten manchmal bunte Scherben in der Erde, die der Regen allmählich herausgewaschen hatte, zerbrochener Hausrat aus einer Küche, die lange vor Freds Geburt von einer Fliegerbombe zertrümmert worden war. Seltsam verbogene und verrostete Metallteile konnte man entdecken, wenn man sich durch das Unterholz kämpfte auf der Suche nach Brombeeren. Gab es Regen, dann krochen fette rote nackte Schnecken über den Pfad. Er musste dann aufpassen, nicht auf einen der schleimigen Leiber zu treten. Ihm war es egal, aber seine Mutter ekelte sich gewaltig, wenn Schneckenpudding unter seinen Sohlen klebte.

Bald würde es öfter regnen, Fred spürte, dass der Sommer zu Ende ging. Die Sonne stand tiefer am Himmel, schneller erschöpfte sich ihre Wärme. Wenn die Abenddämmerung kam, roch es plötzlich nach welkendem Grün und feuchter

Erde. Fred mochte den Herbst, wenn der, wie die Erwachsenen sagten, »golden« wurde. Im Herbst konnte man Gedanken nachgehen, die stiller waren und bedeutender als die freundlichen Sommergedanken, die alle hatten und denen man sich immerzu anschließen sollte. In der kühlen Ruhe des Herbstes konnte Fred einem Gefühl nachgeben, das ihn zögern und zaudern ließ und manchmal aus der Welt fallen. Alles, was er tat, fiel ihm dann schwerer als gewöhnlich, aber das fand er nicht schlimm, denn da schwang immer auch eine Hoffnung mit. Die war wie eine kleine alte Tasche, die man bei sich trug, um sie im entscheidenden Moment zu öffnen.

Fred schlenderte jetzt noch langsamer, die Hände tief in den Taschen seiner kurzen Hose. Er wollte noch nicht wieder ankommen, daheim bei seinen Eltern und seinem kleinen Bruder in dem Reihenhaus im modernen Teil der Siedlung. Darum machte er einen Abstecher über den Weg, der hinter den Häusern der Kolonie entlangführte. Die Erde unter den alten Mauern bewegte sich immer öfter, wenn aufgelassene Bergwerksschächte einbrachen. Dann gab es Risse, die sich wie erstarrte Blitze durch die Fassaden zogen, manchmal so breit wie sein Daumen. Aus dem Lot geraten, hingen manchmal Fenster und Türen in den Wänden. Die Leute, die im Erdgeschoss wohnten, nahmen meist den Hintereingang. Sie kamen über die kleinen Höfe zwischen den Anbauten, die von den Haupthäusern abgingen. Darin befanden sich die Küche, in die man gleich durch den Eingang kam, ein winziges Bad und eine Abstellkammer.

Auf der anderen Seite des Weges hinter den Hecken waren früher Gärten gehegt und gepflegt worden mit Gemüsebeeten, mit Kohl und Möhren, mit Rhabarber und Kräuterrabatten und einigen schief gezimmerten Hasenställen. Sein Vater hatte ihm all das immer wieder in seinen seltenen Gutenachtgeschichten beschrieben.

Jetzt gab es dort keine Gärten mehr, nur noch einen langen breiten Streifen wie eine Flugplatz-Landebahn: mit lauter Teppichstangen, die präzise ausgerichtet Tor um Tor um Tor hintereinanderstanden. Dazwischen hingen hier und da

Wäscheleinen. Den Boden hatte man mit der allgegenwärtigen roten Asche befestigt. Fred streunte gerne hier herum. Wenn die Fenster offen standen, konnte man Streitereien zwischen Ehepaaren verfolgen, man hörte, wie Mütter ihre kleinen Kinder vor der heißen Herdplatte warnten. Und man konnte in Riechweite der Küchentüren versuchen zu raten, welcher Eintopf abends auf den Tisch kam: Kartoffelsuppe oder Graupen, Erbsen oder Linsen. Dann musste Fred immer aufpassen, nicht entdeckt zu werden. Denn er war ein Spion, der sich anschleichen und möglichst lange unentdeckt bleiben wollte, ein Zuhörer, der Geheimnis um Geheimnis enthüllte. Aber im Moment war es still, kein Abenteuer bahnte sich an. Unschlüssig schaute er auf die Uhr, es war kurz nach fünf; erst um sechs brachte Mutter das Abendessen auf den Tisch, um sieben musste sein kleiner Bruder Wolfi ins Bett.

Plötzlich gab es einen Knall. Vorne auf der Straße startete ein Wagen mit einer Fehlzündung und knatterte langsam davon. Aber da war noch ein Nachhall, der nicht zu einem Auto passte. Da schwang noch etwas anderes mit in der Luft, da waren Klänge, die nicht von allzu weit herkamen. Fred konnte es nicht deuten: Es schien ein Tröten und Tuten zu sein, so etwas wie Blasmusik, aber unbeschreiblich viel langsamer und wohlklingender als das, was er beim Sommerfest der Firma gehört hatte, für die sein Vater arbeitete. Dort war eine Kapelle in Uniformen angetreten, ein Spielmannszug mit Trompeten und Posaunen und großen Trommeln.

Jetzt aber war es, als spielte jemand eine Schallplatte auf der falschen Geschwindigkeit ab, ohne dass es falsch klang. Fred hörte genauer, drehte den Kopf, damit seine Ohren die Schallwellen besser einfangen konnten. Er ließ sich anlocken, ein Tier, das aus größter Entfernung etwas erlauscht hat, das Beute sein könnte. Fred hörte einen hohen hellen Ton, der ansatzlos tiefer wurde und wieder höher, der auf und ab schwang ohne Pause, mal lauter und mal leiser wurde. Es konnte eine Trompete sein, aber die klang anders, greller und lauter. Fred glaubte eine Stimme zu hören. Aber es war kein Gesang, er hörte keine existierenden Worte, da sang niemand in diesem

Lied. Und während er gebannt zuhörte, segelte der kristallklare und doch so warme Ton davon wie ein trockenes Blatt, es war kaum noch etwas zu vernehmen. Aber bevor es ganz still wurde, übernahm ein Klavierspieler. Der ließ viele Töne hintereinanderrieseln, herauf und herab, es klang freundlich und einladend wie das Perlen eines Baches. Dann setzte wieder mit Macht jene gläserne Stimme ein. Jemand erzählte etwas, der nie sprechen gelernt hatte und nur murmeln und seufzen konnte. Fred staunte. Er folgte der Musik, ging schneller, als könnte er etwas verpassen, was sich in seinem Leben nie wieder ereignen würde.

Als er in den nächstgelegenen Hof einbog, erkannte er, woher die Musik kam. Aus einem geöffneten Fenster, hinter dem ein Schallplattenspieler laut aufgedreht lief. Jetzt, da er viel näher war, konnte Fred manchmal ein Knacken zwischen den Tönen hören.

Das Lied, das ihn angezogen hatte, war zu Ende, aber es würde weitergehen, ganz bestimmt würde es das. Denn er hörte das Kratzen einer Plattenspielernadel, die unaufhaltsam in das nächste Stück gezogen wurde in jener Rille mit den winzigen Gebirgszügen, die sie zum Schwingen brachten. Und ohne darüber nachzudenken, ob er es einfach so tun durfte, setzte er sich auf die Treppe und lauschte auf das, was aus dem Fenster herauskam und ihn noch mehr verwirrte.

Ein neues Lied begann, aber Fred erkannte keine Melodie. Das blecherne Instrument begann mit einem tiefen Ton, der zu einem langen Seufzer anstieg; im Hintergrund begann es zu klirren, der metallene Teil von einem Schlagzeug. Auch das Klavier war zu hören und noch ein Instrument. Es schien, als kreisten alle eigensinnig umeinander und einen unsichtbaren Punkt. Fred sah Pferde vor sich auf der Galopprennbahn, auf die er ab und an mit seinem Vater ging. Wie sie durcheinanderliefen und sich aufbäumen wollten an den Zügeln der Betreuer, die sie schließlich in die engen Startboxen bugsierten. Aber in dieser Unordnung schien es niemanden zu geben, der die Zügel hielt, niemanden, der den Anfang machen und loslaufen wollte. Das Hauptinstrument quietschte ganz leicht,

10

fing sich wieder, der Schlagzeugmann wirbelte nervös auf seiner Trommel, doch es gab keinen Rhythmus, zu dem man mit den Fingern hätte schnippen können. Alles klang schräg, aber nicht falsch – und dann, von einer Sekunde auf die andere fügte sich plötzlich alles zusammen. Eine Melodie hob an, alle Töne flossen ineinander, das Schlagzeug raschelte, der Mann mit dem Blasinstrument begann zu spielen, wieder erzählte er etwas mit einer hohen Stimme, zögernd und immer wieder stotternd. Aber kaum, dass sein Spiel klar und deutlich geworden war, geriet schon wieder alles aus den Fugen.

Fred verstand nicht, was da passierte. Diese Musik war anders als die Geschichten in seinem Deutschbuch oder die Bilder, die im Wohnzimmer an der Wand hingen. Die Bilder waren gemalt nach etwas, das Fred kannte. Die Geschichten kamen aus der Welt, die ihm vertraut war. Aber was bedeutete diese Musik, welcher Sinn steckte darin? Freds Gedanken schweiften ab bis zu jener Stelle in der Melodie, die ihn nicht mehr loslassen wollte. Der Hauptton schraubte sich plötzlich hinunter ins Bodenlose, dehnte sich aus in dem Zimmer, im Hof und weit darüber hinaus mit einer fließenden Strahlkraft, die nichts aufhalten konnte. Und doch blieb dieser Ton so sanft, wurde ein magisches Flüstern, das sich verlor in der Spätsommerluft. Aber nach einer endlos kurzen Pause erhob sich die Stimme wieder mit einem glashellen Ausruf.

In diesem Moment zuckte Fred zusammen: Durch alle Nerven lief ein wohliger Schauer von seinem Kopf bis in die Zehen hinab. Die winzigen Muskeln auf seiner Haut zogen sich zusammen. Er bekam eine Gänsehaut, so wie manchmal, wenn er erhitzt vom Fußballspiel plötzlich in den Schatten der Bäume lief. Aber was hatte jetzt dieses Erzittern ausgelöst und jenen Kitzel? Fred wollte das Gefühl noch einmal erleben, doch das Spiel der Musiker wurde wieder nervöser.

Und dann begriff er, was die Musiker da taten. Zusammen erzählten sie in ihrer Sprache eine Geschichte, die traurig war und vielleicht in einem September wie diesem stattgefunden hatte. Alle schienen die Geschichte zu kennen. Es war, als hätten die Musiker sie jeder selbst erlebt; vielleicht eine

Geschichte, in der jemand etwas verloren hatte und verzweifelt versuchte, es wiederzufinden: diesen schönen Schauer, der einen durchrieselte wie ein lichtloser Blitz aus heiterem Himmel. Aber da war noch etwas anderes, das Fred nur ahnen konnte. Indem sie die Geschichte erzählten, wie sie sie erzählten, nahmen sie ihr die Traurigkeit und machten etwas Schönes daraus: Musik, die für eine gewisse Zeitspanne alles anders erscheinen ließ. Alle Schwermut verschwand wie von jenem unbeugsam verspielten Wind davongeschoben.

»Na, Sportsfreund! Willst du auf Mittelstädts kaltem Treppchen eine heiße Blasenentzündung ausbrüten. Du spekulierst auf schulfrei spätestens ab übermorgen. Ist das richtig? Oder stimmt das?«

Aufgescheucht wie ein kleines Tier, das sich zu weit vorgewagt hatte auf gefährliches Gelände, schaute Fred hoch. Er erkannte den Mann, der riesengroß im Fensterrahmen lehnte: Paul Mittelstädt. Ihm gehörte der Laden mit Radio- und Fernsehgeräten bei der Bushaltestelle am Marktplatz. Letztes Jahr hatte Fred seinen Vater begleitet, um den neuen Fernsehapparat auszusuchen. Der Inhaber hatte ihn eingeschüchtert. Zur Begrüßung hatte er ihm eine tellergroße Hand entgegengestreckt. Fred war schon hochgewachsen für sein Alter. Aber der Ladenbesitzer war mindestens zwei Meter groß und so breit, dass er kaum durch seine Tür passte. Seine Haare und sein Vollbart waren vollständig weiß. Das hatte Fred fasziniert, denn der Mann schien trotzdem alterslos zu sein. Er konnte vierzig sein oder sechzig, seine Augen strahlten, und er konnte reden, ohne jemals Luft zu holen.

»Tut mir leid, ich wollte nicht, wollte nicht lauschen.«

»Das sagen alle«, antwortete der Riese, riss den Mund auf und lachte dröhnend.

Fred starrte auf eine immense Zahnlücke in dem Gesicht über ihm, überlegte, was er tun sollte, weglaufen oder etwas sagen, aber Mittelstädt begann aufs Neue:

»Das kenne ich doch. Niemand hat die Absicht, eine Mauer zu bauen, niemand will, dass die Blätter am Mekong von den Bäumen rieseln, und du willst das pure Nichts auf meinem

Treppchen. Ich sehe dir an, du bist nicht grundlos hier gestrandet, mein junger Odysseus. Wozu bin ich ein vieräugiger Riese?«

Fred begriff nicht.

»Na, vier Augen, zwei eigene und zwei dank meiner nagelneuen Brille.«

Jetzt verstand Fred die Anspielung, lächelte ein wenig und fasste Mut für die Frage, die er unbedingt stellten musste:

»Was ist das, was Sie da hören?«

»Na, Musik.«

»Schon klar.«

Fred klang auf einmal selbstbewusst. Er war schon zu erwachsen für Spielchen, bei denen man die Unbeholfenheit von Kindern ausnutzte.

Mittelstädt lachte. »Ich bitte um Verzeihung, denn deiner spotten will ich ja nun nicht, bin zwar ein schräger Vogel, aber keine Spottdrossel. Jazz haben Sie zu hören geruht. J – A – Z – Z. Wie immer du's aussprechen magst. Gespielt vom einmaligen und unvergleichlichen Mister John Coltrane! Übrigens geboren in Hamlet, aber nicht dem von Shakespeare.«

»Wer ist das denn, ein Engländer?«

»In der Tat: Shakespeare ein Engländer, Hamlet ein Däne und Mister Coltrane ein Amerikaner, aber einer von den guten. Außen so schwarz wie die Nacht, innen drin mit 'ner Seele rein und weiß, die im Dunkeln leuchtet. Leider hat der göttliche Bandleader ihn im letzten Juli ein neues Engagement verpasst, eins für die Ewigkeit. John bläst jetzt in der großen All-Star-Band im Jenseits sein Saxophon. Dagegen sind die Trompeter von Jericho Chorknäblein.«

»Ein Saxophon war das. Und wie hieß das Lied, das sie gespielt haben? Das vorletzte, meine ich.«

You Don't Know What Love Is.

»… 'til you've learned the meaning of the blues«. Fred Kemper wollte die Melodie hören. Mit wilder Wut auf sich und seine Vergesslichkeit versuchte er sich zu erinnern: an den Chorus, die Harmonien. Aber es blieb still in seinem Kopf. Nur die Zeilen des Songtextes konnte er vor seinem inneren Auge aufrufen, als hätte ein Tumor all jene Areale in seinem Gehirn gelähmt, die für Musik zuständig waren. Sie brannte und schmerzte, sie war absurd, diese innere Taubheit.

Sein Gehör war nie ein absolutes gewesen, aber es hatte ihm nie Mühe gemacht, Plattenaufnahmen genau nachzuspielen. So hatte er begonnen. Aber irgendwann hatte er diese Fähigkeit Stück für Stück verloren, irgendwann hatte sie begonnen: diese Tonlosigkeit. Und jetzt konnte er sie nicht mehr hören, diese Musik, die er damals mit jeder Zelle seines Körpers absorbiert hatte. Die sein Traum geworden war, sein Thema, das er umkreiste, durchpflügte, verfluchte und, das hatte er sich geschworen, nie hatte loslassen wollen.

Bis du eine Liebe geliebt hast, die du verlieren musst …
You don't know how lips hurt
Until you've kissed and had to pay the the cost
Until you've flipped your heart
and you have lost …

Fred ließ den Daumen über das dunkle Rädchen eines Werbefeuerzeugs gleiten, aber die Flamme entzündete sich nicht, es gab nur einen blassen Funken, der sofort verglühte. Er versuchte es noch einmal, aber seine Hände zitterten. Dann klappte es endlich. Er sog den Rauch der Zigarette tief ein und hustete. Es war die erste seit einer Ewigkeit. Fred hatte das Päckchen auf dem Flughafen von Oslo gekauft, eine Art Reflex. Im Jahr nach der Heirat hatte Sonja ihn dazu gedrängt, endgültig mit dem Rauchen aufzuhören. Sie hatte mit nächtlichem Liebesentzug gedroht und es ernst gemeint.

Er hustete noch einmal und begann dann, den Rauch zu genießen. Seine Lippen formten ein »O«, er legte den Kopf in den Nacken und blies den Rauch durch das offene Fenster in einen Osloer Winterhimmel, der tiefschwarz glänzte wie das Gefieder einer Amsel.

Bye Bye Blackbird.

Auf seinem allerletzten Konzert hatte er es gespielt, das schlichte kleine Ding aus den zwanziger Jahren, das für Kinder gemacht schien, aber von einem Abschied erzählte. Aber verdammt noch mal, er konnte nicht einmal den Vogelruf summen und singen, das Amsel-Liedchen, das sein Idol John Coltrane in aufgebrachte Saxophonläufe übersetzt hatte, als wollte er vor dem Abschied davonlaufen.

Fred beugte sich jetzt vor, gefährlich weit hing er aus dem Fenster und schaute hinaus auf die Eilert Sundts gate. Es hatte geschneit in den letzten Tagen. Schnee lag auf der Tanne vor dem Hotel und bildete leuchtende Hauben auf den Dächern jener Autos, die nicht mehr bewegt worden waren. Der Fußweg und die Fahrbahn waren inzwischen geräumt. Das Eispulver war harsch geworden und lag in rußig gefleckten Wällen am Rand. Es gab nicht mehr genug weichen Schnee, der die Geräusche der Stadt dämpfen konnte.

Fred liebte es, wenn die Autos langsamer fahren mussten in einer Neuschneenacht, wenn die Motoren nicht mehr röhrten, sondern in ein Brummeln verfielen, wenn diese eigenartige Stille über die Städte und Landschaften kam, wenn die Stimmen der wenigen Fußgänger plötzlich vernehmlicher wurden, weil sie nicht mehr ankommen mussten gegen das immerwährende Hintergrundgeräusch. Was unwichtig war, das schluckten die locker getürmten Eiskristalle und ließen es beinahe verstummen. Was von Bedeutung war, so schien es ihm, war endlich zu hören.

In den Häusern gegenüber brannte kein Licht, aber dann entdeckte er doch einen Schimmer in dem Neubau, den seine Kinder mit Legosteinen hätten entwerfen können: ein Betonkasten, der fremd wirkte in dieser Straße, an der sich alte Fassaden aufreihten. Vielleicht war es Klassizismus, oder Jahrhundertwende oder Jugendstil oder alles zusammen? Sonja hätte es ihm sofort erklären können: Sie war Kunstlehrerin. Im Licht der Straßenbeleuchtung sah er dreistöckige Altbauten mit monumentalen Etagen und Verzierungen. Sie imitierten etwas, um wichtig zu erscheinen, schoben gemauerte Halbsäulen vor und Friese und Gesimse und Ziergiebel, um sich einen noblen Glanz zu verleihen. Aber es war nur Stein gewordene tote Vergangenheit.

In Freds Musik war das anders. Die alten Songs waren Stoff, aus dem man immer wieder etwas neu schuf, das zerbrechlich war und nur galt an jenem Abend, an dem man es spielte. Fred und seine Gefährten waren immer auf der Suche nach der alternativen Version, die bewies, dass nichts feststehen musste und alles ganz anders sein konnte, wenn man nur wollte. So oft hatten sie »You Don't Know What Love Is« gespielt, jene 32 Takte, die für ihn damals alles entschieden hatten. Fred hatte den Song gerne gespielt, wenn die Nacht so weit fortgeschritten war, dass niemand mehr an Schlaf denken mochte und jedes nächste Stück ein eigensinnige Anklammern an jene Hoffnung war, dass man der taghellen Ordnung der Dinge entkommen konnte. Alle hatten sie darauf gewartet, dass er es spielte, hatten ausgeharrt, bis die letzte Schwingung sich verloren hatte in der rauchigen Luft der Clubs. Die Basis war einfach, Sekundschritte, Terzschritte. Nichts Vertracktes, fast läppisch, wenn man damit umgehen konnte. Denn darin lag das Geheimnis. Nicht, was du spielst, ist von Bedeutung; es kommt darauf an, wie du es tust. Wenn Fred ein Solo spielte, dann verletzte er den Rhythmus, verkürzte eine Note, verzögerte die nächste und akzentuierte eine andere, ließ sie explodieren oder sterben. Er handelte mit Vorsatz, denn nur so ließ sich das Tor aufstoßen zum Kosmos jener Gefühle, um die es ihm in diesem Moment ging.

You don't know how hearts burn
For love that cannot live yet never dies
Until you've faced each dawn with sleepless eyes
You don't know …

Fred versuchte, die Melodie zu singen, zu summen, zu pfeifen. Er konnte es nicht. Ein frostiger Luftzug erschreckte ihn. Herausfordernd hing sein Oberköper immer noch aus dem Hotelfenster, die langen Beine auf Zehenspitzen, so dass sie kaum noch spürten, dass es einen Boden gab, auf dem man zu stehen hatte. Er horchte so angestrengt in die Nacht, dass ihm trotz der Kälte der Schweiß auf die Stirn trat und es in seinen Beinen kribbelte, als wären darin Ameisen unterwegs. Er wollte die Melodie hören, die jetzt ganz bestimmt irgendwo aus einem Lautsprecher kam.

Fred ließ die aufgerauchte Zigarettenkippe in den kleinen Grünstreifen unter dem Fenster fallen und breitete die Arme aus: »Bye Bye Blackbird.«

3

»Dann mal rein in die gute Stube, Sportsfreund. Ich erwarte Sie im Salon zu einer Listening-Session mit Plattenpapst Paul. Und dabei bin ich nicht mal katholisch!«

Wie ein Geier seine Schwingen hatte Mittelstädt seine Arme ausgebreitet, um Fred in Empfang zu nehmen.

»Viel Feind, aber trotzdem wenig Ehr, was? Du siehst ganz schön ramponiert aus, mein Junge. Hoffe, dass bei den anderen Buben der Lack ebenso Schaden genommen hat.«

»Ich musste ins Tor. Wenn Holger und Klaus dabei sind, soll ich immer den Torwart machen. Bin zu schlecht fürs Feld, meinen die. Nur weil ich Luftschießen nicht kann.«

»Wer schießt auch schon mit Luft, nicht mal die Preußen, und die verstehen was vom Ballern.«

»Man spielt sich den Ball zu, ohne dass er auf den Boden kommt, und zieht dann volley aufs Tor.«

»Na, das scheint ja eine echte Zirkusnummer zu sein. Bei mir wird nicht jongliert, hier geht's um gewichtigere Dinge, hier geht's um Jazz-Musik. Tritt ein!«

Paul Mittelstädt drehte sich auf dem Absatz um, flinker als Fred das für möglich gehalten hatte, und verschwand lachend im Zimmer.

Fred fühlte sich plötzlich wohl. Er stieg die drei rot lackierten Stufen hinauf, die aus der Küche in den Wohnraum führten.

Was er dann links an der Rückwand erblickte, hatte er noch nie gesehen

»Meine kleine bescheidene Plattensammlung. Mit dem Zählen habe ich es nicht so, also sind sie ungezählt, aber sortiert schon. Nach unser aller Alphabet von A wie Adderley, namentlich Mr. Cannonball, bis immerhin Y wie Young, wie Lester Young. Aufs Z warte ich noch.«

In ein aus groben Holzlatten selbst gezimmertes Regal, das bis unter die Decke reichte, hatte Paul Mittelstädt Plattenhülle um Plattenhülle gequetscht. Davor stand eine kleine, offensichtlich neu bezogene Couch in einem kupferartigen Farbton. Zwei Leute hätten darauf sitzen können, aber einer von beiden durfte nicht Paul Mittelstädt sein. Neben der eigentlichen Wohnungstür, die ins Treppenhaus führte, stand der Kohle-Ofen, daneben nah zur Wand ein großer runder Esstisch mit einem schweren dunklen Fuß und drei Stühlen. Eine vergilbte Häkeldecke hing schief auf der Platte. Unter dem Fenster, aus dem der Riese auf ihn herabgeschaut hatte, standen zwei Sessel, ein kleiner und ein großer Ohrensessel mit einem löchrigen Blumenmuster. Dazu gab es ein Tischchen, das auf drei dünnen Beinen wackelte und in dessen Platte jemand tatsächlich ein buntes Mosaik geklebt hatte. Fred konnte eine Ecke sehen; auf dem Rest der Fläche türmten sich Bücher. Eine Messingstehlampe mit zwei Tütenschirmen war bereits eingeschaltet.

Paul Mittelstädt sah, wie Fred alles musterte und dann kaum merklich die Nase rümpfte. »Hohes Gericht, ich gestehe: Hier geht's nicht gerad' zu wie bei Ali Khan. Auch Nussbaum ist nicht ganz meine Fasson, sondern die meiner verstorbenen Frau Mutter …« Mittelstädt schien durch die Haut zu atmen, punktlos redete er weiter: »… aber vielleicht sollte ich mir noch einen gut ausgeklopften Jubelperser in die Stube legen. Feine Leute haben feine Sachen, sagt man doch. Und ist es ja nicht so, dass der olle Mittelstädt keinen Feinsinn hat. Sehen Sie bitte hier.«

Auf einer Kommode an der rechten Wand stand ein schmaler Kasten mit vielen Knöpfen und etlichen leuchtenden Lämpchen; ein modernes Radio. Daneben hatte Mittelstädt den Plattenspieler aufgebaut.

»Ein echtes Wunder, wie der Name schon sagt, der kleine mirakulöse Miracord. Antrieb durch Synchronmotor. Null Abweichung von der Nenndrehzahl. Dazu ein in alle Richtungen ausbalancierter Präzisions-Tonarm mit Studio-Eigenschaften. Alles eingebaut in die feinste Edelholz-Zarge. Ein Ensemble sondergleichen, auf das kein Schallplattenfreund verzichten sollte, oder?«

Fred sah, dass der schwere Plattenteller immer noch geräuschlos rotierte. Der Tonarm schwebte über der Platte, dort, wo Mittelstädt das Stück unterbrochen hatte, um ihn hereinzulassen.

»Dazu hochmoderne Receiver-Technik aus Amerika und Lautsprecher der Extraklasse. Zugegeben, man sollte die Amis boykottieren, aber die Dinger sind im Moment Hi-Fi, higher geht's kaum. Wollen wir mehr hören von Mister John Coltrane? In deinem Alter übrigens ein großer Baseball-Fan.«

Fred wusste nicht, was Baseball war, fragte nicht, nickte nur und nahm die Plattenhülle, um dem dunkelhäutigen Mann darauf in die Augen zu schauen, soweit das möglich war. Denn eine Hälfte des Gesichtes lag im Schatten, man sah nur einen Lichtreflex, wo das linke Auge sein musste. Die Konturen des Kopfes hoben sich ab vor einem neutralen Hintergrund. Die andere Seite war kaum stärker beleuchtet, Fred sah viel vom Weiß des rechten Augapfels. Coltrane hatte die Stirn tief in Falten gelegt und blickte von unten herauf. Aber wohin schaute er? Es war ein fragender Blick und ein furchtsamer. Es war, als sähe dieser Mann weiter, als wollte er etwas entdecken weit hinter den Gestalten und Gegenständen um ihn herum, als wollte er der Frage nachgehen, vor deren Antwort er nur zurückschrecken konnte: Denn was war, wenn alles nicht miteinander zusammenhing? Wenn da nichts war, was es zu sehen und zu hören gab?

4

Die Muskeln zogen sich zusammen: im Bauch und die Kehle entlang; der ganze Hals, eine hässliche Konvulsion; ein Gefühl, das Fred zu gut kannte, um noch darauf zu reagieren. Er machte sich nicht die Mühe, ins Bad zu stolpern, die Hand vor dem Mund, um sich dann über das Waschbecken zu hängen: trockenes Kotzen. Nichts kam da hoch, nur ein bisschen Spucke sammelte sich, die konnte man wieder runterschlucken. Wenn er lange genug gewürgt hatte, ließ der Brechreiz nach, und er entspannte sich. Das Mittel gegen die Übelkeit kühlte im Moment in der Minibar in einer Handvoll Fläschchen: Wodka. Aber in der Not … Fred ließ sich von der Fensterbank zurückfallen ins Zimmer, wo es immer noch einigermaßen warm war. Obwohl die Heizung kaum aufgedreht war, hatte er schon beim Hereinkommen eine angenehme Wärme gespürt, die dem Frost zwischen den Straßen standhielt. Die Norweger hatten es raus, ihre Häuser gut zu schützen gegen die Kälte der Winternächte.

Fred öffnete die Minibar und griff blindlings in die Tür. Eine nächtliche Lotterie, egal, was er gewann, es war in diesem Moment immer ein Glückslos. Fred zog tatsächlich ein Fläschchen Wodka heraus und trank es aus. In Sekundenbruchteilen spürte er die Wirkung. Wie vor ein paar Stunden, als Lilli sich zum Publikum gedreht hatte. Das Licht war nur auf ihr, ihre Mitmusiker blieben im Schatten. Sie war jetzt der Star, sie war der desertierte Engel, der sich abgeseilt hatte aus dem Himmels-Chor, um hier unten bessere Lieder zu singen:

I could cry salty tears
Where have I been all these years?
Little wow, tell me now:
How long has this been going on?

Sie hatten es in B gespielt, der Pianist hatte ein blueshaftes Intro vorgelegt, den Sound würde sie später aufnehmen. Auf zwei war Lilli eingestiegen. Fred schloss die Augen und wartete darauf, dass sich die winzigen Muskeln auf seiner Haut zusammenzogen und ein wohliger Schauder ihn erzittern ließ.

Lilli beginnt als das junge Mädchen, das naiv ist und blind und zu viele Jahre aus freien Stücken auf das Küssen und die Liebe verzichtet hat. Aber mit jedem Takt reift sie zu einer leidenschaftlichen Frau. Sie entdeckt die Lust und die Macht der Verführung, sie wandelt sich zu einer Femme fatale, die sich jeden nehmen wird, der ihr gefällt, und die alle zurückweist, die sich ihr aufdrängen.

Lilli sah umwerfend aus. Ihre Haare waren immer noch tiefschwarz, »schwarz wie bei der Hexe Lakritze« – so hatte sie das für sich gereimt. Sie trug eine Hochsteckfrisur und hatte sich so raffiniert geschminkt wie damals, als er sie zum ersten Mal gesehen hatte. Ihre dunklen Augen bannten jeden fremden Blick, ihre Wangenknochen traten mit diskretem Schwung hervor, ihre Lippen schimmerten, und doch schien es, als sei all das vollkommen selbstverständliche Sinnlichkeit ohne jede Betonung. Lillis Kleid aus blutrotem Samt war um die entscheidenden Millimeter zu eng. Ihr Busen wölbte sich und wogte wie bei einer Primadonna. Fred lächelte. Da war wohl noch ein bisschen was dazugekommen, aber es stand ihr ausgezeichnet. Schon damals hatte er sich gewünscht, einmal diese Brüste bloßgelegt in seinen Händen zu halten.

Oh, I feel that I could melt
Into Heaven I'm hurled!
I know how Columbus felt
Finding another world.
Kiss me once, then once more.
What a dunce I was before.

Voller Ernst erzählte sie diese bittersüße Geschichte. Keine Ironie, aber auch kein aufgesetztes Pathos mischte sich in ihren Gesang. Anders der Saxophonist: Er spielte ein paar Phrasen, schmutzige Akzente, als wollte er ihren glamourösen Balladenton konterkarieren und das Stück auf banale Weise moderner machen. Lillis Stimme wurde immer wärmer und tiefer. Was sie sang, war wahrhaftig.

Das Solo, zu dem der Bandleader ansetzte, war dagegen ein einziger Schwindel. Jan Colbjørnsen war ein dunkelblonder hoch gewachsener Norweger. Er hatte ein Gesicht, das nicht auf die geradlinige Art attraktiv war: Dazu hatte Colbjørnsen zu viele Narben. Als Teenager musste er stark unter Akne gelitten haben, aber es hatte ihm nicht geschadet. Jetzt konnte er mit einer Aura von Verwegenheit flirten. Und das tat er auch in seinem Spiel. Er spielte gut, fachmännisch, fehlerfrei. Sein Instrument hatte einen satten, aber seltsam langweiligen Klang. Colbjørnsen war vorhersehbar, er reihte vorgefertigte Figuren aneinander, die er sich zurechtgelegt hatte, um nichts dem Moment überlassen zu müssen. Er lieferte jetzt eine ungenierte Ben-Webster-Kopie, lehnte sich zurück hinter dem Beat und blies die tiefen Noten, mit denen er unterwegs war, leise an und betont lässig. Er ließ die Luft hören, mit der er die eigentlichen Töne bildete, klapperte dazu ein bisschen dramatisch mit den Klappen. Es klang nach Cocktail-Lounge, in der blasierte Bankberaterinnen und gleichgültige Rechtsanwälte am Feierabend noch einen »Desert Storm« oder »Miles and More« schlürfen. Dabei galt Jan Colbjørnsen doch schon seit Jahren als die große europäische Hoffnung am Tenorsaxophon. Was immer die sogenannten Experten in seinem Spiel hörten …

Fred wartete darauf, dass Lilli wieder vom Seitenrand der Bühne zurückkehrte. Sie hörte zu mit geschlossenen Augen, den Kopf gesenkt. Es war nicht zu erkennen, ob ihr gefiel, was sie hörte, oder ob sie sich schon sammelte für ihr Finale. Das Ende intonierte sie sanft und flehend, als ahnte sie, dass das neu gefundene Glück ein gefährliches sein könnte:

Kiss me twice, then once more
That makes thrice, let's make it four!
What a break! For Heaven's sake!
How long has this been going on?
– – How long has this … been going … on?

Das letzte »on« hielt sie für eine Ewigkeit.

Das Publikum war zu einem einzigen erstarrten Körper geworden, verzaubert von einer Frau, die Fee war oder Hexe oder beides zugleich. Niemand wagte sich zu rühren oder zu räuspern. Das Fragezeichen am Ende hauchte Lilli fort, als hoffte sie, dass nicht schon bald die Antwort lauten würde: »Nicht mehr lang!« Der Saxophonist schob noch ein paar Töne nach, die davonwaberten wie künstlicher Nebel aus Trockeneis. Die Leute wachten auf, klatschten, pfiffen, johlten.

Kaum einer hatte Lilliane damals zugetraut, so tiefe Töne so strahlend zu treffen und so »schwarz« zu klingen. Aber als Fred sie zum ersten Mal am Tresen seiner Stammkneipe gesehen hatte, da hatten ihre großen braunen Augen und der Ton, mit dem sie sprach, bereits verraten, wozu sie sich in der Lage fühlte.

Im Rampenlicht verbeugte sie sich, bescheiden, aber ihrer Wirkung bewusst. Dann lächelte Lilli den Saxophonisten noch einmal an und streichelte ihm zärtlich die Wange.

Der Club, in dem er und Lilli spielten, war erst im vergangenen Jahr aufgemacht worden in einer ehemaligen Textilfabrik am Akerselva-Fluss. Er lag in einem Viertel, das Oslos »Greenwich Village« sein sollte: Altes und Neues verschmelzen, auf der Tradition aufbauen, aber auf der Höhe der Zeit sein, alte Backsteinfassaden und modernste Bühnentechnik, heute ein Jazz-Konzert, morgen ein Disco-Abend, um gutes Geld zu verdienen. Fred hatte keine Probleme damit, auch wenn dieser Laden so viel anders war als jene, in denen sie in den siebziger und achtziger Jahren aufgetreten waren.

Viele der Zuhörer, die sich vor ihm drängten, um das »Jan Colbjørnsen Quintett, featuring Lilliane Wogert« zu erleben, überragten ihn – und hätten dennoch seine Söhne und Töchter sein können. Sie trugen Parka oder Jacken, die eigentlich für Handwerker und Bauarbeiter geschneidert waren, hatten bunte Taschen im LP-Format umhängen. Junge Designer stellten sie neuerdings aus alten LKW-Planen oder Luftmatratzen her – als wären alle jungen Leute DJs, die immer ein Notfall-Set mit Platten dabeihaben mussten. Es könnte schließlich Leben retten.

Ein Discjockey legte jetzt auf, soweit es durch das Rauschen und Murmeln der Gäste zu hören war, hatte er sich für Bossa und Brasilien entschieden, gekreuzt mit elektronischen Beats.

Fred sprach sie an der Bar an. Sie drehte sich um, erkannte ihn sofort und zeigte nicht die Spur der Verwunderung. Seit fünfzehn Jahren hatten sie sich nicht mehr gesehen. Lilli reagierte, als sei es erst gestern gewesen.

»Na, so was, Freddie! Bist du ein Geist oder tatsächlich in Oslo … Fred Kemper, immer für eine Überraschung gut.«

»Du warst großartig.«

»Danke, aber heute fiel es mir leicht. Sollte ich geahnt haben, dass du irgendwo da unten stehst?«

»Macht das tatsächlich was aus?«

Sie nahm dem Barkeeper ein Glas Rotwein aus der Hand.

»Auch eins, oder lieber ein Bier?«

»Immer noch lieber ein Bier.«

Sie bestellte auf Norwegisch.

»Was tust du hier im hohen Norden?«

»Urlaub machen.«

»Urlaub ist immer gut. Aber was macht deine Familie gerade?«

Die Ironie in ihrer Stimme war nicht zu überhören.

»Nennen wir es Urlaub von der Familie. Oslo soll ein gutes Pflaster für Jazz-Musiker sein.«

»Dann komm mit. Für uns ist ein Tisch reserviert. Ich stelle dich der Band vor.«

Freds erster Impuls war, sich davonzustehlen mit einer halbseidenen Ausrede. Aber es gab keine. Alles, was er hätte erfinden können, würde Lilli mit der ersten Silbe durchschauen. Er schüttelte den Musikern die Hand und setzte sich auf einen der noch freien Stühle.

Die Rhythmusgruppe bestand aus zwei schwarzen Brüdern aus Philadelphia. So, wie sie sich bewegten, so, wie sie sprachen und sich ab und an abklatschen, hätten beide jederzeit in einem Rap-Video auftreten können. Aber sie waren erstklassige Jazz-Musiker, das hatte Fred sofort gehört. Um solche Begleiter konnten Lilli viele beneiden. Sean, der Bassist, trug wie sein Bruder einen dünnen weißen Rollkragenpullover und ein teures schwarzes Sakko. Dazu eine schmale Kasten-Brille mit schwarzem Rahmen. Sean erzählte Fred mit todernster Miene, warum sie zum Spielen nach Europa gekommen wären:

»Mein Bruder und ich, wir wollten mit echt blonden Chicks

auftreten. Und jetzt das! Das ist Betrug. Wir haben unseren Rechtsanwalt mit einer Schadensersatzklage beauftragt ...«

Fred ahnte nicht, was der komische Punkt bei der Geschichte sein sollte.

»Na, schau dir Lilli an, Mann, die Lady ist auf dem Kopf so schwarz wie die Nacht. Und nicht nur da ...«

Die Jungs gackerten. Lilli hatte sich dicht zu Colbjørnsen gebeugt und raunte ihm etwas ins Ohr.

Fred konnte es immer noch nicht sagen: Waren die beiden nur sehr vertraut miteinander, oder ging sie mit ihm ins Bett? Er war ihr Typ, keine Frage.

Jetzt schaltete sich der Pianist ein, ein junger Kerl, der höchstens Mitte zwanzig sein konnte, aber schon einen mächtigen Bauch unter die Tischkante drückte. Er sprach Englisch mit französischem Akzent.

»Bist du auch Musiker?«

»Ich bin Lehrer, Musiklehrer.«

Sean erkannte die Vorlage und nutzte sie.

»Hey, wisst ihr, was der Unterschied ist zwischen einem Musiklehrer und einem Eunuchen?«

Er grinste Fred leutselig an und demonstrierte, dass er als Schlagzeuger über ein exzellentes Timing verfügte. Die Pause vor der Antwort war perfekt. Die Pointe kam wie ein explosiver Trommelwirbel.

»Gibt keinen! Beide wissen, wie's geht, aber keiner tut's.«

Er wieherte mit offenem Mund und schlug sich auf die Schenkel. Sein Bruder ruckte vor Freude mit dem Kopf hin und her. Der Franzose zeigte nur ein zierliches Lächeln, bebte aber am ganzen Körper.

Lilli lehnte sich über den Tisch und winkte ihre Musiker mit einer konspirativen Geste zusammen. Folgsam beugten sie sich vor.

»Ich verrate euch ein Geheimnis. Er war mal mein Lieblings-Saxophonist.«

Die Brüder aus Philadelphia beruhigten sich und wurden neugierig. Martin, der Drummer, stellte die Frage, die kommen musste:

»Wo spielst du im Moment?«

»Hab mit dem Spielen aufgehört.«

Offen war nur noch, wer am Tisch die nächste zwangsläufige Frage stellen würde.

Lilli hatte geahnt, was kommen musste. Obwohl sie alle ihre Gläser längst noch nicht geleert hatten, setzte sie an:

»Hey, was für ein Laden, kein Service! Ich gehe zur Bar bestellen, wer mag noch etwas?«

Fred nutzte die Chance.

»Warte, ich komme mit, muss mal austreten. Entschuldigt, Jungs, mehr nach der Pause.«

Er war so bemüht, sich keine Verlegenheit anmerken zu lassen, dass es jeder am Tisch spürte. Zusammen mit Lilli schob er sich durch die Reihen, mal ruckten sie mit, mal gegen den Rhythmus, dem alles folgte. Die Menschen waren Fische in einem Schwarm. Von oben hätte man jenes homogene Gebilde erkennen können, das fortwährend Form und Größe veränderte, in unterschiedliche Richtungen drängte, aber immer geschlossen blieb. Die Impulse kamen aus den Lautsprecher-Boxen, es waren die Druckwellen der Basslinien. Der DJ hatte den Stil gewechselt, legte schneller und lauter nach.

Fred wollte Lilli etwas sagen. Aber sie kam ihm zuvor:

»Jetzt nicht.«

An der Bar mussten sie sich in eine Schlange stellen.

»Lilli, deine Jungs sind nett, aber weißt du, ich …«

»Du willst nicht drüber reden und du bist überhaupt eigentlich nur hier, um mit mir allein zu reden. Kann gut sein, dass das heute nichts mehr wird. Sean und Martin halten immer lange durch, ich bin müde … Morgen Abend haben wir frei, wir sind erst Silvester wieder dran. Treffen wir uns um zwei im Lorry? Ist ein skurriler Laden, wird dir gefallen.«

Fred hoffte, dass sie nichts dagegen hatte, wenn er sie zum Abschied auf die Wange küsste. Er wollte ansetzen, aber jemand rempelte ihn an, Fred geriet aus dem Gleichgewicht und musste einen Schritt zurück machen. Lilli hörte kaum, was er ihr zurief:

»Dann bis morgen, schlaf gut und träum noch besser.«

Auf der Toilette ließ er kaltes Wasser über seine Handgelenke laufen und laufen und laufen – ein Trick aus alten Zeiten, um bei der Party nach einem Gig wieder nüchterner zu werden. Aber zu welcher Klarheit wollte er eigentlich kommen? Was wäre zu gewinnen, könnte er jetzt und hier auf der Toilette eines Osloer Jazz-Clubs jene Nebelschleier auflösen, die ihm schon so lange folgten? Er war nicht betrunken, aber er sah alles verdoppelt, sein Leben, seine Geschichte; er wusste nicht, welches der Zerrbilder das falsche und welches das richtige war. Schemenhaft waren beide, so dass er einfach torkeln musste.

Im Spiegel sah er nicht, wie der junge Mann besorgt von hinten auf ihn zukam und ihm auf die Schulter tippte.

»Alles klar, Mann?«

Fred zuckte zusammen, als sei etwas Kostbares auf dem Kachelboden zersprungen.

»Ja, ja, danke, alles klar, echt, alles klar.«

5

»Und was serviert man sonst so auf dem Plattenteller im Hause Kemper. Ich will nicht neugierig sein, immerhin hört der Lauscher an Wand ja meist die eigene Schand'. Beatles oder neuerdings die Rolling Stones?«

»Wir haben so Hitparaden-Platten mit unterschiedlichen Sachen. Zum Beispiel mit Udo Jürgens: ›Siebzehn Jahr, blondes Haar‹.«

»Weiß Gott, ich kann Papa verstehen, also nicht wegen Udo Jürgens, aber dass man träumen kann von blondem Haar und … Kennst du Jayne Mansfield?«

»Nee, keine Ahnung, macht die auch Musik?«

»Nein! Die … wie soll ich sagen«, Paul Mittelstädt hob feierlich den Blick und legte einen Schmelz auf seine Stimme: »…war einfach nur Musik, allein die Glocken!«

»Was denn für Glocken?«

»Vergiss es, Grünschnabel. Leider auch neulich verstorben. Einfach kein gutes Jahr für mich! Trösten wir uns, solange wir im Diesseits unseren Spaß haben müssen.«

Paul Mittelstädt spurtete Richtung Plattensammlung, als könnte jedes Zögern die Magie in diesem Zimmer zerfallen lassen zu Staub.

»Ich lege uns noch einen anderen Olympier auf. Wird dir gefallen so sicher wie das Amen in der Kirche, in die ich nie gehe.«

Er hielt Fred die Plattenhülle hin.

»›Kind of Blue‹, meine klingende Bibel. Na ja, zumindest eine der drei wichtigsten. Wenn eine Fee zu dir kommt und du darfst dir eine einzige Jazz-Platte wünschen, aber nur eine einzige, mit der du dein Leben lang auskommen musst, zögere nicht: Bestell ›Kind of Blue‹. John Coltrane ist auch dabei.«

Gegen Freds Erwartung verstummte Paul Mittelstädt und legte ohne jeden weiteren Kommentar die Platte auf.

Bass und Klavier eröffneten das Stück, verträumt, tastend und entrückt ohne klar erkennbaren Rhythmus. Sie bereiteten etwas vor, etwas kündigte sich an. Was würde passieren, worauf würde all das hinauslaufen? Es war wie der Vorspann zu einem Film. Der Bass-Spieler zupfte wieder die Melodie, sein Ruf in die Leere, eine Frage, und der Pianist antwortete und ergänzte alles.

»Soooo what!«

Die beiden verstanden sich blind in ihrer Sprache, die für Fred ein so großes Mysterium war. Umso genauer wollte er zuhören.

Dann kamen die Bläser.

»Soooo what!«

Ein paar Jahre später würde Fred erklären können, was geschah: Miles Davis, John Coltrane und Cannonball Adderley entgegneten auf die Bassfigur mit einer punktierten Viertelnote. Darauf folgte eine Achtelnote, swingend phrasiert.

Aber in diesem Moment erlebte Fred die Musik einfach nur: Ein metallener Teil des Schlagzeugs begann jetzt zu vibrieren. Die Melodie war eingängig und leicht wiederzuerkennen.

Fred summte mit und malte sich einen Streifzug aus. Durch eine Stadt. Er schlenderte durch die Straßen einer amerikanischen Stadt.

Der Schlagzeuger schlug auf das Becken, die Situation änderte sich. Fred war plötzlich ein Detektiv, der einen schwierigen Fall lösen muss. Er erinnerte sich an die Straßen in der Krimi-Serie, die er letztes Jahr anschauen durfte, als er die Windpocken hatte. Er sah sich auf einer breiten Promenade an einem späten heißen Hochsommerabend. Fred schwitzte. Das weiße Hemd klebte an seinem Rücken. Dankbar war er für jeden Windstoß, den ein vorüberrauschender Lieferwagen auslöste und der für zwei Sekunden kühlte. Fred war umspült von Nachtschwärmern und jenen Großstadtnomaden, die zu jeder Tages- und Nachtzeit unterwegs waren, kleinlaut und geduckt. Sie vor allem achteten nicht auf ihn, stießen ihm darum in die Seite und schauten dann mit kalten Blicken in seine Augen. Ihn aber hüllte die Wärme ein, die im Asphalt gespeichert war und in den Fassaden. Sie schienen sich auszudehnen, aufgedunsen in einer Affenhitze, die wirklich außergewöhnlich war. Aber Fred lächelte. Er lächelte die an, die ihn anlächelten, wenn eine vor Hitze rappelige Taube knapp über ihnen vorbeiflatterte. Es roch nach gebranntem Zucker und frischem Popcorn. Eine Autohupe gellte und unterbrach einen jungen Typen, der an seinem fahrbaren Stand Eis in verschiedenen Sorten anpries: »Kaufen sie sofort Miller's Eis, kälter wird es nicht!«

Fred wusste nicht, wonach er suchte. Vielleicht wollte er ein Mädchen treffen? Eines mit grünen Augen und mit Erdbeer-Sahne-Bonbon-Haaren, das in zwei gekräuselten Vorhängen auf ihre Schultern fiel. Vielleicht wartete sie in einem Café, über dem rote und gelbe Lichtschlangen den Namen schrieben. Sie würden Zitronenlimonade trinken, die so klirrend kalt und sauer war, dass sie beide gleichzeitig das Gesicht verziehen mussten. Das fand sie witzig, und er fand es auch: Beide lachten.

Aber noch war er allein unterwegs, vieles konnte noch geschehen, aber er fühlte sich gut. Detektiv Fred Kemper war sich seiner sicher – und so oft war das nicht der Fall. So, wie die Musiker spielten, abgeklärt, aber kraftvoll, so fühlte auch

Fred sich jetzt, ein Junge, aufgeladen mit einer Energie, die er in jedem Moment seinem Willen unterwerfen konnte.

»Soooo what!«

Das Riff hatte sich festgesetzt in Fred.

»Soooo what!«

Er konnte hören, wie Miles es auf seiner Trompete sang. Er wusste damals noch nicht, dass es so wirkungsvoll war, weil es in jenem Register war, in dem auch die menschliche Stimme klang.

»Soooo what!«

Zum Abschied verbeugte sich Paul Mittelstädt höflich in der Küchentür. »Sportsfreund, grüße die Familie und beehre den ollen Mittelstädt bald wieder in seiner barock-baracken Heimstatt.«

Es war dämmerig geworden. Eine erste Woge nächtlicher Kühle ging bereits durch die Siedlung. Fred sprang hastig durch die Sträucher und merkte nicht, wie er Spinnfäden, die in den Ästen hingen und die man einmal für die Gespinste von Zauberwesen gehalten hatte, mit sich riss. Er war jetzt ein Verwunschener, er rannte nach Hause unter den Wäscheleinen her, die weit gespannt waren, und merkte nicht, dass die Wäsche darauf nur fade roch statt frisch, wie es die Werbung versprach. Ein Küchentuch nahm er mit der Schulter mit, sah nicht, wie es wedelnd in den Schmutz fiel, denn er visierte zwischen den Teppichstangen seinen noch blinden Fluchtpunkt an. Es machte ihm keine Angst, dass seine Mutter gleich mit feuchten Augen die Haustür aufreißen würde, um ihn zu begrüßen mit einer Stimme, die so vorwurfsvoll war wie ängstlich: »Wo warst du bloß? Was ist passiert? Wie siehst du aus? Ach!«

Der Mann im Radio klang salbungsvoll, aber es war eine Ergriffenheit, die man mögen musste:

»Wir erreichen die ›Michaela‹ auf dem Weg von Macao nach Bombay. Grüße gehen heute am Heiligen Abend an den Ersten Offizier Hermann Köster.« Dann überbrachte die Stimme eine

Nachricht von Frau Köster und den drei Kindern. Ja, man werde daheim unterm Baum in Bremerhaven den Papa vermissen. Immer eine Handbreit Wasser unterm Kiel möge ihm beschert sein, damit er bald wieder bei seinen Lieben sein könne. Trotz der dumpfen Aura einer Mittelwellen-Übertragung bewahrte der Sprecher seinen einprägsamen Klang.

Es war seltsam, so viele hundert Kilometer vom Meer entfernt eine Sendung einzuschalten, die »Gruß an Bord« hieß und in der man manchmal Babys wimmern hörte, die ein Reporter aufgenommen hatte – und dann kurz darauf den schluchzenden Vater, ein Matrose mitten auf dem Stillen Ozean im Sommer jenseits des Äquators.

Fred versuchte sich vorzustellen, wie die Männer an Bord aussahen und wie sie, wenn die Schiffe im Hafen waren, durch Städte wie Hongkong zogen, in denen man überall Stimmen in schrillen Sprachen hörte, in denen es nach Müll stank und dann wieder köstlich roch nach exotischen Speisen. Abenteurer waren diese Matrosen, die furchtlos in die Welt aufbrachen und dennoch immer ein Zuhause hatten, das so ähnlich aussah wie das Wohnzimmer, in dem er jetzt auf einer Couch saß.

Fred sah zu, wie sein Vater mit der Lichterkette hantierte. Die dunkelblonden Haare, frisiert mit einem Seitenscheitel, saßen fest am Schädel. Albert Kemper war mittelgroß, hager, blass. Sein Magen machte ihm zu schaffen. Obwohl er erst Mitte vierzig war, sah er aus, als hätten sich die Zeiten um ihn herum zu schnell verändert, als dass er ihnen hätte folgen können. Er wirkte wie eine Mischung aus einem Offizier im letzten Krieg und einem Studienrat für Mathematik. Sein Mund war schmal in sein Gesicht genäht und blieb oft verschlossen. Auffallend waren seine Ohren. Die waren groß und standen ab. Es sah jetzt aus, als richte er diese Ohren aus wie Antennen, um einen besseren Empfang zu haben.

Jedes Jahr an Heiligabend schaltete sein Vater pünktlich das Radio ein, um diese Rundfunksendung zu hören. Es gehörte für ihn zum weihnachtlichen Ritual wie das exakt lotrechte Einstielen des Tannenbaums und das systematische Anbringen und Überprüfen der Beleuchtung.

Albert Kemper liebte das Meer. Samstags nachmittags ging er hinunter in den Keller, wo er sich eine stets saubere und sortierte Werkstatt eingerichtet hatte. In winzigem Maßstab baute er dort die »Mayflower« oder die »Gorch Fock« nach. Dann schickte er die Segler in alten bauchigen Flaschen auf große Fahrt.

Als Fred letztes Jahr einmal zugesehen hatte, wie er mit Pinzetten und Zangen und haarfeinen Pinseln hantierte, hatte sein Vater plötzlich das Werkzeug aus der Hand gelegt und ihm seine Geschichte erzählt: wie er in Freds Alter Schiffbau-ingenieur hatte werden wollen, um Kreuzfahrer von Aufsehen erregender Größe zu entwerfen, die ungestüm das Meer durchpflügten und allen Stürmen trotzten. Jetzt leitete Albert Kemper den Büro-Einkauf des Konsortiums, zu dem auch die Kokerei gehörte. Er verantwortete alle Anschaffungen von Schreibblöcken und Bleistiften, von Anspitzern und Ordnern bis hin zu technischen Geräten und Möbeln. Er feilschte mit den Lieferanten und handelte die bestmöglichen Verträge aus. Zum Dank bekam er jedes Jahr um diese Zeit prall gefüllte Geschenkkörbe. Gestern war wie immer eine frisch geschlachtete Gans geliefert worden im Namen einer Firma, die Schreib- und Rechenmaschinen verkaufte.

Durch den Teil des Raumes, in dem der Esstisch stand, und durch die Diele hindurch hörte Fred, wie in der Küche etwas klirrend zersprang und seine Mutter fluchte und schimpfte. Würstchen und Kartoffelsalat wären ihr lieber gewesen als eine Gans, die noch gerupft werden wollte, und Rotkohl, der noch gehobelt werden musste, und Klöße, deren Teig ordentlich zu kneten war.

Seine Mutter hatte im Sankt-Josefs-Hospital gekündigt, als sie mit Fred schwanger war. Stets hatte sie ihre Patienten mit Inbrunst gepflegt, aber noch mehr hatte sie sich eines Tages um den jungen Mann mit den auffallend abstehenden Ohren und der Blinddarmentzündung gekümmert. Fast fünfzehn Jahre war es jetzt her, und noch immer quälte sie sich mit den Ansprüchen an eine perfekte Köchin. Sie war eine so sorgende wie stets besorgte Frau und wollte auch in diesem Jahr ein mustergültiges Weihnachtsessen servieren. Unter der Woche ging es regelmäßig darum, sparsam zu sein. Omelette mit Nudeln und Bratensoße, das war zu Freds Leibgericht geworden, besser als die vielen Suppen und Eintöpfe, die, auf Vorrat gekocht, gleich mehrere Tage hintereinander aufgetischt wurden.

Das kleine Reihenhaus gehörte einer Genossenschaft, die Miete war angemessen, aber hoch. Gerne hätten sie ein eigenes Haus gekauft. »Die Zeiten sind noch nicht danach«, sagte Albert Kemper und ließ offen, was denn geschehen müsse, dass andere Zeiten es erlaubten. Er verdiente besser als die Väter der meisten Kinder in Freds Klasse. Und er handelte stets nach dem Motto, dass man nur das Geld habe, das man nicht ausgebe. In diesem Jahr hatte er in seinem Büro gesessen und beobachtet, wie um ihn herum viele Kollegen plötzlich auf die Straße gesetzt wurden. »Die fetten Jahre sind vorbei. Wir sind in der Krise«, hatte er eines Tages beim Abendbrot gesagt und dann ahnungsvoll in den Garten geschaut.

Auch in diesem Jahr verbrachten die Kempers Heiligabend im kleinen Kreise. Der Tag der großen Familienfeier war der erste Weihnachtstag. Fehlen würden dann nur die jüngere Schwester und der ältere Bruder seiner Mutter. Beide waren nach dem Krieg nach Amerika ausgewandert. Sein Onkel hatte bereits drei Kinder. Sie alle kannte Fred nur von Fotos, die meist zu den Feiertagen kamen in Briefumschlägen mit einem rot-weiß-blau gemusterten Rand. Seine Tante dagegen war immer noch alleinstehend und kinderlos.

»Sir, dein Einsatz.«

Sein Vater war bester Laune. Zum Richtfest für den Baum hatte er sich einen Wacholder-Schnaps gegönnt. Vater trank selten Alkohol. Aber das Gläschen darauf, dass der Baum auch in diesem Jahr wieder stand wie eine Eins, gehörte zum Ritual. Wenn er entspannt war und mit sich zufrieden, dann nannte er seinen ältesten Sohn »Sir« – als sei er der Kapitän und Fred ein Steuermann auf der Brücke eines Linienschiffes, das durch die Nacht stampfte. Wenn sein Vater ärgerlich war, blieb er bei »Frederik«; »Freddie« war die Regel. Mama wiederum war in der Auswahl der Rufnamen wenig stimmungsabhängig. Ob sie besorgt war oder böse auf ihn, immer war er »Rikki« für sie. Manchmal, wenn sie sehr gerührt war oder fürsorglich sein wollte, sagte sie auch »Rikkchen« zu ihm. Fred hasste das, denn sie hatte keine Scheu, das auch vor seinen Freunden zu tun. Froh war er allerdings darüber, dass sie wenigstens nicht auf »Freddchen« gekommen war. Es wäre möglich gewesen. Seine Freunde und Feinde hätten es dankbar gegen ihn verwendet. Jetzt aber war er der »Sir«, jetzt war es an ihm, seine Pflicht zu tun.

Fred nahm die Kartons mit dem Christbaumschmuck vom Tisch. Seit Jahren schon verteilte er die rot glänzenden Kugeln, die knisternden Strohsterne und aus dünnem Holz gesägten und golden angemalten Silhouetten von Engeln und Schaukelpferden auf die Äste. Und wie sein Vater achtete er auf eine so systematische wie harmonische Verteilung. Wenn nur dieser eine Platz in Frage kam für die nächste Kugel, dann bog Fred entschlossen einen Ast und schob die Schlaufe über die noch frischen spitzen Nadeln, die in seine Hand pikten.

Der Baum sah perfekt aus und verströmte diesen Geruch, der an den kühlen modrigen Wald erinnerte, in dem der Baum geschlagen worden war. Fred atmete tief ein und schloss die Augen. Plötzlich stand er dort und sah sich zugleich von außen: in diesem Zimmer mit einem Strohstern in seiner Hand, als sei das, was da gerade geschah, eine Erinnerung. Der Augenblick war eingefroren zu einem blassen Dia, das mit einem anderen Bild präzise überblendete, als sei alles so schon einmal von einem unbekannten Fotografen festgehalten worden. Fred stand neben sich und war verwundert: darüber dass er überhaupt hier war, ja, dass er genau Fred Kemper war und kein anderer – und daraus wurde ein Erstaunen darüber, dass dieses Zimmer, diese Straßen, diese Stadt und alles, was darüber hinausging, so war, wie es war, und dass es nicht anders gekommen war, denn das wäre ja möglich gewesen. Aber jede Einzelheit hatte jetzt ihre Folgerichtigkeit. Und das machte ihn glücklich. Aber dann kam schon der Schreck: Denn die Tatsache, dass das, was er gerade sah und tat und dachte, schon im selben Moment eine

Erinnerung sein konnte, das bedeutete, dass man immer nur in der Erinnerung lebte, weil sich alles sofort verlor im Lauf der Zeit. Dieses Wohnzimmer mit seinen Möbeln würde seine Gestalt verändern und sich schließlich auflösen. Seine Eltern würden ihre Konturen verlieren und immer durchscheinender werden, um plötzlich zu verschwinden …

»Rikki, komm doch mal!«

Seine Mutter stand in der Diele, eingeschnürt in eine schief sitzende rot karierte Schürze und winkte mit einem Handtuch, auf das bunte Hühner gestickt waren. Jedes Mal, wenn der kleine Freddie in der Küche die Hühner entdeckte, hatte er lauthals gekräht. Seine Mutter wischte sich jetzt mit dem Handtuch den Schweiß aus dem Gesicht, ein angeschlagener Boxer in der Ringpause. Renate Kemper war groß, schlank und hatte ausladende Hüften. Fred war ein bisschen stolz darauf, dass seine Mutter Ähnlichkeit haben sollte mit einer Hollywood-Schauspielerin, die Elizabeth Taylor hieß. Leider sahen ihre kastanienbraunen Haare aus, als habe ein kleines Tier sie angefressen. Mutter war schon lange in der Phase ihres Lebens, in der eine Frisur praktisch sein musste – und preiswert.

»Rikki, da ist der Mann an der Tür, bei dem wir den Fernseher gekauft haben.«

»Ja, was ist das denn?«

Vater sah von der Tageszeitung auf. Aber er schien nicht überrascht zu sein. Fred hatte das Klingeln überhört, im Radio lief jetzt »Stille Nacht«, mit Leidenschaft vorgetragen von einem Knabenchor. Als sei er gerade erwacht aus einem Traum, geträumt im Halbschlaf am Morgen, ging Fred los und vergaß, dass er immer noch einen Strohstern in der Hand hielt.

»Na endlich, Sportsfreund! Das lange Stehen ist nicht gut für meine Krampfadern.«

Paul Mittelstädt trat von einem Bein aufs andere. Der weiße Bommel auf der roten Zipfelmütze schlenkerte rhythmisch im Licht der Eingangslampe. Mittelstädt hatte eine abgewetzte braune Lederjacke an. In seinen Pranken hielt er einen Karton, eingeschlagen in Stanniolpapier, das mit rotem Klebeband befestigt war. Er räusperte sich und legte los:

»Hohoho! Hier kommt Santa Paul. Weil du ein mieser Tor-wart bist, aber trotzdem ein braver Kerl, der es auch bestimmt bleiben wird, also, ich schweife ab. Ich bringe ein Geschenk für dich. Ich wär auch durch den Schornstein gekommen, aber die Dinger sind eher was für dürre Weihnachts-Heringe.«

»Kommen Sie doch rein!«

Vater war in Freds Rücken aufgetaucht und hatte die Hände auf dessen Schultern gelegt.

»Sir, mach doch mal Platz, damit Herr Mittel…, na also der Herr Weihnachtsmann reinkommen kann.«

Schon wieder war Fred verwirrt. Was machte Paul Mittel-städt hier mit einem glitzernden Karton vor dem Bauch?

Der eine Mann musste ihn sanft ziehen, der andere dezent schieben, damit Fred den Eingang freigab.

Paul Mittelstädt eilte sofort durch die Diele und stellte das Geschenk auf einen Stuhl. Der Tisch war bereits komplett ge-deckt. Von Engelsfiguren gehaltene Kerzen brannten.

»Das nenne ich weihnachtlich! Herr Kemper, schön haben sie's hier. Und damit es so schön bleibt, bleib ich nicht lan-ge. Ich wäre auch schon früher gekommen, aber ein, zwei Schräubchen wollten nicht so, wie ich gern wollte.«

Fred stand vor dem Stuhl und war wieder bei sich selbst und in der Gegenwart.

»Was ist denn drin in dem Karton, ist der echt für mich?«

»So wahr ich Santa Paul heiße!«

»Aber wie, also warum …«

»Da ist dein Papa nicht ganz unschuldig! Er hat mich neu-lich mal in meiner Klitsche besucht. Wollte sich die neuen Farbfernseher angucken. Ich habe dann auch gefragt: Na, Herr Kemper, wollen sie mehr Farbe in Ihr Leben bringen? Aber da wurde es ihm erst mal schwarz vor Augen. Er hatte das Preis-schild entdeckt.«

Paul Mittelstädt lachte ein nicht enden wollendes Gelächter.

»Jedenfalls ich gebe zu, ich habe gepetzt, ich alter Meister Petz. Hab ihm erzählt, dass du neuerdings statt zum Bolzplatz öfters mal in die Villa Mittelstädt entschwindest zur gepfleg-ten Jazz-Session.«

Fred war verärgert. Niemand sollte wissen, dass er inzwischen zweimal in der Woche bei Paul anklopfte, um sich mit ihm durch die Plattensammlung zu hören. Paul hatte immer zwei Flaschen Malzbier für ihn im Kühlschrank. Er füllte Erdnussflips in eine Schüssel und ließ Fred entscheiden: »Balladen mit Chet Baker. Oder mal wieder unerhörte Töne mit seiner Heiligkeit ›Bird‹?« Bei seinen Besuchen tauchte Fred ein in Paralleluniversum aus Musik, die immer eine ähnliche Absicht verfolgte und dennoch nie Gefahr lief, ein und dasselbe zu werden. Auch wenn das Stück immer denselben Titel hatte: »Over The Rainbow«, »Lush Life« oder »In A Sentimental Mood« – nie gab es diese Übereinstimmung, die er schon seit einiger Zeit verspürte im gleichförmigen Rhythmus seiner Tage: Das Wecken, Mama klopft an die Tür, ruft »Los geht's, Zeit zum Aufstehen«; hinüber ins Bad; dort absolviert Fred all die notwendigen Handlungen in der immer gleichen Reihenfolge; er kehrt zurück in sein Zimmer, um die Sachen, die am Abend vorher herausgelegt worden sind, in der immer gleichen Abfolge anzuziehen. Und so schloss Tag für Tag alles festgefügt aneinander an, bis es Zeit war, ins Bett zu gehen. Die Stunden, davongejagt wie Wolken vor einem zornigen Wind.

Fred fauchte Paul Mittelstädt an: »Aber das sollte doch unbedingt unser …«

»… unser Geheimnis bleiben. Fred …« – Mittelstädt sprach den Namen amerikanisch aus, was Fred wieder besänftigte – »… du weißt doch. Am Ende spricht deine Mama mal mit Frau Nachbarin X, die von Frau Nachbarin Y siedendheiß erfahren hat, dass du aus meiner Tür gekommen bist. Und dann dampft die Gerüchteküche wie unsere geliebte Kokerei. Dein Herr Papa war erst etwas, sagen wir, aufgebracht, weil du ihm nicht die Wahrheit gesagt hast. Aber ich habe die Sache gedreht zu unser aller Bestem …«

Albert Kemper unterbrach ihn. »So kann man das sehen, Herr Mittelstädt. Vielen Dank für die Mühe und fröhliche Weihnachten.«

»Aber nicht doch. Es war mir Ehre und Vergnügen. Auch Ihnen nur Beste zum Feste.«

Dann zwinkerte er Fred verschwörerisch zu.

»Jetzt besteigt Santa Paul mal wieder seinen Schlitten. Am Nordpol warten erst eine schöne Platte Lachs und dann eine schöne Platte Ben Webster.«

Kurz bevor Paul Mittelstädt durch die Haustür verschwand, nickte er Fred zu und ließ den Zipfel seiner Mütze von vorn nach hinten segeln.

Albert Kemper winkte fröhlich und zog seinen Sohn zurück ins Haus. »Bis zur Bescherung musst du aber noch warten, Sir. Das Geschenk ist von mir und von Herrn Mittelstädt. Er hat mir was erzählt über deine neue Leidenschaft. Ich weiß nicht, ob das das Richtige ist, aber vielleicht ist das besser als das neumodische Beat-Zeug.«

Obwohl er schon vierzehn Jahre alt war, ruckte Fred auf seinem Stuhl hin und her voller Ungeduld. Er war mehr in Bewegung als sein kleiner Bruder. Vor dem Abendessen hatte er Wolfi kaum aus seinem Zimmer herausbekommen. Wolfi war versunken in eine Schlacht zweier verfeindeter Rittergruppen. Die Guten versuchten, ihre Burg zu verteidigen, ein großer ehrwürdiger Bau, mit dem schon Fred gespielt hatte und sein Vater auch, denn dessen Vater hatte sie vor Jahrzehnten aus Holzresten und Pappmaché gesägt, geschnitzt, geleimt und genagelt. Die Proportionen stimmten zwar nicht, aber es war eine wunderbare Burg.

Da saßen sie nun, Fred schlang die letzten Gabeln Rotkohl herunter, während Wolfi schon wieder in ritterliches Geplänkel verstrickt war. Er hatte einen Schenkelknochen von Freds Teller geklaubt und wehrte mit diesem Schwert imaginäre Gegner ab.

»Wolfi, leg den Knochen wieder hin. Mit Essen spielt man nicht, weißt du doch.«

Freds Mutter dehnte das »Och« und zog es in die Höhe. Sie sah müde aus, aber sie war zufrieden. Sie hatte ihr Ritual erfolgreich durchgespielt, das sie nicht nur zu Weihnachten zelebrierte: »Der Rotkohl ist noch hart, aber ich habe ihn schon so lange gekocht.«

»Nein, der ist doch sehr gelungen, Rena.«

Albert Kemper sagte so gut wie nie Renate, er schien diesen Namen nie gemocht zu haben. Wenn er sie Rena nannte, klang das erstaunlich weich aus seinem schmalen Mund.

Nach dem Essen, darauf bestand Mutter, müsse man aber auch noch Bing Crosby hören mit »White Christmas«. Sie würde leise mitsummen. Singen konnte sie nicht. Sie piepste und quietschte, wenn sie es versuchte. Vater dagegen hatte eine gute Stimme. Manchmal pfiff er virtuos kleine Lieder. Ein Instrument hatte er nie lernen können. Gitarre hätte ihm gefallen, denn Seeleute spielten Gitarre.

Mutter ging in die Küche, um den Nachtisch zu holen. Sie schaute aus dem Fenster. Das Windlicht auf der Fensterbank, ein kleines Schloss aus Keramik, das mit Schnee dick bedeckt war wie mit Zuckerguss, und der Küchendunst auf der Scheibe zeichneten alles weich in diesem Winter, der noch so warm ausfallen würde, dass mancher Fluss über die Ufer trat. Im Hause Kemper aber hielten sie und ihr Mann das Leben weiter in seinem geraden Bett, bedachtsam und ruhig floss es dahin. Vater hatte seine Weihnachtsgratifikation doch noch ohne Abzüge bekommen. Es würde ausreichend Geschenke geben für jeden, Präsente, die von Herzen kamen, auch wenn man darauf geachtet hatte, dass nichts zu kostspielig war.

»Wenn ihr abräumen helft, kommt das Christkind schneller!«

Sobald der letzte Teller in der Küche stand, ging Fred mit Wolfi nach oben, um ihn beim Zähneputzen zu beaufsichtigen. Dass sein kleiner Bruder die Zahnbürste kaum noch bewegte, so schachmatt war er von den Kriegen der letzten Stunden, bemerkte Fred nicht. Da war der große Karton von Paul Mittelstädt. Außerdem hoffte er, dass sein Brief rechtzeitig angekommen war. Er hatte seiner Tante Ria in Kalifornien einen Wunschzettel geschrieben.

Von unten bimmelte endlich das Glöckchen herauf. Fred wischte seinem Bruder flüchtig den Mund ab. »Auf geht's, edler Ritter, es gibt Geschenke.«

Sein Vater hatte wie immer die beiden Sofas ein wenig zur Seite gezogen, damit der Christbaum in der Zimmerecke mehr

Platz hatte. Davor stand die Kiste in Stanniol, rechts daneben lagen die anderen Geschenke für ihn. Links war ein kleiner Stapel für Wolfi. Es gab nicht nur die Geschenke der Eltern. Am Papier mit den aufgedruckten Mickey-Mäusen im Weihnachtsmann-Kostüm konnte man sehen: Ein großes Paket aus Amerika war angekommen.

Wolfi war so wahllos wie ungeschickt. Er zerrte das Papier vom einen Geschenk und riss dann an einem anderen, wenn er nicht schnell genug auf den Inhalt stieß. Wolfi entdeckte am Ende einen neuen Satz Ritter in verschiedenen Posen. Aber dann schloss er für den Rest des Abends innige Freundschaft mit einem batteriebetriebenen Astronauten, der schnarrend einen Fuß vor den anderen setzte und in einem offenen Einsitzer herumfahren konnte. Mit seinen Heckflossen sah er aus wie eine Mischung aus Comic-Haifisch und futuristischem Straßenkreuzer. Tante Ria und der Onkel hatten das Spielzeug geschickt. Wolfi gluckste vor Begeisterung und stammelte vor sich hin. Ungeschickt drückte er den Astronauten in sein Gefährt. Wenn der kleine Schalter am Rücken umgelegt war, dort, wo der große Sauerstofftank saß, in dem die Batterien versteckt waren, setzten Zahnrädchen das Duo knarrend in Bewegung. Flink kroch Wolfi hinterher und stieß dabei mit Fred zusammen, der gerade einen Karl-May-Roman aufblätterte. Ein Geschenk von Vater.

Fred hatte in aller Ruhe überlegt und dann entschieden, sich das große Paket fürs Finale aufzuheben. Als vorletztes wollte er das dünne quadratische Päckchen öffnen, das offensichtlich aus Amerika gekommen war. Genauso wie der Jeans-Anzug in – es war tatsächlich: Rosa. Seine Tante liebte auffällige Mode, sie war jünger als seine Mutter und hatte als Schneiderin in einem Modehaus gearbeitet, bevor sie kurz entschlossen ausgewandert war. Fred nahm sich keine Zeit, darüber nachzudenken, ob ihm dieser Anzug in seiner Klasse Hohn oder Hochachtung einbringen würde. Auf jeden Fall würde er auffallen, was er selten tat. Vorsichtig entfernte er die silberne Schleife und die Klebestreifen von dem Mickey-Maus-Papier. Dann klappte er es mit beiden Händen zur Seite, als würde er einen Schatz freilegen. Die erste Langspielplatte war von John Coltrane und hieß »Giant Steps«. Das andere Album war von Miles Davis: »'Round About Midnight«. Tante Ria hatte seinen Wunschzettel also rechtzeitig bekommen. Auf diese Säulen wollte Fred seine Plattensammlung aufbauen. Vielleicht hätte er sie sich auch von seinen Eltern wünschen können, aber was hätte er sagen sollen zu seinen Gründen? Es schien ihm einfacher, sie von dort kommen zu lassen, wo diese Musik ihren Ursprung hatte. Seine Tante wunderte sich vielleicht, aber sie konnte nicht mit ihm diskutieren. Fred hatte sich vorgenommen, seinen Eltern in diesen Tagen möglichst beiläufig zu erklären, dass er einfach gerne Jazz hörte. In seiner Klasse hörten viele die »Beatles«. Im Sommer war das »Sgt. Pepper's«-Album herausgekommen. Sein Freund Holger allerdings verachtete alle Beatles-Fans. Seine Götter waren die Rolling Stones.

Fred ahnte, dass kaum jemand verstehen würde, warum er Jazz so liebte und die Musiker, die ihn spielten, so verehrte. Für ihn kamen sie von einem fernen Planeten in einem Universum, das nach ganz anderen mysteriösen Grundsätzen existierte als die Welt, die er um sich herum sehen und anfassen und begreifen konnte. Wenn John Coltrane seine Suche nach den Tönen startete, ja, dann verwandelte er einfach das Hier und Jetzt und alles, was Fred um sich herum sehen und anfassen und begreifen konnte wie ein Zauberer mit seinem Abrakadabra. Nichts anderes wollte auch Fred tun können.

»Na, zufrieden mit den Geschenken?«

Fred schaute immer noch konzentriert die Plattenhülle an, auf der Coltranes Hand den Vordergrund beherrschte. Die Finger lagen wie die biegsamen Glieder einer Spinne auf den Klappen seines Saxophons. Es war die Hand eines Magiers. Coltrane hatte die Augen geschlossen und die Backen gebläht.

Sein Vater hatte das neue Werkzeug für seine Flaschenschiffswerft, ein Set mit extrafeinen Pinseln und kleinen Feilen, schon ausgepackt. Mutter hatte ein Puzzle bekommen. Fünfhundert Teile, die vielleicht irgendwann im kommenden

Jahr eine romantische Berglandschaft ergeben würden. Sie hatte nicht viel Zeit, um die Teile zu suchen und zusammenzufügen auf einem großen Brett, das sie jedes Mal vorsichtig aus dem Keller heraufbalancierte.

»Willst du nicht das große Geschenk auspacken?«

Mutter zwinkerte ihm zu.

Mit der äußeren Kaltblütigkeit eines Bombenentschärfers machte Fred sich an die Arbeit. Sorgfältig entfernte er das Papier. Zum Vorschein kam ein Pappkarton voller Druckstellen und Risse an den Kanten. Englische Aufdrucke gaben Anweisungen für den richtigen Umgang: »Don't throw!« – »Nicht werfen!« Vorsichtig öffnete Fred das Paket und schaute auf Bündel aus zerknüllten Zeitungen. Behutsam zog er die Papierknollen heraus. Im Licht der Christbaum-Kerzen konnte er die Konturen erkennen.

Fred hob einen Plattenspieler aus dem Karton. Er besaß eine Front aus Edelstahl, aus der sieben Drehschalter herausragten. Man konnte die Balance regulieren, natürlich die Lautstärke und den Klang, es gab einen Wahlschalter: Phono – Radio – Band. Der Plattenspieler war vollautomatisch und erlaubte vier Geschwindigkeiten von sechzehn bis achtundsiebzig.

In Zeitlupe stellte er das Gerät auf den Teppich, wandte den Kopf und sah seinen Vater an, der sich nicht bewegte, angesteckt von der stillen Andacht, die sein Sohn zeigte.

»Ich hoffe, das Gerät ist in Ordnung. Es ist gebraucht, aber Herr Mittelstädt hat es gereinigt und geprüft. Die Nadel ist sogar neu. Weil du doch so gerne Musik hörst.«

Fred fasste einen Gedanken nach dem anderen und verlor ihn wieder, wurde ungeduldig, denn er wollte den Plattenspieler ausprobieren, aber blieb schließlich knien vor dieser Bescherung, mit der er niemals gerechnet hatte.

»Na, hat's dir die Sprache verschlagen, Sir. Guck mal weiter, da drunter müssen eigentlich noch zwei Lautsprecher sein. Nichts Tolles, aber für den Anfang wohl ganz brauchbar, sagt Herr Mittelstädt.«

Fred hatte nicht bemerkt, dass die Kiste viel größer und höher war als der Plattenspieler und schwerer wog. Er fand Papier und dann eine dünne Holzplatte: Darunter jene Boxen mit einem Furnier aus dunklem Holz, in dem deutliche Kratzer zu sehen waren.

»Also, echt, das ist ein tolles Gerät. Noch mal vielen Dank, Papa und Mama.«

»Dann sollten wir mal gucken, wo es einen Platz dafür gibt und ob das alles den Transport überstanden hat.«

Mutter war mit Wolfi nach oben gegangen, um ihn in seiner Manege mit Stofftiger, Bär und Hase in den Schlaf zu reden und zu summen. Im Wohnzimmer roch es jetzt nach Gänsefett, das hart geworden war, nach aufgeweichten Gewürznelken und den noch knusprigen Kipferln. In den nächsten Tagen würden die Weihnachtsgerüche verschwinden, bis kein Hauch mehr an diesen Heiligen Abend erinnerte, der unaufhaltsam zu Ende ging.

6

Draußen spielte die Kälte immer noch mit ihren Sehnen und Muskeln, als wollte sie all die Ausschmückungen an den alten Häusern in der Eilert Sundts gate aufspalten und abtrennen. Es war das erste Jahr, in dem Fred nicht mit Pia und Benni Weihnachten gefeiert hatte. Er hatte immer den Baum aufgestellt, kerzengerade und stabil. Dann hatten die beiden die elektrischen Kerzen verteilt und den Schmuck aufgehängt, die roten Äpfel und kleinen Holzfiguren. Jedes Mal waren sie in einen todernsten Streit geraten. War das kleine Schaukelpferd wieder ungefähr an der Stelle wie im Jahr zuvor? Waren die Kugeln aus Goldpapier, die sie damals in der Grundschule zusammengeklebt hatten, gut zu sehen? Fred saß dann am Esstisch und schaute zu, mischte sich nur ein, wenn der Weihnachtsfrieden ernsthaft in Gefahr war. Aber auf wundersame Weise schafften es die beiden, die Dekoration so zu vollenden, dass alle zufrieden waren. Sonja war in der Küche beschäftigt, aber sie wirkte nie angespannt. Das Radio lief laut, mit guter Stimme sang sie die Popsongs mit, die gerade in den Hitparaden oben waren, und all das kitschige Zeug, das nur zu Weihnachten lief. Sie erledigte alles mit der ihr eigenen Abgeklärtheit. Das meiste war so vorbereitet, dass Sonja nicht in Stress geriet. Es gab ein Käsefondue. Wer sein Brotstück verlor, musste eine witzige Aufgabe lösen.

In diesem Jahr feierte Sonja mit den Kindern Weihnachten bei ihren Eltern. Pia und Benni hatten das erst nicht akzeptieren wollen, auch wenn sie wussten, dass ihre Eltern sich zerstritten hatten.

Beim Weihnachtsmarktbummel hatte er sich den Glühwein versagt. Aber der Drang, eine innere Leere zu füllen, war geblieben: Mit Rostbratwürsten, gebrannten Mandeln und Schinkenbrötchen hatte er sich vollgestopft.

Benni hatte ihn mit großen Augen angesehen:

»Hey, Papa, kriegst du sonst nichts? Wenn du so weitermachst, platzt du gleich.«

Mit vollem Mund hatte er gelacht und Benni geantwortet: »Ich verrate dir ein Geheimnis. Ab morgen wird's verboten, drum haue ich jetzt noch mal rein. Wollt ihr noch was?«

Dann waren sie durch die Fußgängerzone spaziert, um sich die Motive der Weihnachtsbeleuchtung anzusehen, mit der die Stadt seit Jahrzehnten im Advent geschmückt wurde. Über den Straßen hingen große Gittergeflechte, in die Tausende von weißen und bunten Glühbirnen eingeschraubt waren. Zu sehen waren in diesem Jahr historische Motive aus der Stadtgeschichte: Das alte Rathaus, das man in den sechziger Jahren abgerissen hatte, damit ein Kaufhaus-Klotz an die Stelle gesetzt werden konnte. Silhouetten der Zechen und Fabriken im Norden funkelten über den Passanten und ein Bild, das den See im Süden zeigte mit dem Zielturm der Regattastrecke.

Zum Abschied hatte er Pia und Benni versprochen, dass er, wo immer er war, am Heiligabend um Punkt elf in den Himmel und in Richtung Mond schauen würde. Dahin sollten dann auch sie um die gleiche Zeit blicken. Und so wären alle zusammen für ein paar Minuten. Pia hatte geweint. Ihr hatte er die Gitarre geschenkt, die sie sich gewünscht hatte. Er hatte darauf bestanden, dass dieses Geschenk von ihm kam. Benni hatte ein Computerspiel bekommen, einen Flugsimulator in der neuesten Version.

In der Woche vor Weihnachten hatte Fred sich entschieden, nach Oslo zu fliegen. Es war leicht gewesen herauszufinden, wo Lilli in diesen Tagen Auftritte hatte. Sie war die einzig mögliche Lösung, das Schluss-Stück, das der endlosen Komposition, in der er sich verloren hatte, den befreienden Schluss geben konnte. Und dann wollte er neu ansetzen, um eine andere bessere Version seines Lebens zu spielen, wie er einst getan hatte mit den alten Standards.

Morgen würde er beginnen. Aber bis dahin lag noch eine Nacht vor ihm, durch die er geistern musste, ein Gespenst, das er im Spiegel über dem schmalen Hotelschreibtisch sah. Es war, als hätte jemand versucht, aus einem Brocken Knetmasse ein Gesicht zu formen. Fred hatte sich seit Tagen nicht rasiert. Seine Haare wuchsen immer noch dicht und voll, aber aus dem Rotblond war längst der Glanz gewichen. Dazu kamen graue Strähnen an den Seiten. Wenn Fred die Muskeln in seinem Gesicht bewegte, kräuselten sich Falten, gruben sich durch seine schlaffe helle Haut, die so lange jung und glatt geblieben war. Jetzt wogten sie auf seiner Stirn und mäanderten um seine Augen: Sie standen für Zorn, Angst, Grübelei – ein paar wenige waren tatsächlich dem Lachen geschuldet.

»Bei anderen kann man die Augen sehen, bei sich selbst braucht man einen Spiegel ...«

Das hatte ihm vor Jahren sein Saxophonlehrer gesagt an jenem Nachmittag, an dem er Tony Drechsler im Krankenhaus besucht hatte.

»... aber wenn du vor mir stehst, brauche ich keinen Spiegel, dann sehe ich meine eigenen Augen, auch wenn die Farbe anders ist.«

Fred hatte geschwiegen.

»Denk dran, Fred Kemper. Die Spottdrossel macht nur die Stimmen der anderen nach, und das willst du nicht. Wenn du dein eigener Herr sein willst, musst du deine eigene Stimme finden. Aber was rede ich. Ich bin stolz drauf, dir beigebracht zu haben, wo man wie reinblasen muss und was man am besten mit den Händen macht. Ich habe lange niemanden mehr gehört, der so sehr seine eigene Stimme hatte. Pass auf sie auf.«

Was Fred jetzt in diesem blank geputzten Spiegel sah, war ein duldender Blick ohne jeden Widerstand. Eine dunkle Bersteinfarbe hatten seine Augen, aber die Mischung aus Grün und Kupfer und Gelb war nur noch fahl.

Sonja hatte bei ihrem ersten Rendezvous in seinen Augen gelesen. »Die Farbe sagt: Du hast große Gefühle, bist aber ein introvertierter Typ. Manchmal bist du vielleicht unbeherrscht …« Sie hatte eine Pause gemacht und ein wenig unanständig gelächelt. »… aber auf jeden Fall bist du äußerst leidenschaftlich.«

Davon sprachen seine Augen schon lange nicht mehr. Sie sprachen davon, dass nicht er in seinem Leben aufgegangen war, sondern das Leben sich in ihm verloren hatte. Er war zu einem Irrläufer geworden, der zwischen Baum und Borke und allen Stühlen hing und weder Fisch noch Fleisch war.

»Sportsfreund, du musst dich entscheiden, aber nur eine Entscheidung ist richtig, glaub dem ollen Mittelstädt. Manche Noten bringt man nicht zusammen, da kann man machen, was man will.«

Fred starrte sich an in dem Hotelzimmerspiegel, als wollte er sich hypnotisieren. Das Fenster stand immer noch offen. Leise Geräusche aus den nahen Stadtvierteln lagerten sich wie Schindeln übereinander, ein schnell beschleunigendes Auto, eine aus Versehen angetippte Hupe, eine knarrende Tür in seiner Nähe, eine Straßenbahn, vielleicht eine Glocke, die zur halben Stunde läutete. Er war sich nicht sicher, ob das alles überhaupt da war, aber es gehörte zu einer Nacht wie dieser, sie brauchte ein Dach aus Geräuschen – und Musik.

Fred riss sich los. Er wollte vernünftig sein, ging wieder zum Fenster und schloss es. Der Wodka hatte längst seine Wirkung verloren. Eine Viertelstunde war es vielleicht her, dass er die Flasche aus der Minibar genommen hatte, aber jetzt ignorierte er sie mit aller Macht und ging zum Schrank. Darin lag, was ein schlichter Werkzeugkoffer hätte sein können. Andere Musiker hatten Saxophonkästen, die die Form des Instruments nachbildeten. Fred hatte sich damals für eine schwarze Hartschale entschieden. Die Metallecken hatten Dellen, die Verschlüsse gingen schwer, aber egal was geschehen war, sein Saxophon hatte in der blauen Fütterung immer sicher gelegen.

Das Taxi zum Flughafen hatte schon gewartet, aber dann war Fred noch einmal zurückgegangen, um doch noch den Koffer mitzunehmen.

7

Als Fred in dieser Weihnachtsnacht im Bad in den Spiegel geschaut hatte, da hatte er etwas entdeckt unter der angenehmen Ermattung. Als wäre sein Gesicht ein Buch aus Pergament. Noch nicht viele Seiten lagen aufeinander, aber auf jeder war ein Teil einer Skizze. Zusammen ergab sich mehr als eine Ahnung: Ein Traum, der immer greifbarer wurde. Fred nahm den Zahnputzbecher, spülte sich zweimal den Mund aus, stellte den Becher an seine Stelle und platzierte die Zahnbürste darin. Dann wischte er sich den Mund ab. Und auch diesmal ging er, das rechte Bein zuerst über die Schwelle setzend, in sein Zimmer zurück.

»Es müsste gerade so gehen.«

Vater kniete auf dem grünen Teppichboden neben dem Schreibtisch unter dem Fenster und stöpselte das Stromkabel für den Plattenspieler ein. Freds Zimmer war klein und länger als breit. Links stand das Bett. Gegenüber gab es einen Kleiderschrank und ein Möbel, das zwei Möglichkeiten miteinander verband: Unten waren zwei breite und tiefe Schubladen, in denen er sein altes Spielzeug und alles, was sonst Wert hatte für ihn, verstauen konnte. Dieser untere Teil ergab ein Podest, auf dem man viel Zeug abstellen oder einfach sitzen konnte. Im Rücken hatte man dann das Regalteil, das obendrauf thronte. Die vier Etagen hatte Fred mit seinen Büchern vollgestopft,

47

kreuz und quer und übereinander. Ganz oben lagerten eingestaubte Kartons.

Vater hatte den Plattenspieler auf dem Podest in Position
gebracht. Direkt daneben standen die Boxen, nicht der ideale
Ort, aber ein Anfang. Fred würde ungestört seine eigenen Platten hören und mit der Fahrt der Nadel durch die Rille den Melodien und Takten immer und immer wieder folgen können,
bis er diese Geheimsprache endlich entschlüsselt hatte.

Sein Vater hatte das Fenster weit aufgemacht, ein kühler
Durchzug drängte die verbrauchte Luft aus dem Zimmer.

»Lüfte noch mal ein paar Minuten durch. Aber dann ist Feierabend, Sir. Ich habe alles angeschlossen. Ausprobiert wird
erst morgen. Verstanden?«

Er strich seinem Sohn über das inzwischen zerzauste Haar.
Das hatte er schon lange nicht mehr gemacht.

»Klar, Papa. Vielen Dank noch mal. Das ist riesig. Ein eigener Plattenspieler, das ist, wirklich …«

»Schon gut. Es war mir eine Ehre. Und jetzt: Gute Nacht,
Sir!«

Leise zog Albert Kemper die Tür zum Zimmer seines ältesten Sohnes zu, um herunterzugehen im Vertrauen darauf, dass
Fred es machen würde wie verabredet: das Fenster schließen,
das Rollo herunterlassen, sich ins Bett legen und mit der letzten Geste die Lampe ausmachen, die am Kopfende des Bettes
stand. Mit seiner Frau wollte Albert Kemper noch eine Stunde
auf der Couch sitzen und den Heiligabend ausklingen lassen.
Sie würden nicht viel reden, sondern zusammen Radio hören
und den Wein austrinken. Sie würde sich an ihn lehnen, die
Beine angezogen auf der Couch, den Kopf an seiner Schulter.

Die beiden merkten nicht, was Fred eine Etage über ihnen
tat. Er hatte seinen großen Winterschal aus dem Schrank genommen und ihn um den Lampenschirm gewickelt, damit es so
wenig Licht wie möglich gab. Sachte wie ein Dieb nahm er die
Boxen vom Schrank und stellte sie ganz dicht an das Kopfende
seines Bettes. Dann klappte er den Deckel des Plattenspielers
hoch und nahm mit aller Sorgfalt die glänzend schwarze Platte

aus dem Cover und der blütenweißen Papierhülle: Miles Davis
»’Round About Midnight«. Vor bald elf Jahren war das Album
erschienen, das erste, hatte ihm Paul Mittelstädt erklärt, das
Miles für eine neue Plattenfirma eingespielt hatte: »Columbia«. Auf dem Cover war ein Foto von Miles, das im Café
Bohemia bei einem Konzert aufgenommen worden war. Der
legendäre Trompeter trug eine elegante Sonnenbrille. Mit der
linken Hand hatte er zart sein Instrument gefasst, um es an
seiner Schulter zu halten, schützend, als sei es sein Baby. Miles
schien ganz in sich gekehrt, als versuchte er, mit der vollen
Kraft seiner Gedanken zu einem Urteil zu kommen. Aber auch
abweisend und auf eine unüberbrückbare Weise einsam sah er
aus. Fred kannte das Stück in- und auswendig, aufgenommen
am 10. September 1956 in einem Studio in New York City in
der 30sten Straße. An den Nachmittagen mit Paul Mittelstädt
hatte er sich oft »’Round Midnight« gewünscht. Denn auch
John Coltrane spielte mit am Tenorsaxophon.

Der Perpetuum Ebner nimmt seine Arbeit auf: Als der Tonarm sich senkt und die Nadel in die Rille setzt, knackt es und
kratzt es ein wenig, eine magische Verheißung. Fred hat die
Lautstärke soweit wie möglich heruntergedreht. Er ahnt mehr,
als dass er hört, wie John Coltrane und Miles sofort nach dem
ersten Klavierakkord einsetzen. Die Noten, die John mit dem
ersten Atemzug spielt, sind tief und traurig und kaum zu hören, denn sie sind nur der Untergrund, auf dem Miles seine
Trompete mit dem Dämpfer bläst, so klar und messerscharf
und doch reserviert. So eigensinnig, dass man gar nicht an
eine Trompete denkt. In diesen ersten Sekunden des Songs
entkommt Fred aus seinem Zimmer, er bewegt sich schwerelos den Hang hinauf zur Straße und seinem Lieblingsplatz. Er
sieht das Licht- und Farbenspiel der Kokerei, er hebt ab wie
eine Taube und schaut herunter auf die Gebäude und Förderbänder, die Gleise und Kohlehalden. Er hört nicht das Rumo-
ren, das die Anlagen erzeugen mit ihren Vibrationen, vernimmt
nicht den Tanz der Luftmoleküle, aufgewirbelt und geschüttelt
von all den unzähligen Schwingungen des Metalls, der Steine,
der Gasfeuer und der wenigen Menschen. Fred hört die Musik

und schaut auf die Erde herab. Er will seinen Flug fortsetzen, aber wohin?

»Weißt du, was für mich das Thema von ›'Round Midnight‹ ist, Sportsfreund? Du wirst allein geboren und du stirbst allein. Was dazwischen passiert, nennt man Schicksal. Und wenn du Dusel hast, dann bist du irgendwann nicht mehr nicht allein. Aber auch wenn du nicht allein bist, ist das nicht die sichere Fahrkarte ins Glück. Denn die Angst, dass du unterwegs aus dem Zug geworfen wirst, irgendwo auf freier Strecke, die ist als Schwarzfahrer immer mit dabei. Kann also sehr gut sein, dass du auf Schusters Rappen wieder zurück zum Anfang musst. Aber wenn du ein Cowboy bist, sagst du ›So what!‹. Na ja, und akzeptierst die Nummer, unter der's mal wieder keinen Anschluss gab. Jedenfalls so ungefähr.«

»'Round Midnight«, jene Version von Miles Davis, in der er mit seinem Spiel immer neue Höhen erklimmt, mit jedem Schritt an Schärfe gewinnend. Sein Ton setzt Kratzer in das offensichtliche Schweigen, gegen das er anspielt. Er klingt trotzig und dann wieder traurig. Miles spielt jenen Moment durch, der sich millionenfach ereignet jedes Mal in den Stunden um Mitternacht, wenn der Himmel schwarz wie oxidiertes Metall über Dächern und Straßen drückt.

Memories always start 'round midnight
Haven't got the heart to stand those memories,
When my heart is still with you,
And ol' midnight knows it, too.

Der Trompeter ist weit mehr Sänger als Instrumentalist: Er hält die Töne unendlich lange und lässt sie minimal vibrieren, darin diese Empörung über das Geschehene, der Zorn, der die Schwermut einfärbt.

Aus dem Hintergrund setzt Philly Joe Jones am Schlagzeug immer wieder glasharte Akzente. Sein Break mit den Besen wirkt fast bedrohlich, eine Mahnung. Für den Moment ist er der böse Geist, der alles in seiner Gewalt hat. Wieder setzt Miles an, ein Schluchzer ist es, mit dem er die Geschichte fortschreibt in einem Tempo, bei dem er sich alle Zeit der Welt erlaubt. Gefühle und Gedanken lädt er auf den

Atem, der tief aus seinem Inneren kommt, schickt ihn in sein Instrument.

Und dann irgendwo auf der Hälfte, nach zweieinhalb, drei Minuten, findet das Quintett zu einer gemeinsam intonierten Fanfare zusammen. Ein neues Kapitel beginnt, und das schreibt vor allem John Coltrane. Aus dem Hintergrund bringt er eine Melancholie ins Spiel, die geradezu heiter ist. Eigensinnig ist er und aufsässig und nimmt Tempo auf. Er ist nervös und fast aggressiv in manchen Läufen. Er hält Miles eine Antwort entgegen, er skizziert die andere Seite dieser Zeit um Mitternacht. Beinahe hymnisch wird er und kann schon weiter hinaussehen. John Coltrane hat Zeit, zuzuhören, während Miles sein Solo bläst. Jetzt antwortet er seinem Bandleader, als wollte er ihn trösten. In der Sprache seiner Musik sagt er: »Lass dich nicht unterkriegen, Miles, halt dagegen, jammere nicht. Was immer dein Schicksal ist, bezwing es mit deiner Energie.«

8

Fred öffnete den Kleiderschrank, in den er achtlos seine wenigen Sachen gepackt hatte. Eine Sweatshirt-Jacke war vom Bügel gerutscht, lag auf dem Saxophon-Koffer, als sollte er weiter im Verborgenen bleiben. Fred hängte die Jacke zurück, nahm den Koffer mit beiden Händen und hielt ihn für einen Moment wie ein Baby, wie damals seine Pia im Besucherraum des Krankenhauses.

Das Ritual hatte Fred tausende Male absolviert. Er bereitete sich vor wie ein Abfahrtsläufer, der noch einmal alles um ihn herum ausblendet und versucht, sich mit dem brutalen Hang anzufreunden, den er sich hinunterstürzen muss. Immer hat die Zeremonie ihn beflügelt und beruhigt zugleich, selbst wenn die Angst vor dem Auftritt ihn zu lähmen drohte. Fred hat das Lampenfieber nie ablegen können, aber immer gelang es ihm, die Angst zu versagen, zu verwandeln in einen Zustand höchster Konzentration. Tony hatte ihm erklärt, dass es nicht schlimm sei, diese Angst zu haben.

»Du möchtest am liebsten weglaufen, aber der Strom, unter dem du stehst, das ist gute Energie, das ist genau die Kraft, mit der du die anderen anstecken willst.«

Fred legte den Koffer auf die Seite des Bettes, die er nicht aufgedeckt hatte, und ließ die Schlösser aufschnappen. Er klappte den Deckel hoch und verharrte für einen Augenblick. Dann nahm er den kleinen Taschenspiegel heraus, auf dem er mit einem Gummiband die Blätter befestigt hatte. Es waren neue Blätter, die er auf dem Weg zum Flughafen gekauft hatte in Tony's Musicstore. Der Laden existierte immer noch, auch wenn Tony nicht mehr lebte. Fred bevorzugte weichere Blätter. Früher war er ein Meister darin gewesen, sie für seine Zwecke zu bearbeiten, sie zu schleifen mit einem feinen Schmirgelpapier entlang der Maserung. Fred hatte die weichen Blätter nicht ausgesucht, weil sie eine leichtere Ansprache ermöglichten. Ihm war wichtig, dass man sie sehr leise spielen konnte. Und wenn er die Wahl hatte, das Gleiche laut und leidenschaftlich zu sagen oder leise und leidenschaftlich, dann flüsterte er lieber.

Er hielt die Blätter nacheinander gegen das Licht und entschied sich dann für eines, das eine perfekte Symmetrie hatte und gleichmäßig gemasert war. Das dünne Ende nahm er in den Mund, lutschte darauf vorsichtig herum, um es zu anzufeuchten. Er merkte, wie trocken sein Mund war, und ließ das Blatt ein paar Sekunden länger als gewöhnlich zwischen seinen Lippen. Dann legte er es auf das Mundstück, so dass es exakt mit der Spitze abschloss. Mit dem Daumen fixierte er es und zog sicher und ohne Nachjustieren die Blattschraube an. Blind und im Suff hätte er es gekonnt, fehlerlos. Mit leichten Drehungen schob er das Mundstück auf den Kork am S-Bogen. Viel zu lange war das Stück nicht gefettet worden. Am Schalltrichter nahm er dann den Korpus aus dem Koffer, entfernte den Schoner aus der Öffnung des Rohres und setzte den S-Bogen auf, wieder mit einer leichten Drehung. Er schnallte den Tragegurt fest. Weil er sich angewöhnt hatte, das Saxophon etwas rechts vom Körper zu halten, schwenkte er den S-Bogen etwas nach links, damit er das Mundstück bequem erreichen konnte. Das Instrument war spielbereit. Und er? Fred wollte spielen. Er musste spielen. Wie damals: Jedes Mal ging ihm der erste Ton gleich unter die Haut und weiter ins Blut, wurde eine Substanz, die die Schranke ins Gehirn durchdrang, um dort zu wirken. Mit dem ersten Ton fühlte Fred sich geborgen. Als würde die Musik auch das uralte Reptilienhirn und die Instinkte in seinem Schädel beherrschen, geriet sein Körper in eine vegetative Balance, in der es keine Schmerzen gab.

An einem Abend war er aufgetreten mit einem verrenkten Knöchel, der so geschwollen war, dass er kaum den Schuh anbekam. Aber er stand dort und spürte nicht den Span, der vom Knochen abgesplittert war. Selbst wenn sein Inneres, so hatte er es Lilli einmal beschrieben, ein sternenloses Gewölbe war, selbst dann veränderte der erste Ton alles und machte es licht und hell.

Bevor er das Mundstück ansetzte, testete er die Klappen. Fred spürte sofort, dass sie nicht mehr ihre gleichmäßige »action« besaßen. Sie bewegten sich mit unterschiedlichem Widerstand. Er wusste, dass auch die Polster auf den Tonlöchern nicht mehr exakt saßen. Das Instrument war lange nicht mehr gepflegt worden. Die Bedingungen waren mehr als ungünstig: Er wollte ins Rennen gehen mit einem Pferd, das ein lahmender Klepper war, aber hatte keine andere Wahl. Der Jockey war nicht besser in Form.

Irgendeinen Ton wollte Fred spielen, etwas Hörbares hervorbringen. Der eine genaue Ton, dem er sich wieder würde nähern müssen, langsam, ein Schüler in der ersten Stunde. Er setzte die oberen Schneidezähne weich auf, formte die Lippen, wie Sonny Rollins es gesagt hatte, als spräche er das Wort »four«. Fest war jetzt sein Ansatz, entspannt war der Druck seiner Lippen. Fred holte Luft und berührte mit der Zungenspitze das Blatt und das Mundstück. Er griff das »a« wie Anfang. Und zuckte zusammen und ließ das Instrument fast aus den Händen fallen. Was er hervorgebracht hatte, es war ein Kieksen und Quietschen, ein grässlicher Unton. Er probierte es noch einmal und noch einmal und ein weiteres Mal. Endlich war es da, so etwas Ähnliches wie das »a«, ein unsicherer, stumpfer Ton. Aber jetzt wollte er nicht mehr aufgeben. Er probierte es, bis er einigermaßen zufrieden war.

Fred überlegte, wie es nun weitergehen sollte, welches die nächsten Töne sein sollten, die er zu einer improvisierten Melodie zusammenbinden wollte – da klopfte es: Im Viervierteltakt hämmerte jemand im Nachbarzimmer an die Wand. Bumm – Bumm – Bumm – Bumm.

Wenn er damals im Keller seines Elternhauses geübt hatte, dann war ihm, als wollten sogar die angeblich toten Gegenstände zuhören. Die allerkleinsten Teilchen der Materie spitzten die Ohren, sogar die muffige Luft sammelte sich enger um ihn, als wollte sie lauschen und dadurch auf unphysikalische Weise frischer werden. Und jetzt: Mit dem jedem Schlag ging die Welt weiter auf Abstand. Es war drei Uhr morgens.

9

»Du willst was?«

Renate Kemper schaute ihren Sohn an, ratlos, verzweifelt, mehr noch: Sie stand auf der Bühne wie eine Mutter, die erfahren muss, dass ihr Liebling ein düsteres Doppelleben geführt hatte.

»Also, ein Tenorsaxophon.«

Fred half beim Abwasch, er hatte sich ausgerechnet, dass die Situation besonders günstig wäre.

»Was willst du denn damit machen?«

»Na ja, spielen lernen. Andere Kinder lernen doch auch ein Instrument.«

»Weiß ich. Aber Gitarre spielen die und machen dann mit in einer Band. Oder Geige. Wenn du Geige lernst, kannst du ins Schulorchester gehen.«

»Könnte ich mit Saxophon auch, aber du weißt doch, dass ich gerne Jazz-Musik höre …«

Hin und wieder hatte sie in sein Zimmer hereingeschaut, wenn eine Platte lief. Ihr Vorwand war, ob sie ihm etwas bringen könne, ein Glas Limonade, ein Stück vom frisch gebackenen Apfelkuchen. Dann hatte sie einen Moment zugehört und auch mal eine Frage gestellt: wer da spiele oder von wann denn die Platte sei. Die ein oder andere Nummer gefiel ihr sogar: Das waren die Aufnahmen mit Sängerinnen oder Sängern, aber mit den schnellen und herausfordernden Stücken konnte sie gar nichts anfangen. Musik war nie ihre Welt gewesen, sie hatte sich nie bewusst für einen Stil entschieden und war nie ein echter Fan geworden. Selbst Elvis hatte sie nie entflammen können. Musik hörte sie nebenbei aus dem Küchenradio. Es war für sie eine akustische Gardine, die den Raum wohnlicher machen konnte.

»Und du meinst, du kannst das?«

Fred war irritiert.

»Saxophon spielen? Warum nicht, klar, ich muss erst mal Stunden nehmen. Wenn ich's nicht hinkriege, können wir es ja wieder verkaufen.«

»Was kostet denn so ein Saxophon?«

»Der Paul hat einen Freund mit einem Musikgeschäft: Ein paar hundert Mark könnten es schon werden, also tausend, vielleicht auch …«

Sie stand auf der Bühne wie eine Mutter, die erfahren muss, dass ihr Sohn ein Mörder ist.

»Rikki, das ist ja viel zu teuer. Da bekämen wir endlich ein gutes gebrauchtes Auto für. Das geht nicht. Auf keinen Fall geht das. Das machen wir nicht.«

»Aber zur Konfirmation, wenn alle zusammenlegen. Und das wäre dann auch schon mit für meinen Geburtstag. Und Ostern ist doch vorher. Ich habe überlegt, ich kann auch was dazutun, ich könnte mir eine Arbeit suchen, Zeitungen austragen oder in einem Laden helfen, Mama, ich …«

»Rikki, ach, das geht alles nicht. Schlag dir das aus dem Kopf. Fang doch erst mal mit Gitarre an, das ist sicher nicht so teuer.«

»Mama, das ist, ich meine …«

Alles hatte er sich so gut wie möglich zurechtgelegt: Argumente ebenso wie kindliche Methoden der Überredung, die keine Worte brauchten. Ein goldiger Blick, eine herzige Haltung: Automatisch wurde man etwas kleiner und verletzlicher, eben noch ganz das Kind, das eigen Fleisch und Blut, das man bewahren musste vor dem Bösen. Bald würde er in die Kirche einziehen, um konfirmiert zu werden, ein Tag, an dem man mit größeren Geschenken rechnen konnte. Es ginge ja auch ein gutes gebrauchtes Saxophon. Alle könnten zusammenlegen. Tante Ria wäre sicher großzügig. Er wollte doch nur seinen Wunsch äußern, eine Verhandlungsbasis schaffen, denn es musste möglich sein: Saxophon spielen lernen, vielleicht einmal wenigstens halb so gut werden wie John Coltrane. Fred wollte wissen, wie es ist, das Instrument in der Hand zu halten und damit Töne zu erzeugen, die mal schön und mal giftig, mal traurig und mal streitsüchtig klingen konnten.

Mutters Blick zog sich zusammen, sie rümpfte die Nase, nahm sichtlich Abstand und presste die Lippen zusammen. Nein, all das gefiel ihr nicht. Aber sie fand keinen Ausweg, und er sah sich vor einer glatten Wand aus Zurückweisung. Vielleicht gab es noch Hoffnung, weil sie nicht so massiv war, wie es den Anschein hatte. Aber für den Moment war Fred einfach nur bitter enttäuscht. Er fühlte sich verlassen und begann zu weinen.

»Ach, Rikki«, sagte sie und sah ihn an, eine Mutter auf der Bühne, die ihrem Sohn jedes Verbrechen vergibt.

»Rikkchen, du bist so sensibel.«

Sie verschränkte die Hände vor der Brust, als wollte sie noch dazu sagen: »Aber so ist es doch!«

Sie wollte Fred gerne viele Wünsche erfüllen, aber es musste in einem vertretbaren Rahmen bleiben.

Fred wollte etwas antworten, aber das blieb nur für ihn hörbar, ein Entwurf in seinem Kopf, Sätze, die er Mamas Bild vom dünnhäutigen Rikkchen entgegenhalten wollte: Na und, bin ich vielleicht. Aber darum kriege ich auch mehr mit als ihr. Darum werde ich weiterkommen als ihr mit eurem Spießer-Geiz.

Mit aller Kraft warf Fred das zerknüllte Spültuch auf den Boden, drehte sich um, lief aus der Küche und die Treppe hinauf in sein Zimmer. Als er auf dem Bett lag, wurde aus dem Weinen ein Heulen. Es dauerte lange, bis er sich beruhigt hatte. Er suchte eine Platte aus seiner immer noch sehr bescheidenen Sammlung heraus – das meiste waren Leihgaben von Paul Mittelstädt. Es war Chet Baker mit »My Funny Valentine«. Die Live-Version von 1954, aufgenommen bei einem Konzert in der Universität von Ann Arbor. Auf dem weißen Cover tanzten Frauen, Strichfiguren, die an Skizzen für Mode-Entwürfe erinnerten. Sie hielten Fähnchen. Fünflinge, die auf einer Party in den zwanziger Jahren hopsten.

Dass das nicht so recht zu der Musik der Aufnahme passte, hatte Fred damals nicht bemerkt, er hatte darüber nicht nachgedacht und auch nicht über das Stück, das dritte auf der A-Seite, das so wundersam einfach gestrickt war und auf einem so genügsamen und unspektakulären Motiv basierte. Die Melodie, die ganz zaghaft steigt und dann wieder fällt, um wieder ein kleines bisschen höher zu streben. Fred hörte nur auf Chet Baker, den jungen Trompeter, der aussah wie ein rebellischer Filmstar, aber mit dieser hellen Teenager-Stimme sprach. Fred hörte Gefühle, hörte Weltschmerz. Da war der Trommelwirbel. Ihm folgte der Bassist mit einem Beat, der wie das Ticken einer großen Standuhr war. Und dann kam Chet. Er verzichtete auf alles Überflüssige und verließ sich nur auf seinen Ton, der zerbrechlich wirkte wie er selber, dünn und jung und bewundert. Aber dieser schmale Bereich, den er beherrschte, der genügte ihm voll und ganz. Darin konnte er zaubern. Chet dehnte die ersten Töne der Melodie, diese sparsamen Phrasen, bis sie weh taten, kein körperlicher Schmerz, eine andere Art der Spannung, die einen bangen ließ: als könnte man beim Hören einfach lautlos zersplittern. Chet spielte so durchscheinend und still, er berührte nur das, um was es wirklich ging, den Kern. Er behandelte die Noten so sacht und hauchte sie am Ende einfach fort. »My Funny Valentine« war ein Liebeslied.

Fred stellte sich einen jungen Typen vor, der am Ende des Sommers, am Ende eines Tages noch einmal losgegangen ist.

Er streift durch die Straßen, in denen der Herbst mit einem forschen Vorspiel das Kommende eingeleitet hat. Hartnäckiger Nieselregen zieht Schleier um Schleier vor die grauen Fassaden, die Kühle lässt alles klamm werden und unfreundlich. Der Typ geht zu dem Haus, in dem das Mädchen mit der blauen Jacke und dem rosa Schal wohnt. Die Hände hat er tief in den Taschen, er lehnt sich an die Mauer im Schatten einer Hauseinfahrt und schaut hinüber auf die Fenster mit den altmodischen Fensterläden aus Holz. Dahinter wohnt das Mädchen. Er versucht sie mit telepathischen Kräften dazu zu bewegen, einfach für einen Moment aus dem Fenster zu schauen, so dass sie ihn vielleicht sogar auf der anderen Straßenseite entdeckt und sich fragt, wer er ist. So steht er eine Stunde, hofft eine Stunde. Schließlich muss er gehen, es ist zu spät. Aber er kann sich nicht losreißen, dreht sich noch einmal um, ist schon ganz durchnässt, aber dann passiert das Unerwartete: Es ist ihr Zimmer, das Licht geht an, und dann kommt sie ans Fenster, sie macht es auf, sie steckt den Kopf heraus:

Stay little Valentine stay
Each day is Valentine's day.

Er nimmt seinen Mut zusammen, um etwas zu rufen, aber da ist sie schon verschwunden und nur das Nachbild bleibt, ein schöner Schatten.

Das Mädchen mit der blauen Jacke und dem rosa Schal kannte Fred von der Straßenbahnhaltestelle. Aber er wusste nicht ihren Namen und nicht, wo sie wohnte. Einmal hatte er überlegt, einfach in ihre Bahn einzusteigen und ihr zu folgen. Aber an jenem Nachmittag war es nicht diese Geschichte, in die Fred den Refrain übersetzte. Nach der Auseinandersetzung mit seiner Mutter tröstete ihn einfach nur, dass es da jemanden gab wie Chet, der auch diese Gefühl kannte: dass es nicht weitergeht und man nie bekommen wird, was man sich wünscht. Dass der eigene Wille nur ein Pappkamerad ist, der schon bei einem windelweichen Klaps umfällt und am Boden bleibt.

An diesem Abend ging Fred nicht mehr zum Essen hinunter, aber es klopfte auch nicht an seine Tür, niemand versuchte, ihn zu beschwichtigen oder zu überreden. Hungrig schlief er ein und wachte wieder auf an einem Tag, an dem alle taten, als wäre nichts gewesen, aber doch viel weniger miteinander sprachen. Es war ein mucksmäuschenstiller Unfriede, der noch für ein paar Tage herrschte.

Fred hatte sich an den Gedanken gewöhnt, eine Armbanduhr geschenkt zu bekommen, einen Füllfederhalter, eine Bibel und ein Postsparbuch. Er hielt sich ab sofort im eingefahrenen Kreisverkehr des Alltags und rechnete mit nichts mehr. Er war zu feige, um im Tor auf den Ball zuzuhechten, war zu feige, um sich seinen Eltern zu stellen, war zu feige für das Leben. Weil er in den meisten Fächern gute Noten hatte, gab es daheim keinen Ärger wie bei seinen Mitschülern. Weil er nichts Schändliches anstellte, drohte man ihm keine Strafe an. So kam eins zum anderen und ergab einen beruhigenden Gleichklang im Hause Kemper, in den er eingeschlossen blieb und der kaum Dissonanzen kannte – aber auch keinen Sprung nach oben in den Räumen, die blieben für positive Überraschungen.

»Wir kommen mit einer PanAm 707«, hatte Tante Ria geschrieben und drei Ausrufezeichen dahintergesetzt.

Vater erklärte seiner Frau, dass das nicht die Flugnummer sei: »Das ist ein Flugzeug von Boeing für Langstreckenflüge. Keine Ahnung, was sie damit sagen wollen.«

Renate ahnte es, und das änderte alles. Mit dem knapp gefassten Luftpostbrief in der Hand entschloss sie sich, alles für ein erfolgreiches Feiertags-Arrangement einzusetzen. Dazu gehörte vor allem ein freudestrahlender Fred am Kopfende der Festtafel. Er sollte der Mittelpunkt einer Anordnung sein, die da sagte: »Seht schon, auch wir Zurückgebliebenen haben es richtig gemacht.«

Auch Renate Kemper hatte mit dem Gedanken gespielt auszuwandern. Anfang der fünfziger Jahre hatte sie fast ihr ganzes Erspartes ausgegeben für einen abenteuerlichen Flug: von Paris mit einer viermotorigen Propellermaschine, die aussah wie ein Delphin, nach New York und weiter mit einer außerplanmäßigen Zwischenlandung wegen eines Blitzeinschlags irgendwo in der amerikanischen Wüste. Aber dann landete sie im Herbst 1951 doch noch unversehrt, aber zittrig in Los Angeles. Hätte man sie später nach den wahren Motiven für diese Reise gefragt, hätte sie nach langem Zögern geantwortet: »Weil ich einmal fliegen wollte, so hoch oben wie's geht und so weit wie möglich.«

Sie sah den Bungalow ihres Bruders in den Hügeln von Beverly Hills und badete in seinem Swimmingpool, der noch längst nicht abbezahlt war. Sie zog mit ihrer Schwester durch die Bars rund um die Hollywood-Studios, wo Ria jetzt mit deutscher Präzision als Chefin die Näherinnen beaufsichtigte, die die Kostüme für die Cinemascope-Streifen nähten. Dabei behielt sie immer einen aufmerksamen Blick für die neuen sehr jungen und sehr männlichen Kino-Hoffnungen. Aber Renate wollte den Geschwistern nicht folgen und das »German Frollein« sein, obwohl sie als Krankenschwester einen guten Job hätte annehmen können. Sie wollte in der Heimat bleiben. Sie sah es nicht als Verzicht, sondern als Herausforderung. Kurz darauf blickte sie in Albert Kempers Augen, die umso schöner waren, weil er sichtlich litt. Und besonders zart fühlte sie ihm darum seinen Puls.

»Sie wollen wissen, was wir ihm schenken, und sich beteiligen?«

Albert Kemper fummelte an einem Knopf seiner Strickweste und drückte dann an seinem Ohrläppchen herum. Die ganze Situation missfiel ihm. Dafür gab es viele Gründe. Auch er sah es wie Renate: Freds Wunsch blieb in keiner Weise im Rahmen. Aber auch in ihm rangen ein Prinzip und ein Wunsch miteinander. Er wollte das Geld so fest wie möglich zusammenhalten. Und er wollte zeigen, dass er nicht kleinlich war und es zu etwas gebracht hatte. Am meisten aber ärgerte ihn, dass er jetzt nachgeben und als Herr des Hauses auch noch der Kundschafter sein sollte. Er wusste, dass es um eine glanzvolle Friedenslösung ging. Am liebsten hätte er das Thema nicht angerührt: begraben, wie es war; so unbemerkt wie möglich beseitigt; ein totes Haustier, das heiß geliebt und schnell vergessen war.

Für Fred wurde es eine fröhliche Exhumierung.

»Mama hat erzählt, dass du gerne ein Saxophon hättest. Und jetzt, wo Tante Ria und dein Onkel kommen ... Ich kenne mich da nicht aus. Was braucht man da alles?«

Am liebsten hätte Fred im Dreivierteltakt alles aufgezählt wie in »My Favorite Things«. Aber in seine Litanei gehörten keine Regentropfen und Schnurrhaare von Katzen, keine Kupferkessel und warmen Wollfäustlinge, keine cremefarbenen Ponys und knusprigen Apfelstrudel, keine Schnitzel mit Nudeln – und ausnahmsweise auch keine Mädchen in weißen Kleidern mit blauen Seidenschärpen. Seine Litanei ging so:

»Das Saxophon mit S-Bogen und Mundstück, also komplett und einen Koffer und Tragegurte ... einen Ständer für Noten und einen für das Saxophon; einen Durchwischer, dazu einen Padsaver für alle Fälle und natürlich, ja, wichtig sind die Blättchen ... und das, glaube ich, war's.«

»Blättchen?«

»Na, die Dinger aus Rohrholz. Die bringt man in Schwingung. Und das gibt dann den Ton, den man spielt.«

»Aha!«

Sein Vater fasste sich in den Nacken. Die Hoffnung, dass es eine einfache Wandergitarre auch tun könnte, hatte er erst gar nicht gehabt.

»Ist ja noch ein bisschen Zeit. Wir müssen dann mal schauen. Was gibt es denn für Hersteller?«

»Selmer ist gut, Selmer macht die besten. John Coltrane hat ein Selmer Mark IV gespielt, als er bei Miles Davis eingestiegen ist und wenn man Tony fragt ...«

»Und wer ist das jetzt schon wieder?«

»Der hat einen Musicstore.«

Für die Aussprache hätte Fred im Englischunterricht eine Eins bekommen.

»Einen was?«

»Na, ein Musikgeschäft!«

»Da könnten wir uns dann ja beraten lassen.«

»Könnten wir.«

»Und das ist alles wirklich so teuer?«

»Dann ist es aber auch richtig gutes Material.«

»Also, ich habe mir das so überlegt: Deine amerikanischen Verwandten wollen sehr großzügig sein. Wir geben natürlich auch etwas.« Er korrigierte sich sofort: »Also, wir wollen uns zu diesem besonderen Tag anschließen und auch großzügig sein. Früher war das ja der Tag, an dem man zum jungen Erwachsenen wurde. Ich habe meine ersten langen Hosen bekommen.« Er verfolgte diese Erinnerung nicht weiter, obwohl ihm das weit lieber gewesen wäre, als loszuwerden, was er noch sagen musste: »Also, das ist ein …« – fast hätte er gesagt »verflucht«, dachte es aber nur – » … großes Geschenk. Ostern ist auch. Das legen wir zusammen. Zum Geburtstag wirst du dieses Jahr nichts bekommen. Und einen Teil musst du beisteuern, haben wir uns überlegt.«

Zur Vereinbarung gehörte, dass Fred ab sofort regelmäßig für Oma und Opa einkaufen gehen und den Flur putzen musste. Albert Kemper, ganz der Buchhalter, der er nun einmal hatte werden müssen, legte den Lohn fest und kündigte an, exakt Buch zu führen. Außerdem verfügte er, dass Fred in den Sommerferien ein paar Wochen in seiner Abteilung arbeiten sollte. »Du kannst aushelfen als Bote. Mir müsste mal jemand die Aktenordner neu anlegen. Das kriegen wir hin und das schadet ja auch nicht. Da bist du alt genug. Das ist eine gute Schule.«

Und so begann Fred, die Tage zu zählen bis zum Konfirmations-Sonntag. Er strich sie ab auf einem Zettel an der Wand, wie ein Gefangener in seiner Zelle, der auf den Tag der Entlassung wartet. An dem man feiert mit einem frischen Haarschnitt, tadellos und sauber gekämmt, und an dem man die Frage »Der Herr, darf es noch etwas Filet sein?« mit einem weltmännischen Kopfnicken und einem »Sehr gerne« beantwortet.

Der Kellner im schwarzen Anzug und mit Fliege im gestärkten Hemdkragen sprach mit osteuropäischem Akzent. Laut Namensschild hieß er »Valeriu Radu«. Er verbeugte sich tief, ein bisschen tiefer als gewöhnlich. Und noch zuvorkommender als gewöhnlich fragte er: »Der Herr, darf es noch etwas Filet sein?«

Die Feier fand im »Garten-Restaurant« am Stadtpark statt. Dort feierte man seine Familienfeste, wenn man etwas auf sich halten wollte. Die Gesellschaft saß um eine Tafel mit Blick auf die Wiesen, Bäume und den Teich. Drei Strahlen einer Fontäne stiegen in der Mitte auf, fielen herab und verwehten zu Gischtschleiern, die in der Sonne flirrten.

Fred saß am Kopfende in einem schwarzen Anzug mit Krawatte und blütenweißem Hemd. Er hatte seinen frischen Haarschnitt, war tadellos und sauber gekämmt und blickte auf die Promenade, auf der Spaziergänger unterwegs waren, die sich fein gemacht hatten für die Sonntagsrunde. Ein junges Paar schob einen weißen Kinderwagen, jeder hatte eine Hand am Griff. Ein altes Ehepaar kam aus der anderen Richtung, beide trugen sie Lodenmäntel in der gleichen Farbe, und jeder hatte ein lang gezogenes rostiges Etwas an der Hundeleine: Zwei Dackel tippelten im Takt von Herrchen und Frauchen. Fred schaute an ihnen vorbei und über die abfallende Wiese, auf der ein paar Enten grasten, auf den Teich in der Mitte. Es war ein schöner Frühlingssonntag, an dem er den Segen bekommen hatte. Sie waren alle gekommen: Oma und Opa väterlicherseits, die er nach dem Stadtteil, in dem sie wohnten, nannte, saßen links von ihm, daneben seine Oma mütterlicherseits, deren Vorname für ihn »Oma« war und deren Nachname die Straße, in der sie wohnte. Seine deutsche Tante Regina, die acht Jahre älter war als seine Mutter und unverheiratet, saß daneben. Dann folgten seine Mutter und Wolfi. Vater saß am anderen Ende der Tafel. Neben Fred durften seine Freunde sitzen, Holger Kübler, der Junge aus der Nachbarschaft. Holgers Eltern waren auch eingeladen. Außerdem war da Susi, die Fred noch aus der Grundschule kannte. In ihrem dunkelgrünen Rüschenkleid sah sie aus wie eine Porzellanpuppe, die unbeweglich mit Pagenschnitt und Schmollmund eine Sofa-Ecke bewacht. Nur: Porzellanpuppen hatten nie große gefährlich spitze Brillen.

Dann folgten die Ehrengäste. Tante Ria und Onkel Richard aus Amerika. Seine Tante trug ein Hemdblusenkleid, das sie selber genäht hatte. Es war aus schwarzem Samt, hatte aber einen knallroten Stehkragen aus Leder und an den kurzen

Ärmeln ebenfalls knallrote Lederriemen. Vorne drauf waren Tressen aus knallroten und goldenen Fäden genäht. Es sah aus wie die Uniformen der Zinnsoldaten, mit denen Wolfi neuerdings spielte. Tante Ria hatte auf dem Weg in die Kirche die Blicke angezogen, neugierige und vorwurfsvolle, aber auch heimliche: Das waren die bewundernden. Ihr Kleid endete weit über den Knien. Sie trug hautfarbene Strumpfhosen – ein Zugeständnis, rote hätten das Bild vollkommen gemacht – und schwarze Stiefel mit Absätzen wie Holzklötze.

Tante Ria hatte ihr Banner gehisst, deutlich sichtbar und über allen knatternd und für die, die sich dem nicht ergaben, eine Kriegserklärung. Aber wer hätte gegen Tante Ria schon gewinnen können? Außerdem war ihr die Schützenhilfe ihres älteren Bruders sicher. Onkel Richard trug einen schwarzen Anzug mit Weste, silbern gemusterter Krawatte und einem weinroten Einstecktuch. Er sah aus wie ein Geheimagent im Kino. Im wirklichen Leben war er tatsächlich derjenige, der einem Schauspieler, der auch den Geheimagenten gab, mit seiner Firma den Garten pflegte. Onkel Richards Präsenz war weniger provokant, aber mindestens so absolut. Er besaß die Fähigkeit, Licht aus seiner Umgebung zu absorbieren und es zur Quelle seiner eigenen bestmöglichen Ausleuchtung zu machen. Wer immer dann um ihn herum war, blieb glanzlos, als wäre er im Kernschatten eines mächtigen Planeten gelandet.

Freds Eltern hatten das Mögliche getan: Sein Vater sah elegant aus in einem Anzug mit Nadelstreifen, weder war er Offizier in zivil noch Studienrat in festlich. Mama trug ein dunkelblaues schmales Mantelkleid mit langen Ärmeln und Revers. Es reichte bis zu den Knien. Der weiße Gürtel fiel auf. Sie hatte ihre Perlenohrringe angelegt und auf dem Weg in die Kirche sogar einen neuen Hut getragen, der draufgängerisch wippte. Auf ihre Art hielt sie mit.

Die Kellner wollten jetzt das Dessert auftragen, aber Tante Ria winkte mit ausladenden Gesten ab, bat um Aufschub und Aufmerksamkeit. Für sie war jetzt der richtige Zeitpunkt. Sie stand auf und ging los, um das Geschenk aus der Garderobe zu holen.

Freds Aufregung wuchs und wuchs und wurde beinahe unerträglich. Er wusste, was kam. Wochenlang hatte er das Haus seiner Erwartungen vom Keller bis zum Dach mit immer ausführlicheren und großartigeren Szenarien ausstaffiert. Am Ende stand eine glamouröse Preisverleihung für etwas, das er noch gar nicht vollbracht hatte. Aber diese Phantasien darüber, wie sich alles ineinanderfügen würde, brachen sich an der Realität wie eine Welle am Felsenufer. Übrig blieben ein feuchter Nebel und ein weißer Schaum. Er wurde überrascht: vom tatsächlichen Ablauf und der plötzlichen Atmosphäre, die einen nervös machte wie ein abrupter Anstieg des Luftdrucks im Winter. Niemand merkte, dass er zitterte.

Tante Ria nahm ihren Dessertlöffel und schlug an ihr Weinglas. Es wurde leiser in der Runde. Sie legte noch eine Kunstpause ein und begann mit einem amerikanischen Akzent, der sich anscheinend unkontrollierbar eingeschliffen hatte nach den vielen Jahren jenseits des Ozeans: »Also, hört mal her Familie und ihr Freunde. Ihr alle wisst ja, dass das für unsere Fredrick heute ein special day ist. Mit seiner confirmation er wird vom Junge zu einem erwachsene Mann. Na, ich will nicht übertreiben …«

Sie lachte ein affektiertes Hollywood-Lachen.

»… auf jeden Fall es ist ein Startschuss …«

Der Knall war heftig. Eine der Großmütter zuckte geschockt zusammen, als herrschte plötzlich wieder Krieg. Fred setzte schnell zusammen, was passiert war. Von der Wiese war eine der grasenden Enten in die falsche Richtung gestartet. Vielleicht hatte sie in den Scheiben des Restaurants eine Spiegelung gesehen, den Gegenschein des vertrauten Teiches. Also hatte sie die Flügel ausgebreitet und war gestartet. Es war ihr Glück, dass sie auf den wenigen Metern noch längst nicht Reisegeschwindigkeit erreicht hatte. Benommen war sie von der Scheibe zurückgeprallt und für einen beängstigend langen Moment liegen geblieben. Wie ein Betrunkener rappelte sie sich schließlich auf, taumelte wieder in Richtung Wiese, blieb bald für einen Moment stehen, schüttelte sich und watschelte unsicher weiter.

»Was war das bloß?«

»Meine Güte!«

»Hast du das gesehen?«

Der Zwischenfall erschütterte die Teilnehmer der Gesellschaft mal mehr, mal weniger. Großvater wunderte sich nur, dass die Rede nicht weiterging, der er ebenso wenig folgen konnte, wie er den Unfall hatte hören können: Er war schon lange fast taub. Freds Freundin Susi wurde noch stiller und nahm die Brille ab, als könnte sie diese sonderbare Episode damit ungeschehen machen. Der Vogel tat ihr leid, und sie fragte sich, ob auch Enten eine Gehirnerschütterung bekommen konnten.

Tante Ria wollte Herrin der Lage bleiben und schlug wieder an das Glas. Aber das nahm Fred nur noch in einer abgelegenen Region seines Bewusstseins war. Die gläsernen Schwingungen, die der Aufprall der Ente ausgelöst hatte, brachten seine Wahrnehmung aus dem Takt, er bekam nur noch Bruchstücke ihrer Rede mit: »Who knows … große Karriere … am Ende ein echter Künstler … wenn man will, steht einem die Welt offen … wir wissen das in Amerika, ein toller Junge … reach to the stars, Freddie-Boy, das heißt, greif nach den Sternen … aber bleib down to the earth … und vergiss uns nicht, wenn du selber bist ein Star bist … God bless You …«

Fred hörte mehr den Sound als die Bedeutung jener Sätze, mit denen Tante Ria ihre Rede aufgeladen hatte. Rechtzeitig riss er sich wieder zusammen und konnte verhindern, dass seine Tante ihn mehr als nötig abküsste. Der Kellner hatte zugehört und geklatscht, die anderen Gäste fielen ein.

Es war soweit. Fred öffnete den Instrumentenkoffer. Er war der Entdecker, der den lange verschollenen Schrein einer untergegangenen Kultur entdeckt und mit unsicheren Händen öffnet. Man konnte nie wissen, welche Folgen das hatte. Fred hatte sich bei Paul Mittelstädt erkundigt, wie man mit einem Saxophon umgehen musste. Er nahm es am Schalltrichter aus dem Futteral und hielt den Korpus hoch wie eine Trophäe. Jetzt klatschte die Runde noch einmal. Fred hatte Tränen in den Augen, als er sich bedankte. Er hörte nicht, dass sein

Großvater jetzt einen Witz erzählte, viel zu laut: »Wisst ihr, dass Oma neuerdings auch ein Instrument spielt … Die beleidigte Leberwurst.«

Opa schlug sich auf die Schenkel, und erstaunlicherweise lachte Onkel Richard besonders laut mit.

Fred aber war wieder ganz bei sich und in der Gegenwart: Er berührte das kühle Metall, das nichts anderes bedeutete als seine Zukunft.

10

»Junge, hast du den Teufel gesehen?«

Tony Drechsler lachte.

»Was hast du erwartet? Ist nicht schlecht. Jedenfalls für den Anfang.«

Auf Freds Gesicht folgte auf Erschrecken Enttäuschung.

Er hatte endlich das »a« getroffen, einen klaren Ton, der alles in Schwingung versetzte, die Scheibe des Fensters zu dem kleinen Innenhof und die Luft dahinter. Er stieg auf zwischen den Fassaden, hoch zu den Schornsteinen. Fred glaubte, ihn sehen und verfolgen zu können, bis er sich verlieren und zerstreuen würde zwischen den Geräuschen der Stadt. Es war sein erster Ton auf seinem Tenorsaxophon – der mit einem jämmerlichen Quieken abriss, als hätte man einem Kanarienvogel den Hals umgedreht.

Tony saß auf einem kleinen Hocker vor einem Stapel aufgerissener Kartons. Er stand auf, atmete tief ein und ließ die Luft dann langsam wieder ausströmen zwischen seinen Lippen, die ein »o« formten.

»Dein Horn braucht Luft. Das ist der Stoff, wenn du Gas geben willst. Die Luft macht die Musik. Davon hast du noch nicht genug. Das wird. Versprochen.«

Tony Drechslers Stimme war näselnd und leicht schleppend. Er brauchte meist nicht viele Worte, aber wenn, dann sprach er mit der Überzeugungskraft eines Hypnotiseurs. Er sah aus wie ein Apatschen-Häuptling aus einem von Freds »Winnetou«-Romanen. Die schulterlangen schwarzen Haare hatte er zu einem Pferdeschwanz gebunden. Jedes Mal, wenn Fred zu seiner Saxophonstunde kam, trug Tony die gleiche Uniform: ein schwarz-rot kariertes Baumwollhemd, eine braune Fransenweste, die er selber genäht hatte und die über den Taschen fettig glänzte. Die Jeans steckten in Cowboy-Stiefeln. Manchmal hatte er ein schwarzes Barett auf. Seine Haut sah immer ein wenig sonnengebräunt aus, auch im Winter, und seine Augen waren tiefbraun. Manchmal war seine ganze Erscheinung ein dunkles, aber dennoch Vertrauen erweckendes Phänomen.

Tony Drechsler war Ende vierzig und der Besitzer von Tony's Musicstore. An drei Nachmittagen in der Woche blieb der Laden geschlossen. Dann gab Tony Stunden. Er war ein Freund und eine Empfehlung von Paul Mittelstädt. Der Unterricht fand statt in einem kleinen Hinterzimmer, in dem grasgrüne fleckige Teppichfliesen lagen und an einer Wand jene Pappkartons gestapelt waren, bei denen nicht zu erkennen war, ob sie noch einen Inhalt oder einfach ausgedient hatten. An der anderen Wand standen zwei Gitarren-Verstärker und eine elektrische und eine akustische Gitarre. Auf einem Tischchen in der Ecke waren zwei Küchenstühle ineinander verschränkt. In der Mitte des Raumes wartete unter einer nackten Glühbirne ein verbogener Notenständer. Davor war künftig Freds Platz.

Jeden Mittwochnachmittag nahm Fred seinen Saxophonkoffer und marschierte los. Er kürzte den Weg zur Straßenbahnhaltestelle ab, ging den Trampelpfad entlang, der auf der anderen Seite des Viertels durch ein Brachfeld führte. Anspruchslose, wild verwachsene Sträucher wucherten darauf, die allgegenwärtigen Brennnesseln behaupteten sich rudelweise gegen freundlicheres Kraut, Disteln schossen auf – mittendrin stand eine einsame dürre Birke im Schatten eines Hochspannungsmastes. Fred konnte hören, wie die Leitungen summten. Als kleines Kind an der Hand seines Papas hatte er andächtig gelauscht, wenn sie hier unterwegs gewesen waren.

»Papa, hörst du nicht?«

»Was soll ich hören?«

»Papa, die Strommännchen singen.«

Auch an diesem Tag hörte Fred das beruhigende Surren über seinem Kopf. Das Kinn auf die Brust gedrückt, stapfte er entschlossen voran zur Haltestelle, um mit der geräuschvoll dissonanten Straßenbahn zum Hauptbahnhof zu fahren.

Es war kalt geworden, kaum zwölf Grad hatte das Thermometer am Küchenfenster gezeigt. Regensatte Wolken wanderten über den Himmel.

In dem Straßenbahnwagen, der auf dieser Linie unterwegs war, hatte er sich auf seinen Lieblingsplatz gesetzt. Es war ein Triebwagen, der an jedem Ende einen Führerstand hatte. Fred war hinten eingestiegen und hatte auf dem gepolsterten grünen Fahrersitz Platz genommen, vor sich die spärlichen Knöpfe, Hebel und Anzeigen. Durch die große Scheibe blickte er zurück, an den Gleisen entlang, die in immer neuen Fluchtpunkten zusammenschnurrten, während die Bahn auf ihrer Spur vor sich hinrappelte. Er ließ die bleifarbigen Hausfassaden hinter sich, die er unendlich oft gesehen hatte. Denn es war die Strecke, die er jeden Morgen zu seinem Gymnasium fuhr. Er hätte alles mit geschlossenen Augen beschreiben können, hätte mit jeder Bewegung der Bahn sagen können, welcher Punkt jetzt erreicht war und dass man gerade an dem Haus vorüberkam, das ein optisches Phänomen war. Einmal hatte er staunend davorgestanden. Die Straße bildete einen geraden Horizont, aber das Fundament und das Erdgeschoss folgten einer schiefen Bahn, als hätte sich der Rumpf eines Dampfschiffs dazu entschlossen, langsam, aber sicher unterzugehen. Die Bahn hielt vor seiner Schule, aber er musste nicht aussteigen.

Wenn er vom Fahrersitz der Straßenbahn zurückblickte und aufwärts, dann versuchte er mit jeder Fahrt der Tönung des Himmels einen ihm einleuchtenden Namen zu geben: Denn niemals war er nur blau oder grau. Lichtblau oder lilablassblau konnte der Himmel sein, er konnte meerblau, aber auch meergrau gestrichen sein, er schimmerte in einem Taubenblau oder gar Türkis, kleidete sich lavendelfarben oder hatte Königsblau aufgelegt. Das Grau: Es war grau wie Rauch oder Beton, wie ein toter Fisch oder ein polierter Kieselstein, manchmal war es räudig wie das Fell eines alten Maultiers oder hing schwer wie Blei, es drohte, wie Asche herabzuregnen, oder war ganz anders: leicht und freundlich und silbern. So oft aber waren all diese Töne gemischt, hatten sich ihre Flecken gesucht und gingen ineinander über, verdrängten oder vermischten sich. Neue Namen versuchte Fred sich auszudenken, kühner wurden seine Vergleiche. Am Ende stand immer dieser eine klare Gedanke: Wie würde es sich anhören, dieses Blau oder Grau, mit welchen Noten könnte er es in musikalische Stimmungen übersetzen?

Der Wagen, lackiert in der ausdruckslosen Farbe von Eierschalen, rumpelte über eine Weiche. Die ersten Häuserzeilen der Innenstadt tauchten auf. Links sah Fred den Hügel, auf dem der große Platz lag. Dort fand einmal im Jahr eine große Kirmes statt, die er mit seinen Eltern und seinem Bruder immer besuchte. Und bei jedem Besuch versteckte er sich hinter seiner Zuckerwatte, wenn sein Vater ihn gefragt hatte: »Und, Sir, wie wäre es mit der Schiffsschaukel?«

Die Räder und Achsen der Bahn quietschten hart an der Grenze zu einem Kreischen. Die Kurve war eng, die der Wagen noch einmal nehmen musste, bevor er bald darauf vor dem Hauptbahnhof hielt. Fred stieg aus. Er ging durch die Bahnhofshalle und noch ein Stück Richtung Süden. Dort lag Tony's Musicstore in einem ruhigen Viertel auf der Ecke einer Seitenstraße. Als Erstes fiel neben der Eingangstür der blinkende rote Schriftzug in Schreibschrift auf: »Open«, sagte er und verschwand, tauchte wieder auf und verschwand. Gitarren hingen dicht an dicht von der Decke. Sie waren sortiert: Links ging es los mit den akustischen in den helleren Holzfarben, dann kamen die elektrischen in rot oder schwarz oder jenen seltsamen Farben, in denen die Amerikaner ihre Straßenkreuzer lackierten. Gitter hinter den Fenstern schützten die teuren Instrumente gegen Einbrecher. Inzwischen war die Farbe an vielen Stellen abgeblättert. Darunter kam die Rostschutzgrundierung zum Vorschein. In den Scheiben klebten bunte Zettel, die auf aktuelle Angebote hinwiesen oder Tonys fundamentale Dienstleistungen:

»Wir reparieren Ihr Instrument.«

»Wir besorgen Ihnen Noten.«

»Unterricht für Gitarre, E-Bass, Trompete und Saxophon.«

Dass Tony auch Klavier- und Schlagzeugunterricht geben konnte, hatte er aus Platzgründen unterschlagen. Es waren nicht seine bevorzugten Instrumente.

Fred fixierte das Schaufenster, als stünde er vor einem Panoptikum mit seinen Attraktionen: Gänsehaut und Genuss, Schrecken und Schönheit. Und wieder entwich er für einen Moment aus der Gegenwart in eine Empfindung, die ihn in die Zukunft wirbelte und zugleich eine uralte Erinnerung war: Wie es kam, dass er überhaupt hier war und nicht vielmehr nicht war, ja, dass er genau Fred Kemper war und kein anderer. Dieser Laden, vor dem er stand, mit all den Gegenständen und deren Anordnung war so denkbar unwahrscheinlich. Viel glaubhafter wäre doch gewesen, dass er nicht existierte. Und dass auch er, Fred Kemper, nicht existierte. Warum gab es ihn, so, wie er jetzt vor Tony's Musicstore stand? Was war der Sinn all dessen?

Die Saxophonstunde bei Tony war für Fred der Höhepunkt der Woche, keine ließ er ausfallen.

Jedes Mal ging Tony mit ihm als Erstes die Schritte durch, die nötig waren, um das Instrument spielbereit zu machen. Mit knappen Bemerkungen machte er Fred auf Nachlässigkeiten aufmerksam: »Denk nie, dass du nicht mehr aufmerksam sein musst. Nichts geht von alleine. Nichts geht ohne Sorgfalt und Sammlung. Konzentriere dich auf alles, was du tust. Ist die halbe Miete.«

Tony zeigte Fred, wie er mit seinem Zwerchfell und seinen Bauchmuskeln zu einer tieferen Atmung kommen konnte, bis er in der Lage war, immer mehr Luft mit einem Atemzug einzufangen; der Stoff, aus dem seine Musik wurde. Fred lernte ein immer perfekteres »a« zu spielen und dann das »g« und

71

die anderen Töne, die er mit der linken Hand auf den oberen Klappen zu greifen hatte. Er begann, zwischen den Noten zu wechseln und sie zu verbinden mit einem Legato.

Fred hatte sich auf die Suche begeben nach seiner eigenen unverwechselbaren Stimme, denn wie hatte es der Vater von Miles Davis gesagt: »Die Spottdrossel macht nur die Stimmen der anderen nach, und das willst du nicht. Wenn du dein eigener Herr sein willst, musst du deine eigene Stimme finden.«

Nach der zehnten oder elften Stunde bei Tony Drechsler war Fred wie immer noch etwas länger geblieben, um mit dem »Häuptling«, wie er ihn für sich nannte, zu reden. Zwischen den aufgewärmten Mauern im Hof döste Spätsommerluft, wie eine mürrische Katze nach einem langen, aber erfolglosen Streifzug. Obwohl es heiß war und stickig im Laden, trug Tony das Wollhemd und seine Weste. Nicht ein Tropfen Schweiß rann durch die Furchen seines Gesichts. Er ging davon aus, dass Fred noch eine Frage hatte zu einer Spieltechnik, einem musikalischen Problem oder zur Lebensgeschichte eines seiner Idole. Mit dieser Frage hatte er nicht gerechnet:

»Warum spielst du mir eigentlich nie etwas vor? Ich komme jetzt ich schon seit fast vier Monaten, aber du hast mir noch nie selber was vorgespielt.«

»Ist Prinzip.«

»Prinzip?«

»Mein Arzt hat es mir verboten.«

»Das ist ein Witz, oder?«

»Bau dein Instrument auseinander. Und dann bring die zwei Stühle mit. Wir gehen in den Hof. Ich habe Cola ins Eisfach gelegt.«

Fred hatte die beiden Stühle an die Hauswand des Übungsraumes neben das vergitterte Fenster gestellt. Auf dieser Seite des Hofes lag bereits ein kleiner Nachmittags-Schatten, während auf der anderen die Luft noch flirrte. Oben auf dem Dachfirst gurrte eine Taube phantasielos vor sich hin und gab erschöpft auf. Tony hatte die Augen geschlossen, aber seine Lider zuckten, als liefe auf den Innenseiten eine Rückblende, die ihn selber eins ums andere Mal erschreckte. Eine Minute lang passierte nichts, dann richtete er sich auf, nahm einen Schluck aus seiner Colaflasche.

»Du weißt, was passiert, wenn beim Saxophon die Klappen nicht perfekt die Tonlöcher schließen?«

»Klar, dann kannst du die Intonation vergessen, dann ist der Sound im Eimer und …«

»Genau. Übrigens. Nett formuliert, das mit dem Sound im Eimer. So schlimm steht's um mich hoffentlich noch nicht. Aber ich bin trotzdem ein Saxophon, bei dem die Klappen nicht richtig schließen. Ich bin geboren worden mit einem Herzklappenfehler. Schlussunfähigkeit der Aortenklappen … Mein Herz ist groß, aber schwach.«

Tony grinste Fred an wie ein Komiker, der eine besonders schlagfertige Pointe platziert hatte.

»Ist das sehr gefährlich?«

»Man stirbt nicht so schnell daran. Ich gebe zu, ab und an war es mal haarig. Aber da habe ich nicht auf den Herrn Doktor gehört. Wenn man es ruhig angehen lässt, kann man's überleben.«

»Was heißt denn ruhig? Was darfst du denn nicht mehr machen?«

»Das leidenschaftliche Blasen in Trompeten oder ein Saxophon sei zwar eine erfreuliche, aber keinesfalls ruhige Betätigung. Sagt mein Arzt. Das ist so ungefähr zwanzig Jahre her. Damals bin ich in Frankfurt auf der Bühne umgekippt. In einem Soldaten-Club. Es war unsere Hot-House-Session. Wir spielten ›Salt Peanuts‹ von Dizzy Gillespie. Ich hatte gerade ein Eins-a-Solo hingelegt. Dann: zack, weg, plumps! Als ich im Krankenhaus wieder zu mir kam, fragte mich der Arzt: ›Herr Drechsler, wie lange möchten sie denn noch leben?‹ Was soll man da sagen? ›So lange es geht‹, habe ich gesagt. ›Das wollen alle‹, hat er gesagt, so ein junger oberschlauer Typ mit rosiger Gesichtsfarbe. Dann wurde er witzig: ›Ich habe eine schlechte Nachricht für Sie und eine gute. Welche wollen Sie zuerst hören?‹ – ›Die gute.‹ – ›Sie können es tatsächlich schaffen und dreißig werden. Oder sogar vierzig. Weiter lege ich mich erst mal nicht fest. Die schlechte Nachricht: Was immer sie da zu nachtschlafender Zeit auf der Bühne treiben mit ihrem Saxophon und ihren Kumpanen. Es wird sie, wenn ich das so sagen darf, stracks in die Kiste bringen‹.«

»Was hast du gedacht, ich meine …«

»Ich wusste, dass er das sagen würde. Ich wusste schon, seit ich ein kleiner Bub war, dass was nicht stimmt mit dem Herzen. Dass ich aufpassen sollte. Mich nicht zu sehr anstrengen. Aber mir war's immer egal. Bis zu dieser Nacht.«

»Und was hast du gemacht, hast du denn danach weiter gespielt?«

»Nein, als ich aus dem Karbolbunker raus war, ging erst mal nichts mehr. Ich war wacklig auf den Beinen. Das war ein echter Warnschuss. Einen Monat lang war ich ziemlich mies drauf. Ich habe lange überlegt. Ich war, ich bin Musiker, ich kann nichts anderes. Aber damals war ich nicht mehr so ein wilder Typ. Dem das eigene Leben egal war, wenn er nur machen konnte, was er wollte. Ich habe überlegt. Das Beste aus der Situation machen …«

Tony nahm wieder einen großen Schluck aus der Flasche. Die Falten in seinem Gesicht wurden noch tiefer, er feixte, war wieder der Komiker, der heimtückisch einen konkurrenzlos guten Scherz vorbereitet.

Fred schaute zurück mit hochgezogenen Augenbrauen und jenem Ausdruck, den jeder als ein stummes »Und?« liest.

»Ich habe Gitarre gelernt.«

»Gitarre?«

»Klar, Gitarre konnte ich noch nicht. Was ich bei dir nicht verstehe: Warum lernst du nicht Gitarre? Alle Jungs in deinem Alter wollen Gitarre lernen.«

»Weiß nicht, bin nie auf die Idee gekommen. Mir gefällt der Klang nicht. Und ich habe den Eindruck, man kann damit nicht so viel ausdrücken. Auf einer Gitarre richtig leise spielen. Also einen Ton halten und dann allmählich leiser werden, so was. Als ich das erste Mal ein Saxophon gehört habe, da habe ich gedacht, das ist es.«

»Ich verstehe. Na, ich dachte, wegen der Mädels …«

»Wegen der Mädchen?«

»Gitarristen kommen besser an bei jungen Frauen, glaub
mir. Die Lagerfeuer-Geschichte. Meine erste Frau habe ich so
kennengelernt. Außerdem schont Gitarre das Herz. Allerdings
sind nur dezente Stilrichtungen erlaubt. Jimi Hendrix sollte
ich lieber nicht kopieren. Wo ich doch die fünfzig vor Augen
habe. Nicht übermütig werden, Tony, denke ich mir.«

Ein Lichtreflex traf Fred und riss ihn aus der angespannten
Aufmerksamkeit, mit der er zugehört hatte.

»Verrat's niemanden weiter. Ich habe ein paar Jungs gefunden, bei denen ich ab und an einsteigen kann. Nennen sich
Sun Division. Spielen schräge Sachen, aber drücken nicht so
aufs Tempo. Die bevorzugen einen, wie sie sagen, sphärischen
Sound, ein bisschen jazzig, ein bisschen indisch. Da darf man
beim Spielen sitzen bleiben. So, und jetzt ist Feierabend für
dich. Gleich kommt eine Lady, die will unbedingt Flamenco-
Gitarre lernen. Deren Finger sind so biegsam wie Trommel-
stöcke. Aber sie stellt wenigstens keine verzwickten Fragen.«

Die Luft war immer noch zäh und drückend. Aber Fred fühlte
ein Kribbeln, das sich in konzentrischen Kreisen ausbreitete in
der Zone hinter seinem Bauchnabel. Es war, als hätte jemand
einen Pfennig ins Wasser geschnippt, Wasser, das bis dahin
teilnahmslos und unbewegt gestanden hatte ohne Erinnerung
daran, wozu es in der Lage war. Mit dem Aufprall auf der
Oberfläche geriet es nun in Bewegung und legte sich in Wellen und begann sich zu verändern. Fred war glücklich, denn er
glaubte in diesem Moment eine Antwort zu haben: Why I was
born? – Warum bin ich hier?

11

Fred starrte an die Decke des Hotelzimmers wie auf eine Tafel. Als könnte er aus der feinen Körnung des Putzes etwas
ablesen, ein Wort in einer anderen Sprache, das ihm einfach

entfallen war, weil er sich nicht oft genug daran erinnert hatte. Aber er sah nur eine gekalkte Fläche, matt und leer.

»Why I Was Born?«

Die Ballade von Hammerstein und Kern.

Why am I living?
What do I get?
What am I giving?
Why do I want
For things I dare not hope for?
What can I hope for?
I wish I knew.

Das Fred Kemper Quartett hatte den Titel meist in der Mitte des ersten Sets gespielt. Chico, der Schlagzeuger, und Konrad, der Bassist, machten für zwei Stücke Pause an der Bar. Sie hatten es sich verdient. In der Strecke davor hatten sie hart arbeiten müssen. Zwei Uptempo-Nummern, die Fred selber komponiert hatte, lagen hinter ihnen. Um sich selber und dem Publikum die erwartete Abwechslung zwischen einer rauschenden Flut von Tönen und den geliebten Balladen zu bieten, hatte Fred »Why I Was Born?« ausgewählt. John Coltrane hatte das Stück 1958 zusammen mit dem Gitarristen Kenny Burrell aufgenommen.

Fred spielte es mit Viktor am Piano. Viktor Buyny war Darling aller Frauen: Entworfen nach dem klassischen Schnittmuster für Latin-Lover, aber ohne jede Eitelkeit. Kein Macho war er, sondern ein schöner und schüchterner junger Mann, der so graziös, aber auch entschieden an seinem Instrument agieren konnte. Fred und Viktor verstanden sich blind. Sie hatten ähnliche Gründe für das, was sie taten. Ihr jeweiliger Blick auf das Leben führte zu ähnlichen Ergebnissen. Beide liebten sie die großartige Version von Coltrane und Burrell.

»De-De-De … Dee.«

Viermal zupfte und schlug der Gitarrist die Akkorde seiner Einführung, variierte sie leicht und luftig und wiederholte sie viermal. Als suche er in aller Ruhe nach der richtigen Kombination; er wandelte die Phrasen ab, ein Morsezeichen, mit dem er John Coltrane herbeirief, ein Weckruf, das Lied hervorzuzaubern, das in allen Dingen schlief: »Why I Was Born?« In Viktors Interpretation klang mehr von der Frage an, deren Bestandteile er jeweils unterschiedlich betonte: Das »Warum«, das »Ich«, das »Geborensein«. So oft führten sie dieses Zwiegespräch, in das Fred einstieg mit seinen langgezogenen Tönen. Viktor antwortete ihm aus dem Hintergrund mit sparsamen Akkorden. Er stimmte ein, bejahte, was er hörte – denn wer genau hinsah, bemerkte, dass Viktor manchmal tatsächlich mit dem Kopf nickte und dass seine Lippen ein »Ja« formten.

Fred genoss die langen Bögen, in denen er seinen besonderen Ton entfalten konnte, der heiter war in der einen und schon wieder melancholisch in der nächsten Sekunde – mal kühl und mal warm, mal misstrauisch und mal zuversichtlich. In seinen besten Momenten ließ er all diese Gefühlslagen zusammenklingen in einer einzigen Note: »Why I Was Born?« – Er eröffnete das Gespräch freundlich und gelassen, stieg eine Stufe höher und kreierte einen leichten Wind, einen kreiselnden Wind, der die Ähren auf einem Feld kräuselte und in Wellen sich neigen ließ in immer neuen Formationen. Das war das Bild gewesen, das Fred als Erstes vor Augen gehabt hatte, als er »Why I Was Born?« hörte. Eine Landschaft, auf die man blickt aus dem Schatten eines Baumes auf einem kleinen Hügel, eine Landschaft, die der Wind streichelt, ein Bild, das man kitschig oder anrührend finden konnte. So, wie man auch die Frage auffassen konnte: »Why I Was Born?«

Fred entwickelte diesen Song als eine lange schwebende Linie, die er einmal unterbrach, denn er war kein Einzelgänger, der vor sich hin murmelte im stets wiederholten Selbstgespräch. Wenn er die Luft unmerklich zittern ließ, dann war dieses Vibrieren das Signal für Viktor und sein Solo. Jeden Abend hörte Fred seinem Pianisten an, wie es in ihm aussah. Mal ließ Viktor die Akkorde purzeln wie ein Kind, das Papierschnipsel auf dem Tisch vor sich durcheinanderwirbelt und über seine Unverfrorenheit lacht. Manchmal aber klang Viktor ernst, dann veränderte Skepsis seinen Anschlag, dann wurde seine Improvisation sorgenvoll in Nuancen, die Fred nur zu gut verstehen konnte. Dann war Viktor aus dem Kind mit einem Schlag herausgewachsen. Dann war er ein Veteran, der berichtete von den Scharmützeln eines Lebens, in denen er zu oft den Kürzeren gezogen hatte.

»Why I Was Born?«

Aber auch Fred interpretierte die Ballade nicht immer ohne Ballast. An so einem Abend brach er dann auf von einem unfreundlichen Ort, jenem sternenlosen Gewölbe, das sich in ihm auftun konnte. Das einen Nachhall heraufbeschwor, der sich fortsetzte: in den Muskeln und Knorpeln, Fasern und in jeder kleinsten Zelle.

»Why I Was Born?«

Sie beide, Fred und Viktor waren jedes Mal, welcher auch immer der Ort war, von dem sie aufgebrochen waren mit dem Nötigsten, entschlossen, am Ende ihre widerborstige Antwort zu geben.

Fred ließ dann die Töne seiner Linien schnell und harfengleich hintereinander erklingen, setzte eine Pause und dann einen hohen zuversichtlichen Ton. Das Schlusswort hatte Viktor mit einem energischen, etwas schrägen Dreiklang.

»Darum!«

Fred sieht aus dem Küchenfenster. Er kaut auf den letzten Brocken eines Käsebrotes. Das Bild, das sich vor ihm auftut, passt nicht zu dem, was er jetzt tun muss. Es ist das falsche Bild zur falschen Zeit. Nicht Winter kann es sein. Aber draußen, da ist sie doch, eine Landschaft aus Schnee, eisig und noch grau, dort, wo der schwache Lichtkegel der Straßenlaterne schnell ausblendet. Die Straße, die er sieht, kommt ihm bekannt vor. Aber das Bild verunsichert ihn dennoch, es passt nicht zu dem Fred Kemper, der er inzwischen ist. Er schaut auf die Uhr und erschrickt. Es ist spät, fast zu spät, er muss doch los, muss pünktlich sein bei diesem Termin, der so wichtig ist, jede verfehlte Minute eine Katastrophe mehr. Er will seine Wange an die kalte Scheibe drücken, an der die warme Luft des Zimmers nichts auszurichten vermag. Die Kälte muss doch Klarheit bringen. Aber er hat keine Zeit mehr.

Fred geht aus dem Zimmer, aus der Haustür und marschiert los gegen den Wind, der für die Jahreszeit eindeutig zu kühl ist, ein meteorologischer Spuk. Aber darüber nachzudenken hat er keine Zeit. Er marschiert über das Brachfeld, auf dem alles Mögliche wuchert und über das Hochspannungsleitungen führen. Die »Strom-Männchen« darin, das glaubt er zu hören, zittern allein vor Kälte. Das Kinn auf die Brust gedrückt, stapft Fred mit seinem orangefarben leuchtenden Ranzen entschlossen voran zur Haltestelle. Und alles scheint gut zu werden, denn kaum ist er mit einem langen Schritt den Bordstein hinauf, da taucht aus dem Nichts ein Straßenbahnwagen auf. Er achtet nicht auf Nummer der Linie, steigt ein und fühlt sich sofort wie ein Verirrter in jener Atmosphäre, die nasskalt, mürrisch und müde ist. Die Menschen in der Bahn baumeln mehr an den Haltegriffen, als dass sie stehen. Diejenigen, die noch einen Sitzplatz gefunden haben, kauern zusammengesackt da, halb wach, halb weltentrückt. Menschen mit Aalblut, vor Zeiten an ein tückisches Ufer gespült. Das kennt er, das ist ihm nicht fremd, aber wenn er durch die an den Rändern beschlagenen Fenster sieht, scheint alles dem sonst Vertrauten so unähnlich.

Jetzt müsste das Haus kommen, ein dunkelgrauer Scherenschnitt vor hellgrauer Morgendämmerung, das Haus, das ein optisches Phänomen ist. Die Straße bildet einen geraden Horizont, aber das Fundament und das Erdgeschoss folgen einer schiefen Bahn, als habe sich der Rumpf eines Dampfschiffs dazu entschlossen, langsam, aber sicher unterzugehen. Stattdessen sieht er deutlich die ockerfarbenen Fassaden hoher Häuser. Eine fremde ferne Stadt: Backstein und regelmäßige Fensterreihen, zu Blocks arrangiert, zwischen denen, das Wort hat er in Mathematik gelernt, orthogonal angeordnete Straßen Passagen schaffen, auf denen der Zug nun ohne das gewohnte Schwanken und Klappern und Quietschen der Achsen fährt, um immer wieder auf wundersame Weise im Neunzig-Grad-Winkel scharf abzubiegen. Aber er kommt dennoch nicht voran, das macht Fred Angst. Er muss doch zur Schule, heute geht es um alles. Immer lauter hört er das Werk seiner Armbanduhr. Die anderen Fahrgäste scheint das nicht zu stören, sie dösen weiter hinter ihren Gesichtern, die aussehen, als wären sie durch eine Wolke aus Mehl gegangen. Die Zeit, unaufhaltsam wie eine Lawine, die alles mitreißt und alles verwüstet, was ihr unterkommt. Fred muss handeln. Er drückt verzweifelt auf den Knopf:

»Ich muss aussteigen.«

Das erhoffte Wunder geschieht. Er steigt als Einziger aus. Aber was ist geschehen? Er ist wieder am Anfang seiner so dringlichen Fahrt. Er muss doch nicht weit, marschiert wieder. Jedes Haus kennt er nun, das beruhigt ihn. Bis er merkt, dass er im Kreis unterwegs ist. Jede Ameise in der Wüste wäre längst an ihrem Ziel. Also bleibt Fred stehen. Schweiß auf seiner Brust. Trotz der Kälte, die winterlich streng ist.

Er ist auf dem Weg zu seiner Abiturprüfung, ein gestandener Mann, der den Boden unter den Füßen verloren hat. Aber das tut nichts zur Sache. Das Abitur hat er längst abgelegt. Und längst schon sein Staatsexamen in der Tasche. Warum hat man ihn wieder losgeschickt? Wer hat ihn geschickt? Das Bild, so blödsinnig bizarr. Frederik Kemper, ein Lehrer als Schüler vor Lehrern, die kaum älter sind als er. Aber er muss dorthin. In den Prüfungsraum. Um sich abfragen zu lassen, vor sich der Herr Oberstudienrat, der, wie heißt er noch? Er bleibt namenlos, steht umso größer und verzerrter da, ein Abbild aus einem dämonischen Spiegelkabinett. Hinter ihm das Rechteck einer schwarzen Tafel mit Kreidespuren. Jemand hatte ein Wort aufgeschrieben und wieder ausgewischt, ein Wort, das ihm vielleicht alles hätte entschlüsseln können. Fred sieht diese Szene und zugleich sich: wieder im Schatten der großen Gebäude, die hier nicht hingehören. Was richtig ist und was falsch, er kann es nicht sagen. Dafür hört er jetzt das Signal, das ihn zur Prüfung ruft. Aus weiter Ferne plärrt es vor sich hin …

Die Augen aufschlagen kann Fred nicht. Nur die Lider kann er leicht heben, aber schon das ist ein Fehler, denn er schaut direkt in das Licht der Nachttischlampe. Fred liegt auf dem Hotelzimmerbett zusammengekrümmt wie ein Embryo. In seiner linken Hand spürt er Metall. Im Schlaf hat Fred sich an sein Saxophon gedrückt. Draußen lärmt eine Auto-Alarmanlage im immergleichen Rhythmus, verstummt dann. Er hört, wie eine Autotür zufällt und jemand den Wagen startet. Kein Grund zur Beunruhigung. Jemand hat einen Fehler gemacht, kein Dieb. Nicht um die Zeit, in der auch der Asphalt dieser Osloer Nebenstraße sich wieder anspannt, um empfänglich zu werden für die ruppigen Fußstapfen und Reifenspuren des anbrechenden Tages.

Es ist kurz vor sechs Uhr am Morgen.

12

»Hey, Fred, du glaubst nicht, was hier los ist.«

Holger war aus einem Rudel Schüler heraus auf ihn zugeschossen. Die Gruppe stand in der Eingangshalle rechts neben der Treppe um einen älteren Schüler herum. Es war Andi, dem die Haare ins schmale Gesicht fielen. Von seiner hellgrünen Lacklederjacke blätterte Farbe in Fetzen ab. Andi redete auf seine Mitschüler ein, schlug mit der rechten Hand den Takt dazu. Mit flatternder Stimme fasste Holger zusammen, was geschehen war und passieren sollte: »Die haben das Lehrerzimmer besetzt. Wir streiken jetzt, und gleich gibt es eine Aktion. Bei der können wir alle mitmachen.«

Die erste Stunde war am Mittwoch für alle immer erst die zweite Stunde, denn die Schüler waren aufgefordert, diesen Tag mit dem Schulgottesdienst zu beginnen in einer der beiden Kirchen in der Gemeinde. Fred hatte den Gottesdienst immer öfter geschwänzt, seit der Pastor nicht mehr zugleich sein Religionslehrer war. Meist kam ohnehin nur eine Handvoll der kleineren Schüler – Besucher aus den Klassen neun und höher waren rar. Für viele war es ein erster Beweis des neuen Selbstbewusstseins, sich bei trockenem Wetter stattdessen am Kiosk oder an den Bänken der nahe gelegenen Parkanlage zu treffen und offenkundig heimlich zu rauchen. So zeigten sie ihre Kanten und Ecken, die sie inzwischen

81

gewonnen hatten. Sie waren keine gefügigen runden Wesen mehr, die die Erwachsenen auf ihrem hölzernen Spielbrett auf der gewünschten Bahn durch das Labyrinth lenken konnten von A nach B: vorbei an allen bösen Abgründen, die jemand in das Brett gebohrt hatte. Dabei lauerte doch gerade dort das aufregende Leben.

Immer noch hatte Fred ein schlechtes Gewissen, dass er nicht in die Kirche gegangen war. Er war zwar pünktlich aufgestanden und aufgebrochen. Aber dann war er eine Station früher aus der Bahn ausgestiegen und hatte sich am Rande eines kleinen Fußballplatzes auf eine Bank gesetzt. Manchmal fraß er sich weiter durch die Seiten jener Karl-May-Romane, die er noch nicht kannte. Inzwischen aber übte er meist das Entziffern der vielen Zeichen in einer Partitur und die unzähligen musiktheoretischen Begriffe. Das weiße Büchlein hieß »Katechismus der Musik« und war gemacht, so stand es im Vorwort, für »lernbegierige Jugendliche und den musikalischen Laien, der sich mit den Grundgesetzen der musikalischen Geheimkunst vertraut zu machen wünscht«. Tony hatte ihm das dünne Taschenbuch nach der ersten Stunde geliehen.

Auch Fred fühlte sich jetzt wie seine rauchenden Mitschüler, auch er war jetzt ein Anarchist, schlimmer noch: ein Frevler. Zum Gottesdienst war er nicht gegangen, aber einen Katechismus hielt er dennoch in der Hand, der Fragen aufwarf und Antworten gab. Immer noch blieb ihm vieles unverständlich, aber das stachelte ihn an. Was er las, führte schließlich ein in eine »Geheimkunst«. Fred drang vor in die uralten Mysterien einer Gemeinschaft Eingeweihter, die sich nicht darum scherte, was man denken, tun und sagen musste, weil es die meisten anderen auch taten. Fred war ein Abtrünniger, auch wenn er noch schwer zu knacken hatte am Prinzip des Quintenzirkels.

Vor dem Schwarzen Brett streckte Holger ihm jetzt ein Blatt Papier entgegen. Es roch frisch und kühl nach Alkohol, eine schlecht geratene Hektographie. Die blassblaue Schrift franste aus, manche Buchstaben hatten sich einfach aus dem Staub gemacht, manche tanzten aus der Reihe. »Schüler streikt! Geht nicht in die Schule! Nehmt nicht am Unterricht teil! Wenn wir alle streiken, hat die Schulleitung keine Möglichkeit, gegen uns vorzugehen.«

Schon als Fred aus der Straßenbahn ausgestiegen und den gepflasterten Pfad eingeschlagen hatte, der zwischen kurz geschorenen Rasenflächen auf das Schulgelände zuführte, hatte er gespürt, dass etwas anders war. Als könnte er atmosphärische Veränderungen wittern. Aus seinem Rücken kollerten ganz regulär die Schallwellen der breiten Straße heran, an der sein Gymnasium lag. Aber etwas wich ab vom üblichen Klang um diese Zeit. Fred hörte es, als er dem Metallzaun näher kam, der die Schule mit hohen dicken Streben einschloss. Es waren weniger Stimmen auf dem Schulhof, aber sie waren lauter und aufgeregter. Das war nicht der Klang jener Jungsgespräche, in denen es an einem solchen Morgen um Mädchen ging, die neu in irgendeine Nachbarschaft gezogen waren, oder in denen schon Verabredungen für den Nachmittag getroffen wurden.

Holger war aufgeregt, die Kapuze seines Parkas wippte auf und ab, aber Fred hörte ihm nicht zu. Er versuchte, die Botschaften auf dem Flugblatt zu entziffern: »Für die Selbstbestimmung der Menschen« und »Meinungsfreiheit«. Dafür konnte auch Fred sein, und vor allem auch: »Gegen den Notenterror an den Schulen«. Für das Flugblatt verantwortlich war eine »Aktionsgruppe Freiheit und Demokratie, Sektion Schüler«.

Fred war überrascht und ratlos. All das sagte ihm etwas, aber es waren Gedanken aus zweiter und dritter Hand. Bilder hatte er vor Augen, Fotos aus der Tageszeitung oder unscharfe Filme in den Abendnachrichten. Zu Weihnachten hatte er Berichte von den Demonstrationen gesehen und die Banner mit dem Slogan: »In Vietnam brennen die Kinder, bei uns die Weihnachtsbäume«. Das berührte ihn, denn er konnte nicht verstehen, welchen Sinn der Krieg haben sollte. Jeder Mensch, dachte er, wollte doch so etwas wie sein Glück, wollte nicht krank werden und in Gefahr geraten und nicht verlieren, was er sich geschaffen hatte. Warum dann alles aufs Spiel setzen?

Er sprach mit seinem Vater über das, was sie da sahen. Aber wenn sie auf der Couch saßen, müde vom Alltag, satt vom Abendbrot, konnte er nicht spüren, was in seinem Vater wirklich vorging. Der erklärte Fred in nüchternen Worten, was der Grund für diesen Krieg sein sollte. Aber manchmal, dann schimpfte er plötzlich auf die Amerikaner. Ändern könne man ja doch nichts.

»Sir, da siehst du es mal wieder. Die Politiker, die machen eh, was sie wollen. Die haben doch keine Ahnung von unserem Leben. Da sollten die sich mal kümmern.«

Dann stieg Albert Kemper hinab in den Keller in seine Werkstatt und zog die Segel auf an einem Windjammer, der fortan für alle Zeiten hinter Glas auf der Stelle treiben musste.

Einmal hatte seine Mutter geweint, als der Nachrichtensprecher mit ungerührter Stimme von vielen getöteten Kindern in einem vietnamesischen Dorf berichtete. Renate Kemper hatte nah am Wasser gebaut. Das hatte Fred von seiner Mutter geerbt. Sie weinte, wenn sie sah, dass Kindern ein Leid geschah, sie weinte, wenn jemand eine gute Tat getan hatte, sie weinte, wenn sich nach vielen Irrungen und Wirrungen ein Paar endlich finden durfte in einem der Heftromane, die sie manchmal am Nachmittag las.

Und Fred? Über seinem Bett hatte er kein Che-Guevara-Poster aufgehängt. Eine Klapperschlangenhaut war dort angenagelt. Sein amerikanischer Onkel hatte die Schlange angeblich mit der bloßen Hand gefangen und dann gehäutet.

»Hey, Fred, was ist los, du stehst da wie angewurzelt. Andi hat den Plan ausgegeben. Schule fällt aus. Wir gehen gleich gemeinsam rüber zur Kreuzung und blockieren die Straßenbahnschienen. Wir machen Musik, und wenn die Polizei kommt, wird Andi eine Rede halten, du kennst ihn doch. Der hat was vorbereitet und ein Megaphon besorgt. Das geht auch gegen den Notenterror, du, das betrifft uns, da müssen wir mitmachen.«

Holger strömte eine erwartungsvolle Nervosität aus, die man riechen konnte wie adrenalinschweren Schweiß. Als könnte er, als könnten die anderen an diesem Vormittag alles verändern: zu ihren Gunsten und für alle nachfolgenden Generationen. Man konnte das Herzklopfen hören und die noch gezügelte Erregung wittern, die aufstieg aus jenem Teig, der in diesem ment geknetet wurde auf den Gängen der Schule und im ehrerzimmer. Die Zutaten berührten sich, wurden vermischt, die Elemente brachen auf und ballten sich zusammen.

»Ich weiß nicht, ob ich da mitkomme. Ist nichts für mich. Ich meine, es klingt ja gut, gegen den Notenterror und den Krieg. Aber wenn wir da ein paar Straßenbahnen stoppen. Hilft das denn?«

»Klar, hilft das. Wir müssen den Alten klarmachen, was uns wichtig ist. Mit so einer Aktion kommen wir in die Zeitung, wirst sehen, da wird drüber geredet. Das ist wichtig für die Diskussion.«

»Und was machen wir dann morgen?«

»Na, andere Aktionen, wir ziehen zum Schulamt oder zum Amerika-Haus. Das kannst du jetzt nicht mehr stoppen. Die Studenten sind mit dabei und die Arbeiter und alle …«

Fred sah jetzt eine Gruppe älterer Schüler aus dem Gang vor dem Lehrerzimmer kommen; jeder hatte sich auf seine Weise ausgerüstet, und doch waren sie uniformiert in Parkas und Lederjacken, aus deren Taschen hier und da die rote Pappe von dicken Knallkörpern schaute. Fred sah sie mit ihren löchrigen Halstüchern und bunten Strickpullovern auf sich zukommen und hatte schon das Bild vor Augen: wie sie sich in einem Jahr in drei Reihen aufstellen würden für das Abschlussfoto. Im Gang an den Büros der Lehrer und der Verwaltung hingen die Gruppenbilder aus den letzten Jahren. Die Abiturienten standen dort in ihren weißen Hemden mit gestärktem Kragen und meist dunklen Anzügen. Sie hatten Krawatten fest umgebunden und den Scheitel scharf gezogen, mal links, mal rechts. Wenn einer lächelte oder gar lachte, fiel das auf. Wenn einer die Arme nicht streng an den Seiten herabhängen ließ, sondern sie kühn dem Vordermann auf die Schulter legte, dann fiel das auf. In der ersten Reihe waren Stühle aufgestellt. Dort saßen die Lehrer des Jahrgangs. Ob Männer oder Frauen, sie saßen steif und gedrängt, die Füße in den schwarzen Schuhen dicht beieinander. Ihre Hände waren im Schoß gefaltet.

Aber eine, die fiel auch auf, denn ihr Rocksaum war immer ein Stück höher gerutscht, so dass man mehr von ihren schlanken hellen Beinen sehen konnte. Frau Westerhage stellte sie ein wenig seitlicher und winkelte sie deutlich forscher ab als ihre älteren Kolleginnen. Sie war jung und terrorisierte ihre Schüler nicht, nicht mit den Noten und auch sonst nicht. Sie unterrichtete Geographie und Biologie. Fred sah jetzt ihren kupferroten Pagenkopf hinter den Schülern auftauchen. Sie rief ihnen hinterher, versuchte sie zu beschwichtigen. Sie nahm ihre Schüler ernst, und ihre Schüler liebten sie, denn sie hatte grüne Augen und Sommersprossen und einen schönen Mund und eben diese langen Beine. Fred mochte sie, und wenn er ehrlich zu sich war, dann war er in sie verliebt.

Immer noch stand er in der Pausenhalle, zögernd und zweifelnd. Das Blatt Papier in der Hand, auf dem Rücken sein orangefarbener Tornister mit den runden Katzenaugen. Holger schlug ihm auf die Schulter, um ihn aus seiner Lethargie zu holen. Die aktionsbereiten Geschwader aus Schülern aller höheren Klassen strömten jetzt zusammen und auf ihn zu. An den Rändern irrten die Kleinen umher, weil sie nicht wussten, was hier geschah und wie ihr Schultag denn nun aussehen würde.

Plötzlich war Fred mitten in der Menge, wurde von einem Gitarrenkoffer an der Seite getroffen, den Hubertus fest umklammert hielt. Darin seine Gitarre, mit der er bei Schulkonzerten auftrat. Holger war bereits fort und hielt Schritt mit den Schülern, die die Gruppe anführten. Dann fing auch Fred sich und ging los. Er stopfte das Flugblatt in seine Hosentasche und schloss auf zu den Nachzüglern, die sich, das hörte man an ihrem Gelächter, über einen schulfreien Tag freuten und einen noch unbekannten Spaß, der gleich folgen würde.

Es war ein trüber kühler Tag, der Himmel lag dicht über der Stadt, ein zu oft gewaschenes Laken. Auf dem Kopf der Fahnenstange am Rand des Schulhofes hatte sich eine dicke Taube festgekrallt, hoch genug, um sich von dem Gejohle unter ihr nicht verjagen zu lassen, zu hoch, als dass man ihr Gurren hier unten in dem Durcheinander hätte hören können.

Fred blickte sich noch einmal um, als er durch das Tor ging. Auf der Empore vor dem Eingang stand Frau Westerhage. Sie

86

hatte die Hände in die Hüften gestemmt und schüttelte den Kopf. Ob es an dieser Geste lag? Fred wusste jetzt, was er tun musste. An der Kreuzung würde er nach links abbiegen und den Weg, den er mit der Bahn vor einer halben Stunde gekommen war, wieder zurückmarschieren, Meter für Meter. Denn eine Straßenbahn würde jetzt nicht mehr kommen.

Seine Mutter rechnete nicht mit ihm, sie war heute mit Wolfi aufgebrochen, um Oma zu besuchen. Das war seine Chance: Fred musste nicht runter in den Keller zum Üben. Und er konnte auf das Küchenhandtuch mit den aufgestickten Hühnern verzichten, dass seine Mutter ihm gegeben hatte, um es in den Trichter zu stopfen, wenn er die Griffwechsel übte. Der Klang seines Saxophons drang sonst durch das ganze Haus, und der war alles andere als harmonisch. Denn obwohl er jeden Nachmittag übte, war er noch weit davon entfernt, den Luftstrom nach Belieben zu kontrollieren. Manchmal übte Fred auch ganz still. Dann atmete er kaum noch und ließ nur seine dünnen Finger über die Klappen huschen, horchte auf das Geräusch, das sie machten, und versuchte, all die Bewegungen zu verinnerlichen, um sie zu einem bloßen Instinkt werden zu lassen.

13

Fred schlug die Augen auf. Er fraß Luft in sich hinein, e Ertrinkender, der noch einmal nach oben gespült worden i Er fasste sich an die Lippe und fühlte Blut. Im Traum hat er zugebissen. Irgendwann in der Nacht hatte ihn eine Aut Alarmanlage geweckt, aber er war wieder eingeschlafen. E schaute auf die rot blinkenden Zahlen auf dem Wecker. Es wa Viertel nach acht. In etwas weniger als sechs Stunden war er mit Lilli verabredet. Die Aussicht beschleunigte seinen Puls und ließ die frostigen Schichten tauen, die ihn bedeckten und betäubten. Er hätte liegen bleiben und weiter dösen können, aber er wollte Lilli so frisch wie möglich gegenübertreten.

In der Dusche drehte Fred das heiße Wasser auf, bis es auf der Haut brannte. Als er nicht mehr aushielt, wechselte er: das

Wasser, so kalt, als sei es von einem Gletscher abgeschmolzen. Mit einem Schlag wurden alle seine Sinne wach, er hörte, wie es in seinen Nebenhöhlen knackte, als würde der Kopf wieder frei nach einem schnellen Sinkflug. Für einen Moment roch er alles intensiver, auch seinen sauren Atem schmeckte er, in dem Alkohol mit hochkam und der Nachgeschmack der Zigaretten, die er geraucht hatte. Mit aller Kraft rieb Fred sich schließlich trocken, tat routiniert, was er seit Jahrzehnten tat, wenn die Gegenstände aus der Formlosigkeit der Nacht heraustraten, um ihre gewohnte Gestalt anzunehmen.

Auf der Treppe, die sich in engen Bögen herabdrohte, musste Fred stehen blieben. Ihm wurde übel. Wieder kam in ihm der Brechreiz hoch, der zu nichts führte. Hinter den Scheiben des hohen gotischen Fensters lag das Zwielicht eines skandinavischen Dezembertages, in dem die Sonne mühevoll daran arbeitete aufzugehen. In sechs Stunden musste sie schon wieder kraftlos aufgeben und sich im Westen verlieren am Ende ihrer winterlich flachen Bahn.

Die meisten Gäste waren bereits zum Frühstück heruntergekommen. Fred wollte alleine sitzen, um nicht reden zu müssen. Er hatte Glück und bekam einen Tisch, der gerade frei wurde. Stühle mit gedrechselten und geschnitzten hohen Lehnen und abgenutzten roten Polstern standen daran. Auf der Platte aus dunklem Holz waren rote Sets drapiert.

Alles hier war gepflegt, gewollt altmodisch und darauf angelegt, heimelig zu wirken. Zoe achtete darauf. Sie war das Mädchen für alles, dem es nichts auszumachen schien, dass sie jeden Morgen die Streuer mit Pfeffer und Salz auf die gleiche Weise ausrichtete und in regelmäßigen Abständen auf dem Büffet nachlegte. Zoe hatte ihn auch in Empfang genommen. Mit kleinen bunten Spangen hielt sie ihre braunen Haare aus einem Gesicht, das schon morgens leuchtete: So hell und lupenrein war ihre Haut. Ihre schmalen dunklen Augen mit den Schlupflidern neigten sich anmutig nach oben. Wenn er jünger gewesen wäre, hätte Fred sich auf der Stelle in das Mädchen verliebt. Er reimte sich für sie eine Ahnengalerie zusammen, in der einst auch ein Eskimo eine wichtige Rolle gespielt haben musste, aber mit ihm sprach sie in fließendem Deutsch mit einem osteuropäischen Akzent. Zoes Stimme klang, als könnte sie mühelos das hohe C erreichen und einen Hilfeschrei meilenweit übers Land schicken. Aber sie beherrschte auf erstaunliche Weise die Kunst einer Sängerin, auch in diesen Höhen angenehm und harmonisch zu klingen. Vielleicht waren es der Akzent und die schöne Klarheit, mit der sie die Konsonanten behandelte.

Fred lächelte sie an und sie lächelte zurück, und für einen Moment sah er es, wie er sehen wollte: wie er im Norden an der Küste in einem kleinen Haus mit einem steilen roten Dach lebte mit einer jungen Frau, die ebenfalls ihre ferne Heimat verlassen hatte, um ihren Träumen zu folgen. Fred würde wieder auf seinem Saxophon üben, bis seine Lippen spannten und schmerzten. Vielleicht könnte er sogar einen neuen, anderen Ton finden, einen, der beseelt war von dem, was er hier entdecken konnte: das Meer, die Felsen, Mitternachtssonne im Sommer, Dunkelheit im Winter. Vielleicht würde er wieder Musiker finden, mit denen er auftreten konnte. Vielleicht könnte er Lilli zu einem Auftritt überreden. Vielleicht.

Allmählich wurde es heller vor den Fenstern des Frühstücksraumes. Die erste Entscheidung, die Fred Kemper traf: Er wollte zu Fuß ins Zentrum gehen.

Die von Schnee und Eis befreite Fahrbahn glänzte im mattgoldenen Licht der Sonne, die ihr Möglichstes tat an diesem Tag. Fred hörte das Zischen der Autoreifen, die flüchtige Linien in das Tauwasser schrieben. Im Schlepptau der Wagen sah er weiße Abgasschleier, die sofort verwirbelten und doch nicht abzuschütteln waren.

Ein Heer bis auf die Knochen abgemagerter kopfloser Pantomimen, die in bizarren Verrenkungen erstarrt waren: So standen sie da, die Bäume im Schlosspark, scharf geschnittene dunkle Silhouetten, die stoisch standhielten bis in die kleinste Verästelung. Denn mit jedem Jahresring wussten sie, dass dieser Winter ein Ende haben und alles von vorn beginnen würde. Auf einem Teich fuhren vier Kinder Schlittschuh. In ihren dicken Strickpullovern sausten sie wie kleine Michelin-Männchen herum. Und setzte eines von ihnen zu einer einfachen Pirouette an, dann gerieten die Quasten und Ohrlappen ins Flattern. Fred sah ihnen einen Moment zu. Wie Pia und Benni wohl Silvester feiern würden? Er überlegte, aber es fiel ihm nicht ein, er wusste nicht, was seine Kinder eigentlich werden wollten? Tierärztin oder Fußballspieler, Feuerwehrmann oder Astronautin, um ins Weltall zu fliegen, so, wie sein kleiner Bruder es sich gewünscht hatte, nachdem er einsehen musste, dass Ritter mit Schwert und Rüstung nicht mehr gebraucht wurden.

Fred presste eine Hand auf seinen Bauch, um das flaue Gefühl zu vertreiben, das ihm die Spannung zu rauben drohte, die ihn voranbringen sollte, Schritt für Schritt. So ging er weiter auf der Allee, auf der der Schnee harschig getreten worden war von den Spaziergängern, Einheimischen und Touristen, die ihre Kreise um das Schloss und daraufzu zogen. Als er noch allein durch unbekannte Städte gestreift war, hatte er es immer so aussehen lassen, als sei er in den fremden Straßen zu Hause. Der Stadtplan war griffbereit, aber gut versteckt. Er wollte so viel wie möglich sehen, hören, riechen, wollte all diese Eindrücke sorgsam ablegen in seinem Gedächtnis, um sie irgendwann einmal übersetzen zu können in Musik:

Schläft ein Lied in allen Dingen,
die da träumen fort und fort,
und die Welt hebt an zu singen,
triffst du nur das Zauberwort.

Endlich kam er ans Wasser. Und die Melancholie, die ihm vertraut war, verwandelte sich. Es war, als wechselte seine Seele federnd die Tonart: von Moll nach Dur.

Fred hörte eine Möwe zetern und dann eine zweite, die zurückkeifte, und eine dritte, die über die beiden anderen lachte und mit einem schnellen Flügelschlag unter dem steif gefrorenen Tauwerk eines Schoners hindurchsegelte. Über den Landungsbrücken schwankten sanft die Masten großer und kleiner Schiffe. Fischerboote, Jachten im Winterschlaf. Fred achtete auf das Schmatzen und Gluckern, wenn ihre Rümpfe an den ausgedienten Autoreifen schubberten, die von den Stegen hingen. Er hatte einmal versucht, dieses Geräusch auf seinem Instrument nachzuahmen, aber gelungen war es nicht.

Es ging wenig Wind, ab und an zerknitterte eine schmächtig heranwehende Brise mit letzter Kraft das Wasser und zerpflückte für einen Moment die Spiegelbilder der Boote. Ein paar Sonnenstrahlen schufen die Illusion, als triebe ausrangiertes goldenes Lametta auf der Pipervika-Bucht. Aber dann rückten Wolken vor, und das Wasser sah wieder aus, als sei Asche herabgerieselt über dem Hafen.

Albert Kemper hätte stundenlang hier stehen und schauen können, erfrorene Zehen riskierend, sich von innen heraus erwärmend an seiner Begeisterung für diese Hafenlandschaft.

Vor ein paar Jahren war sein Vater überraschend gestorben. Der Eingriff war Routine gewesen, aber eine Infektion hatte ihm keine Chance gelassen. Vielleicht hätte Fred ihn retten können, wenn er noch gespielt hätte. Vielleicht wäre es ihm noch einmal geglückt: gegen den Tod anzuspielen. Vielleicht. Er vermisste seinen Vater.

Fred blickte zu dem Windjammer hinüber, der am nördlichen Akerhuskai festgemacht hatte. Wahrscheinlich hätte Vater ihn schon anhand der Masten und der Takelage erkennen können.

»Sir, siehst du, das muss die Christian Radich sein. Stahlrumpf mit dem typischen Schulschiffaufbau. Ein Vollschiff.«

»Das so heißt, weil alle an Bord voll sind, oder?«

»Witzig, Sir, witzig. Das mag wohl vorkommen. Aber das Vollschiff heißt Vollschiff, weil es, zähl nach: eins, zwei, drei komplette rahgetakelte Masten hat.«

»Ich wette, du kennst auch die ganze Geschichte dieses Potts auswendig?«

»Wurde im Krieg in Flensburg versenkt. Aber dann habe sie's rausgeholt und wieder aufgeriggt …«

»Aufgeriggt?«

»Renoviert, wenn du so willst, neue Masten, alles, was ein Großsegler haben muss.«

»Sollen wir es chartern?«

»Chartern?«

»Ich weiß auch was: Das ist jetzt kein Schulschiff mehr. Du kannst es jetzt mieten.«

»Woher weißt du denn so was?«

»Prospekt im Hotel, steht alles drin.«

»Dann weißt du auch, dass die Radich 1939 zum ersten Mal nach New York gesegelt ist. Sir, da wäre ich gerne dabei gewesen ...«

Das vielleicht hätte Vater ihm anvertraut, den Blick auf den Horizont gerichtet und die Beine ein Stück breiter gestellt, als müsste er am Ruder Kurs halten in schwerer See südlich von Island. Er, der nicht einmal in seinem Leben im Meer geschwommen war, weil er nie schwimmen gelernt hatte.

14

Wolfi war nicht zu beruhigen. Er sprang auf und stolperte über Beine, die noch schneller sein wollten als sein Verlangen, fiel fast gegen den Fernseher und patschte seine Finger auf die Scheibe. Die Nachrichten zeigten noch einmal, wie die Rakete mit den Astronauten Richtung Mond gestartet war. Jedes Mal, wenn er die Rakete sah, versuchte Wolfi, den Männern an Bord durch den Bildschirm über tausende Kilometer eine lang gesammelte Kraft für ihre Reise zu übertragen. In seinen runden Augen leuchtete dann eine stolze Gewissheit: irgendwann einmal selbst Kommandant eines Raumschiffes zu sein, das er schwerelos, aber entschlossen zu noch viel weiter entfernten Planeten steuern würde: »Beim nächsten Mal fliege, fliege, fliege ich mit.«

Heute Nacht sollten Armstrong und die Apollo-Besatzung das Ziel erreichen. Und als könnte Fred sich die Macht dieses Ereignisses zunutze machen, so dass ein Versagen von vornherein unmöglich war, hatte er beschlossen, heute selbst einen ersten Schritt zu wagen. Er wollte seinen Eltern endlich ein Stück vorspielen.

Seit vielen Monaten beobachteten sie ihn misstrauisch, ihren eigenen Sohn, der ihnen immer unvertrauter wurde. Als wäre er ein sonderbares Geschöpf, ein Findling, den man ihnen vor die Tür gelegt hatte. Er erschien ihnen wie ein Zirkuswesen, das jede freie Minute damit verbrachte, seine Geschicklichkeit und Gelenkigkeit zu trainieren, aber nie erkennen ließ, wie sich all das zu mehr als einem kleinen banalen Kunststück fügen könnte.

Fred war mehr Soldat als Akrobat. Er exerzierte, übte nach Plan die immer neuen Griff-Folgen, die Tony ihm zeigte – anfangs stopfte er wieder das Handtuch in den Schalltrichter, um niemanden zu stören mit Geräuschen, die sonst aus dem Keller aufgestiegen wären. Bei gutem Wetter nahm er seinen Saxophonkoffer und verschwand, um draußen zu üben auf einer Bank ganz am Rande des Friedhofs. Hier konnte er nur Elstern mit seinem blechernen Keckern verwirren.

Fred wurde sicherer mit einer Schnelligkeit, die Tony imponierte. Sie hatten begonnen, verschiedene Standards zu probieren. Tony begleitete ihn dabei auf einem Keyboard.

»Und du willst demnächst vor Mom und Dad auftreten?«

»Na ja, sie lassen mich halt machen. Erst mal, sagen sie. Solange es in der Schule läuft. Also so, wie sie sich das vorstellen. Aber ich weiß nicht, was sie wirklich denken.«

»Du meinst, ob sie es gut oder vernünftig oder gesund finden, was du da treibst?«

»Das ist es. Darum will ich ihnen jetzt was vorführen.«

»Du hättest mit Geige anfangen sollen. Da ist das teure Geld für die Musikstunden gut angelegt. Da wissen die meisten Menschen nämlich, wo es hinführt.«

»Wohin denn?«

»Na, zu den Berliner Philharmonikern. Die kennt sogar mein Nachbar. Und der ist Klempner.«

»Beethoven, nee. Nicht für mich.«

»Hey. Das muss man erst mal hinkriegen. Stocktaub sein und trotzdem geniale Sachen komponieren. Der soll noch auf dem Totenbett die Faust gereckt haben gegen die ganze Welt, weil er sauer war, dass niemand verstanden hatte, was er da mit der Musik angestellt hat. Hiermit ernenne ich dich zum Beethoven des Tages.«

»Toll, aber ein Tipp wäre mir lieber. Ein Stück, das sie vielleicht kennen, so einen Schlager, etwas, das auch im Radio laufen könnte, aber schon Jazz.«

»Ich wollte gerade ›Get Back‹ von den Beatles vorschlagen. Das ist in der Hitparade.«

»He, veräppele mich nicht!«

»Dann ›Fly Me To The Moon‹.«

Tony grinste. »Ja klar, das passt. Wo doch die Mondlandung kommen soll.«

Fred brauchte den Beifall seiner Eltern, zumindest einen, der in jedem zweiten Klatschen mehr war als Höflichkeit. Einen, in dem er aufrichtige Anerkennung hören konnte und ein paar Takte Verständnis für ein Verlangen, das mit ihm auf die Welt gekommen war als ein inneres Organ, dessen Lage kein Arzt auf einem Röntgenbild erkennen konnte.

Tony hatte verstanden. »Drum komme ich drauf. Die letzten Astronauten von Apollo soundso hatten das Ding mit in der Mondumlaufbahn. Auf Kassette. Stand in einem Musikmagazin. Ich glaube die Live-Version von Frankie-Boy. Mit Count Basie und Orchester.«

»Frank Sinatra kennen sogar meine Eltern.«

»Na also … Noten habe ich da. Nicht abheben, Beethoven, bin gleich wieder da.«

Tony klapperte auf seinen Cowboystiefeln los, um in einem Regal im Ladenlokal nach dem Notenbuch zu suchen. Er war schnell zurück.

»Hier haben wir's doch. Was steht drüber? ›With celestial spirit‹ – Mit himmlischem Geist zu spielen. Genau das will ich hören, Beethoven. Gott sei Dank brauchen wir den Text nicht.«

Tony legte den Kopf in den Nacken, öffnete den Mund und ließ aus einem imaginären Kännchen, das er mit seiner rechten Faust formte, das Schmiermittel tropfen. Dann begann er:

»›Flieg mich zum Mond und lass mich zwischen den Sternen spielen.‹ – Na gut. Könnte schlimmer sein. Weiter geht's:

›Lass mich sehen, wie der Frühling ist auf dem Jupiter und Mars‹ – Verteufelt kalt wahrscheinlich. Jetzt kommt das Entscheidende!«

Auch wenn es kaum noch möglich schien: Tony legte noch mehr Schmalz in seine Stimme:

»›Liebling, küss mich!‹ – Ist das nicht etwas zu gewagt für einen Auftritt vor der Familie?«

»Schon gut, ich will's ja nicht singen.«

»Dann legen wir los. Du hast noch ein paar Wochen! Das reicht allemal, so wahr ich Tony Drechsler bin.«

Fred begann, die Nummer Mittwoch für Mittwoch weiter einzustudieren und einen improvisierten Teil zu entwerfen. Paul Mittelstädt hatte von irgendwo her eine LP von 1964 mit einer Instrumentalfassung aufgetrieben. Roland Kirk spielte Saxophon. Fred kannte auch ihn und seine Geschichte. Kirk war bald nach der Geburt erblindet, aber er sah genug in seinen Träumen: wie er drei Instrumente gleichzeitig blies. Also begann er in den Fünfzigern, ein Saxophon und zwei altertümliche Vorläufer auf einmal zu spielen. Wenn Fred der Mund schmerzte von dem Versuch, nur ein einziges Instrument zu beherrschen, dann legte er das Stück auf und setzte sich mit untergeschlagenen Beinen und geschlossenen Augen vor seine Musikanlage, als wollte er meditieren.

Ab und an spielte er die Platte mit 16 statt mit 33 Umdrehungen ab. Bei verminderter Geschwindigkeit konnte er die Soli der Musiker genauer hören. Er hatte das schon oft probiert, hatte versucht, sich die Töne einzuprägen und den Aufbau der Improvisationen zu begreifen. Wie sich im Augenblick eines aus dem anderen ergab, als hätte es nie eine andere Logik geben können. Ein Maler pinselte Wochen an einem Gemälde, ein Schriftsteller tippte Jahr um Jahr an einem Roman – aber im Jazz wurde jetzt in diesem Moment ein Pfeil abgeschossen, den der jeweilige Spieler nur dank seines Instinktes lenken konnte auf einer Bahn, die er in seiner Phantasie sah. Davon war Fred noch weit entfernt, er spielte die Kompositionen notengetreu nach. Aber er wollte lernen, was für seine Idole spielend leicht war: Die Themen zu umspielen, sie einfach neu zu erfinden, wenn ihnen danach war, einfach so, wie sie es haben wollten.

So vieles erschien Fred noch kompliziert und unzugänglich: Sedimente aus Hunderten von Jahren Musikgeschichte, Quintenzirkel und Kirchentonarten, Rhythmus, Dynamik und Modulationen, Ideen und Entwicklungen, unter dem Druck der Zeit zusammengepresst zu einem steinernen Block. Tony erklärte ihm geduldig das ein oder andere. Fred war entschlossen, alles aus diesem Block für sich herauszumeißeln, was von Bedeutung sein konnte. Denn er wusste, was aus diesen kleinen schwarzen Zeichen auf, unter und über den fünf Linien werden konnte: seine Musik.

Tony hatte es ihm erklärt: »Freiheit, Freddie, ist bedeutungslos, wenn du sie nicht kontrollieren kannst. Und damit du sie kontrollieren kannst, gibt es die Regeln und das Zeug, das dich im Moment wahnsinnig macht. Was passiert, wenn du Wasser in ein Glas schüttest?«

»Dann ist es im Glas?«

»Dann hat es eine Form. Wenn du es auf den Boden schüttest, zerläuft es einfach.«

»Aber im Glas ist es doch eingesperrt?«

»Die Kunst ist, das Glas zu verändern.«

Fred runzelte die Stirn.

»Was ich meine. Du kannst die alten Regeln dein Leben lang schlicht befolgen. Du kannst aber auch das, was da ist, weiterentwickeln. Die Jungs, die du anbetest, die haben das gemacht. Was sie hatten, das reichte ihnen nicht mehr, um sich auszudrücken. Von mir aus kannst du die Regeln auch ignorieren. Aber ohne sie kannst du die Freiheit nicht begreifen, die du hast.«

Der Julitag hatte eine reglose Wärme im Haus hinterlassen, eine, die den Dingen besänftigend die Hand auflegte und alle Gefühlsregungen dämpfte. Mit ihr war von draußen ein vager Geruch nach gemähtem Gras ins Zimmer gekommen und ein Anflug von Holz, den die Sonne allmählich aus den morschen Rollladen herausgebacken hatte. Albert Kemper hatte sie, nachdem er gewissenhaft den Garten gewässert hatte, ein Stück heruntergelassen, damit die Abendsonne nicht im Fernseher blendete.

Die Tür stand offen. Fred hörte ein paar Vögel, die geradezu vorsätzlich zeigten, was sie draufhatten. Sie trillerten und zwitscherten ihm ohne jede Theorie ihre vertrackten Melodien entgegen, erfanden immer neue Variationen der Strophen, fügten silberhell Dreiklänge aneinander und improvisierten mit einer Leichtigkeit, als wollten sie ihm die Augen öffnen: wie sinnlos Freds ganzes Üben war. Aber er wollte diese Herausforderung annehmen, heute Abend, hier, in dieser Arena. Die aus einer Sitzgruppe, dem Couchtisch und der Schrankwand mit dem Fernseher bestand, der tonlos grau melierte Bilder der Sondersendungen zur Mondlandung zeigte.

Freds Eltern hatten eigentlich geplant, die Nachbarn einzuladen. Am liebsten hätte Fred es ihnen ausgeredet, aber er fürchtete, dass das wie ein Moment der Schwäche wirkte. Als sei er noch nicht gut genug. Auch Paul Mittelstädt war eingeladen, aber er hatte bald abgesagt, weil er in seinem Laden vor der Wand aus Fernsehern das Ereignis zusammen mit dem Eiscafé-Besitzer verfolgen wollte.

Die Familie aus dem rechten Haus machte Urlaub in Tirol, während die Rudzinskis von links ihre Verwandten zu Gast hatten und darum die Einladung nicht annehmen konnten. Bei nächster Gelegenheit komme man aber gerne.

Was Fred nicht wusste: Seine Mutter hatte erst ihr Bedauern ausgedrückt und sich dann vorauseilend entschuldigt: »Wenn es ein bisschen laut wird, seien sie bitte nicht böse, aber so ein Saxophon, das schallt doch ganz schön. Ich hoffe, dass Rikki sie nicht stört, wenn er übt. Wir schicken ihn ja immer in den Keller.«

Aber bis jetzt hatte sich niemand beschwert, auch wenn manchmal seltsame Laute durch die Wände drangen.

»Haben die Kempers wieder Handwerker im Haus«, fragte Herr Rudzinski dann.

Und Frau Rudzinski sagte: »Ich glaube, Frederik übt wieder.«

»Warum lernt er nicht Gitarre? Am Ende gibt's noch einen Bergschaden!«

All das wusste Fred nicht. Und hätte er es gewusst, hätte er sein kleines Konzert im letzten Moment noch abgesagt. Jetzt stand er einfach nur da und wartete mit zitternden Händen.

Aus der Küche rief seine Mutter: »Komme gleich … !«

Sein Vater saß auf der Couch. Weil er nichts sagen konnte, schenkte er Martini bianco ein. Auch Fred durfte heute Abend ein Glas trinken, mit viel Wasser. Auf dem Tischchen mit dem grünen Läufer stand bereits ein Stern aus Käsewürfeln, Salzstangen ahmten ein Rudel zu allem entschlossener Raketen nach, und einen Teller mit kleinen Frikadellen gab es auch, kleine Lavabrocken, die man so vielleicht auch im »Meer der Gefahren« auf dem Erdtrabanten finden konnte.

Auch wenn Albert Kemper das Mondprogramm der NASA für rausgeschmissenes Geld hielt, es war ein historischer Moment, ein Sieg des menschlichen Geistes, der jetzt eine Technik beherrschte, die den menschlichen Körper über die Atmosphäre hinaus ins Universum katapultieren konnte. Das wollte er zelebrieren. Auch wenn er morgen übermüdet in seinem Büro ankommen würde, er konnte mitreden. Und sagen, was er von all dem hielt.

Vor vier Tagen hatte Fred seinen Auftritt kurzerhand beim Abendessen angekündigt:

»Wenn ihr wollt, spiele ich euch am Sonntag mal was vor.«

»Sir, du willst ein Konzert geben?«

»Na ja, nur ein Stück.«

»Ach, Rikkchen, schön, dass wir …« – das »endlich« verschluckte sie mit dem nächsten Bissen – »… was hören. Was spielst du denn?«

Seine Mutter reagierte mit der angeborenen Inbrunst, mit der Mütter ihre Kinder lieben oder verkennen, egal was sie tun.

»Ich dachte, ich spiele was von Frank Sinatra.«

»Rikkchen, der singt doch«, sagte seine Mutter und lächelte über den gedeckten Tisch, und Fred konnte nicht einmal sagen, ob sie einen Witz machen wollte oder ahnungsloser war, als er befürchtet hatte. Denn auch auf sie kam es an. Auch sie hatte jetzt auf der Couch Platz genommen, saß fast auf dem Rand, die Hände auf den Knien, erwartungsvoll nach vorn gebeugt. Sie wollte zeigen, dass ihr Beitrag für den Abend abgeschlossen sei und der Sohn nun ihre ganze Aufmerksamkeit habe. Albert Kemper hatte den Arm hinter seiner Frau auf die Lehne gelegt, um das Bild harmonischer zu machen.

Fred stand da am äußersten spitzen Rand einer einsamen bunten Insel, die der ferne Teppichmacher in ein dunkelblaues Meer aus Wolle geknüpft hatte. Es war kurz nach neun. Jetzt war er das kleine Zirkuswesen, das sein Kunststück zeigen musste.

»Also, ich habe, weil ja heute Nacht die Mondlandung ist, was rausgesucht, was Passendes. Ein Stück von Bart Howard. Ihr kennt ja die Version von Frank Sinatra.«

Und dann bemerkte Fred in einem atemberaubend kurzen Moment, dass die Amseln aufgehört hatten zu singen und ein Luftzug die Gardine bauschte. Mit dieser Bewegung wurde jede Peinlichkeit fortgewirbelt wie eine Schicht Staub. Ohne dass er es sich zurechtgelegt hatte, sagte er mit entschiedener Betonung:

»Und das ist meine Version.« –

Das Geräusch klang wie ein Kinderfurz. Vater zog die Augenbrauen hoch, Mutter versuchte, keine Regung zu zeigen, aber Fred sah, dass ihr Unterkiefer ein paar Millimeter nach unten gefallen war. Er setzte das Saxophon wieder ab, um noch einmal von vorne zu beginnen, aber plötzlich fiel es ihm schwer zu atmen, in seinem Hals spürte er das Klopfen der Ader. Er wollte nur noch weg, er hatte versagt: Laufen, den Hang hinauf zur Straße, immer weiter und aus der Stadt hinaus in eine Gegend, in der ihn niemand kannte. Dann hörte er sie wieder: die Vögel, die auf Neue begonnen hatten, ihre Lieder zu trillern und zu zwitschern ohne jede Mühe. Sie taten es, weil sie es konnten.

»Tut mir leid. Ich hätte mich noch ein bisschen einspielen sollen. Jetzt geht es los.«

Und dann begann Fred einen kleinen sommerlichen Tanz, mit dem er seine Zuhörer erst einmal in Sicherheit wiegte. Er swingte. Fröhlich, aber entspannt verfolgte er die Melodie, nahm dann Fahrt auf, ohne sich treiben zu lassen in übermütige Aufgekratztheit. Befreit spielte er sich und sein Publikum hoch zu Jupiter und Mars. Er selbst wurde größer und größer, wuchs mit jedem Ton, dehnte sich aus bis an seine Grenzen – und zündete die nächste Stufe.

Tony und er hatten ein Solo komponiert, eine ausgeschriebene Improvisation über das Motiv, bei der Fred mit einigen Läufen und Trillern zeigen konnte, was er konnte. Dann kehrte er zurück zum Anfang, ließ noch einmal den Hauptteil hören und dann seine Vorstellung mit einem langen, sicher und glatt gehaltenen Ton ausklingen.

Am Ende konnte er sich nicht erinnern, was er gespielt hatte, nicht einmal, dass er gespielt hatte. Am Ende hatte der warme Sound seines Instruments dann doch jenes schwebende Kraftfeld erzeugt, das ihn abschirmte von allem, was ihm gewöhnlich und darum lähmend vorkam. Aber er blieb in Kontakt mit der Welt, ja, er war mehr denn je mit ihr verbunden, denn in der anderen Richtung verstärkte das Kraftfeld, was er sagen wollte:

»Let me play among the stars.«

Jetzt und immer und immer wieder. Albert und Renate Kemper klatschten. Fred hörte den Rhythmus, das Tempo und die Stärke, mit der sie applaudierten. Sicher war er sich nicht. Er hörte Entgegenkommen heraus, schließlich waren sie Vater und Mutter. So hatten sie geklatscht, als er ihnen an der Kinderzimmerwand seinen ersten Kopfstand gezeigt hatte. Aber da war mehr, ein Gefühl, mit dem er sie vielleicht angesteckt hatte. Etwas, das sie nicht in Worte fassen konnten und es vielleicht auch nicht gewollt hätten. Sie spürten Freds Leidenschaft, aber sie würden sie auch weiterhin seltsam und riskant finden.

Vater sprach als Erster:

»Sir, da kann man dir weiterhin nur viel Erfolg wünschen. Das hat mir sehr gut gefallen, auch wenn es nicht meine Musik ist.«

Mutter sagte es so:

»Das hat sich aber schön angehört. Gut machst du das. Spiel es doch noch einmal für uns.«

Gerade als Fred sich eckig und vorsichtig verbeugt hatte, weil wieder etwas in seinem Rücken stichelte, gerade als er seinen Pony in der Farbe kleiner Münzen aus der Stirn strich, gerade als er sich die Lippen geleckt hatte, um noch einmal anzusetzen, hörten sie das dumpfe Geräusch. Dann stach ein schriller Kinderschrei herab, eine blanke Nadel, durch die Gift herabschoss in das Zimmer und die wolkenlose Stimmung.

Stille. – Als könnte allein das ein Gegengift sein, rief Renate Kemper: »Wolfi!«

Es war unüberhörbar, dass sie die Szene, die sie vorfinden würden, bereits in jeder Einzelheit vor sich sah, schon in dem Moment, in dem sie aufsprang und aus dem Zimmer rannte.

Wolfi musste auf dem Bett herumgehüpft sein, er, der Mann auf dem Mond. Seine Eltern hatten versprochen, ihn herunterzuholen, wenn der erste Astronaut aus der Mondlandefähre steigen würde. Schlafen konnte er nicht, denn Wolfi misstraute seinen Eltern. Wenn er eines wollte, dann den echten Raumfahrern zusehen, wie sie den Himmel eroberten.

In allen Einzelheiten hatte Wolfi mit seinem Astronauten durchgespielt, wie es sein würde. Aber es war etwas anderes, einen kleinen Plastikhelden hüpfen und mit Batterie-Antrieb knarrend durch ein imaginäres Mondmeer marschieren zu lassen. Wolfi wollte selber der Astronaut sein. Und so war er auf seiner Matratze gehüpft, wollte den entscheidenden Hopser tun auf seinen Kinderzimmermond. Wolfi hatte die Schwerkraft vergessen. Er war gestolpert und gestürzt, kopfüber in seine Ritterburg. Seine Stirn war auf das Dach des Mannschaftsquartiers geschlagen. Er hatte geschrien. Dann war er bewusstlos geworden.

Seine Mutter legte ihn sofort neben der Burg auf die Seite. Sie tat alles, was eine Krankenschwester in diesem Moment tun konnte, und hielt Wolfis dürren, schlaffen Körper fest in den Armen. Fred sah, wie eine unsichtbare Hand mit erstaunlich wenig Blut ein böse gezacktes Symbol auf das Gesicht seines Bruders gemalt hatte. Sein Vater hockte daneben am

Rande des Lichtkreises, in den die Lampe mit dem fröhlich bedruckten Schirm Mutter und Sohn fasste.

»Mein Gott, was ist los mit ihm?«

»Sieh doch hin, er ist bewusstlos, er ist auf den Kopf gefallen, er muss ins Krankenhaus. Siehst du das nicht?«

»Ja, ich sehe, ich sehe, ich rufe einen Krankenwagen!«

»Hol ein Taxi Albert, hol ein Taxi, verdammt noch mal. Bis ein Krankenwagen hier ist, kann es viel zu spät sein. Hol ein Taxi, das ist schneller.«

Freds Vater begriff: dass sie alle jetzt mit jeder Handlung den Faden fester und fester knüpfen mussten, an dem Wolfis Leben hing, dass sie am besten eine Kette schmiedeten.

Nach fünf Minuten fuhr der Wagen vor und hielt mit quietschenden Reifen. Der Fahrer war informiert worden, dass alles schnell gehen musste. Noch immer war Fred nur hilfloser Zeuge; er hatte an der Tür zu Wolfis Zimmer gestanden und versucht zu begreifen. Jetzt stand er in der Haustür und schämte sich: Er sah, wie seine Mutter im Fond saß und ausdruckslos zu ihm schaute, als müsste sie jede Regung aufheben für einen späteren schmerzlicheren Moment. Vater hatte Wolfi heruntergetragen und von der anderen Seite neben sie auf den Sitz geschoben. Dort lag er immer noch leblos neben ihr. Sie hielt seinen Kopf und achtete darauf, dass er weiter atmete, denn er atmete noch, wenn auch schwach. Vater zog die Vordertür zu und redete auf den Taxifahrer ein.

Fred stand nur da: Ein brandneuer 200er Mercedes also. Den gibt es erst seit letztem Jahr. Und auf dem Kühler der Chrom-Stern. Wie blitzblank der poliert ist. Es kann doch nur gut ausgehen, kann es doch nur, die Sterne können ihren kommenden Entdecker doch nicht im Stich lassen.

Der Fahrer beschleunigte, raste Richtung Hauptstraße. Wenn er das Tempo durchhalten konnte, waren sie in fünf Minuten am Krankenhaus.

»Sir, pass auf dich auf.«

»Wir melden uns, wir rufen an. Mach dir keine Sorgen, iss auf jeden Fall noch etwas, du hast ja vorhin gar nicht richtig gegessen, Rikkchen!«

Letzte Anweisungen, als führen seine Eltern nur kurz in den Urlaub.

Fred nickte, er stand dort, hielt sich noch auf wachsweichen Beinen, und auch der letzte klare Gedanke entglitt ihm und ließ einen Schwindel zurück. Jeden Schritt nahm er sich mühsam vor, um jetzt wieder ins Haus zurückzugehen und sich an den Esstisch zu setzen, auf dem sein Saxophon lag. Im Fernseher wechselten immer noch stumme Bilder. Zu sehen war ein Modell der Mondfähre. Ein Experte erklärte anscheinend die Funktion der Mondanzüge. In die waren die Astronauten gehüllt wie in einen zweiten Körper. Der schützte sie, versorgte sie mit Sauerstoff und hielt sie mit einer eigenen Klima-Anlage warm in einer Umgebung, in der kein Mensch überleben konnte. Denn es war ihm nicht bestimmt, dort zu existieren. In drei Tagen sollte Wolfi sechs werden.

Fred begann, sein Saxophon auseinanderzubauen. Er nahm das Blatt vom Mundstück. Es war trocken geworden. Er steckte es unter das Gummiband auf dem kleinen Glasspiegel neben das Ersatzblatt. Dann schraubte den S-Bogen ab und das Mundstück, reinigte es endlos lang mit einem Durchziehwischer, der wie ein übergroßer Pfeifenreiniger aussah. Danach trocknete er den S-Bogen und schließlich mit dem größeren Wischer den Korpus, um die Feuchtigkeit zu entfernen, die mit seinem Atem in das Saxophon gekommen war. Er ließ die Schnur mit dem Bleigewicht in den Schallbecher hinabtauchen, drehte das Instrument, nahm am anderen Ende die Schnur und zog den Wischer durch. Viermal, fünfmal, ein Dutzend Mal wiederholte er diesen Handgriff. Dann rieb er die Klappen mit einem Tuch ab, aber nicht wie gewohnt legte er das Instrument zurück in den Koffer, der auf dem Tisch lag.

Er hatte gespürt, wie mit jedem Handgriff die Bilder von Wolfi und die Angst, die er um ihn hatte, davontrieben, Blätter auf einem Bach. Also baute er sein Saxophon wieder zusammen. Ein Funken in den untersten Schichten seiner Seele entzündete eine Vorstellung davon, was er für seinen Bruder tun konnte. Immer schneller trieb ihn diese Vorstellung an. Er stand auf, nahm das Saxophon und ging los, durch die Tür auf die Straße und weiter. »Denk an Wolfi, den Astronauten in seinem Bett, denk daran, dass er wieder aufwacht, und geh weiter!«

Nicht einmal trat er daneben auf dem engen unebenen Weg. Er achtete nicht auf das Rauschen in den kleinen Birken und das Rascheln im Unterholz, wenn ein Kaninchen flüchtete. Er spürte nicht, wie die Äste der Brombeersträucher an seinen nackten Beinen stachen und Brennnesseln seine Waden trafen. »Denk an Wolfi, der wieder wach und lebendig werden soll.«

Fred trat wieder ins Licht der Quecksilberdampflampen, die an Schnüren über die Fahrbahn gespannt waren und eine menschenleere Straße erhellten. »Weitergehen, nicht stehen bleiben, an Wolfi denken, denn der muss einmal zum Mond. Denk an Wolfi!«

Fred ist angekommen. Setzt sich auf seinen Platz, den Baumstumpf hinter der Steinmetz-Werkstatt. Dort, wo der Himmel in der Zeit nach Mitternacht der Erde näher kommt, hat er zu glühen begonnen im emporsteigenden Schein der tausendfachen Lichter an den Transportbrücken und Maschinenhallen. Sie halten trotzig die Dunkelheit von allem fern, formen ihre irdischen Sternenbilder. Ein winziges Dreigestirn bewegt sich auf Fred zu, um dann wieder zu verglimmen: die Frontlichter einer Lokomotive, die eine Kolonne mit großen leeren Kohlewaggons auf das Gelände schleppt zu Füßen der Schornsteine: grau und schlank und unveränderlich auf ihrer Linie. Die Kegel der Wasserdampfwolken, schläfrig aufsteigend, sich ausbreitend wie Pilze, am höchsten Punkt in schimmernde Fetzen auseinandertreibend. Die nimmermüden Drachen. Sie speien das Gas aus, Feueraale, die zucken und zappeln und sich dennoch nicht ins Nachtmeer davonschlängeln können.

»Fly Him To The Moon.«

Fred setzt sein Saxophon an die Lippen, die verspannt sind und steif, weil er sie die ganze Zeit zusammengepresst hat. Aber er beginnt zu spielen. Er muss Wolfi retten.

Es dämmerte. Das erste Licht des Tages folgte seiner gewohnten Physik. Es erhob sich über die Grenze von Nacht und Tag, wurde von kalten Luftschichten, die zwischen der Stadt und dem nun eroberten Mond lagen, abgelenkt und zerstreut. Fred bemerkte kaum, wie ein mildes Blau hoch oben die Dunkelheit durchkreuzte und seinen Platz behauptete. Im Osten erschien ein violettes Band, in der Stratosphäre zog ein kleiner lang gestreckter Schwarm Wolken auf, der glänzte; das Innere einer Muschel. Aber Fred hatte kein Auge für dieses Schauspiel.

»Guten Morgen, Sportsfreund. Hey, Herumtreiber, wir suchen dich!«

Fred zuckte zusammen, als Paul Mittelstädt ihn ansprach, die großen Pranken in den Taschen seiner Lederjacke.

»Dein Papa hat mich im Laden erwischt vor meinen Fernsehern. Zehnmal Mondlandung in zwei Sendern. Zehnmal ›It's one small step for a man, one giant leap for mankind‹«.

Fred legte das Saxophon auf seine Knie.

»Du bist nicht ans Telefon gegangen. Sie machen sich Sorgen.«

»Ja, aber ich … Ich musste an Wolfi denken. Musste was machen.«

»Dann bin ich zu euch gefahren. Überall brannte Licht.«

»Wie hast du hast mich hier gefunden?«

»Nenne es Eingebung. Nenne es ein Mirakel. Nenn es Mittelstädts Spürnase.«

»Ich habe dir von diesem Platz erzählt?«

»Hast du.«

»Was ist mit Wolfi?«

»Er lebt, aber … er liegt, also er ist, ist immer noch bewusstlos.«

»Und jetzt?«

»Holen wir ein paar Sachen für deinen Bruder und fahren ins Krankenhaus. Komm! Es ist kalt.«

Fred stand auf und ging mit zu Paul Mittelstädts VW-Bus, der mit stotterndem Motor am Bordstein stand.

Sie fuhren zurück zum Haus der Kempers, packten eine Tasche, fuhren wieder los.

Die Ampel zeigt schon längst rot. Paul bremste in letzter Sekunde. Seine Hände auf dem Lenkrad zitterten.

»Freddie, auch wenn ich niemals werde wissen können, wie's dir geht. Weißt du, ein wenig weiß ich dann doch. Du hast Angst, dass dein Bruder sterben könnte.«

Fred sah den Mann an, der das Lenkrad wieder hielt, als gelte es, eine Nuss-Schale durch einen Wirbelsturm zu steuern.

»Wird er nicht. Das weiß ich. Haben mir alle guten Geister geflüstert. Weißt du, was sie gesagt haben? Sie haben gesagt: Einmal haben wir dich leiden lassen wie einen räudigen Hund. Einmal haben wir alles genommen, was dir … Weißt du, ich war nicht immer einer, der Sprüche klopft wie 'ne Putzfrau den Teppich. Der Paul, der war nicht immer ein Quatschkopf. Weißt du, irgendwann habe ich angefangen anzuquasseln. Gegen den Sensenmann und seine Kumpels. Ich rede mir den Mund fusselig, damit die finsteren Gesellen bleiben, wo der Pfeffer wächst. Ich habe, ich hatte …«

Er räusperte sich und schluckte.

»Wissen tut das keiner. Dir erzähle ich's. Bist mehr als mein Sportsfreund. Mein Sohn war so alt wie Wolfi. Vor zwanzig … nein, es wären jetzt einundzwanzig Jahre. Der Bub, der war noch so neu auf der Welt, nicht schwierig war der, aber gierig. Der wollte alles wissen. Der war wie ich. Eines Tages stiefelte der einfach los. Wir hatten ihn Hans genannt, aber im Glück war er nicht. Weil's doch Winter war, wollte er wissen, wie es den Enten geht am Teich. Das war sein Lieblingsplatz. Da hat er sie gesehen, seine Freunde, die da einfach so standen auf dem dünnen Eis … Und dann wollte er sie besuchen.«

Paul weinte.

»Meine Lena hat es nicht verkraftet. Sie hat mich verlassen. Und ich saß da mit einem feisten Felsen Schuld. An dem hämmere ich immer noch rum. Aber solche Dinge geschehen … Keine Angst, Freddie, ich hab damals meinen Pakt geschlossen. Mit dem alten Herrn da oben. Denk nicht, dass ich die Faust gehoben habe. Ich habe nur gesagt: ›Wenn wir uns in ein paar Jahren sehen, dann ist das für 'ne Ewigkeit, dann schwatze ich dir die Hucke voll, bis du in der Hölle um Asyl bittest.‹ Und damit er mir glaubt, habe ich angefangen zu üben. Aber ich werd's nicht tun.«

»Was wirst du nicht tun?«

»Ich weiß, dass ich ihn wiedersehen werde. Meinen Sohn. Da kannst du dran glauben, oder nicht. Ich tu's … Da nutze ich die Ewigkeit doch lieber, mit ihm alles nachzuholen, was wir versäumt haben, statt Gott auf den Nerv zu gehen.«

»Was war der Pakt?«

»Dass den Menschen, die mir das Schicksal an mein großes Herz gelegt hat, kein Unheil geschehen wird, so wahr ich Paul Mittelstädt bin.«

Paul trat auf die Bremse, die erschrocken quietschte.

»Da geht's hoch zum Eingang.«

Paul trieb sein Gefährt mit durchgetretenem Gaspedal die langgestreckte Auffahrt hoch zum Hauptportal.

»Freddie, mach dir keine Sorgen, ich weiß, dass es gut ausgehen wird. Wolfi ist bald wieder bei euch. Der große John hat es mir geflüstert.«

Im Glas der Eingangstüren sah Fred den grauen Bully. Auch sich sah er, sein schmales Gesicht. Er nahm die Reisetasche mit dem Symbol einer Fluggesellschaft, die er zwischen seine Füße geklemmt hatte, und stieg aus. Niemand hätte sagen können, was durchscheinender war und schneller zergehen müsste: seine leibhaftige Erscheinung oder ihr Spiegelbild, auf das er langsam zuging.

15

Tief atmete er die Luft ein, die über den Skagerrak kommend aus dem Meer einen Geschmack nach Jod und Phenol aufgelesen hatte. Dieser Geschmack veränderte etwas. Fred spürte, wie sich jene Taubheit davonmachte, wie dieses Wehr brüchig wurde, das sein inneres Ohr abgeriegelt hatte gegen jeden Versuch, Töne zu hören, die nur Kraft seiner Vorstellung existierten.

Er war auf einem der schmaleren Holzstege weitergegangen, um noch näher ans Wasser zu kommen. Ein kleines Boot war herangefahren mit einem tuckernden Dieselmotor. Der Rumpf war himmelblau und weiß getüncht, ein Krabbenkutter. Aus der Entfernung beobachtete Fred, wie das Boot anlegte. Fügsam drückte es sich am Steg gegen die alten Reifen, die fest gefrorene weiße Hauben trugen. Aus dem Ruderhäuschen kam der Schiffsmann in einem gepolsterten grünen Overall. Mit erstaunlich dünnen Seilen machte er sein Boot vorne und hinten an den Pollern fest. Dann kniete der Fischer sich vor ein paar weiße Styroporkisten im Bug. Er prüfte den Fang: rot glänzende Garnelen. Der Mann merkte, dass er beobachtet wurde, blickte auf zu Fred, rief ihm einen Gruß zu und schob die grüne Wollmütze zurück. Fred hob die Hand, nickte und sagte wie es im Reiseführer stand:

»Hei, god dag!«

Wie alt der Krabbenfischer war? Unter der Mütze auf der Stirn klebten Strähnen grau und silber. Seine Wangen waren eingefallen, aber er sah zäh aus und beharrlich. Seit dreißig Jahren oder noch länger mochte er auf das Meer hinausfahren, um die Netze auszuwerfen. Er erhob sich, steckte die Hände in die Taschen seines Overalls und schaute über den Winterhafen.

Als Freds Vater zu seinem vierzigjährigen Jubiläum seine engsten Kollegen nach Hause eingeladen hatte, fragte ihn seine Sekretärin, die gerade dreißig geworden war, wie es denn so sei, so lange jeden Tag so Gott geschaffen ins Büro zu gehen.

»Wissen Sie, die ersten fünfundzwanzig Jahre waren alles andere als einfach.«

Er machte eine Pause.

»Aber dann … dann habe ich mich dran gewöhnt.«

Die Runde lachte, und alle stießen noch einmal an mit den schon halb geleerten Sektgläsern.

Fred versuchte sich vorzustellen, wie sein Vater seinen Arbeitsvertrag unterschrieben hatte. Er musste an das Cover von Bill Evans' »Village Vanguard Sessions« denken. Evans war Viktors Vorbild am Piano. Evans, der allem Überflüssigen und Routinierten entsagte, wenn seine Hände über die Tasten glitten. Evans, der sich um ständige Verfeinerung bemühte, der in das Mark eines Stückes eindrang, bis er dessen Seele hörbar machen konnte. Auf dem Doppelalbum stand Evans vor einer rotbraunen Wand, die ihn beinahe zu absorbieren schien in seinem braunen Anzug mit einem rosa schimmernden Baumwollhemd und einer gestreiften Krawatte: ein frisch gebackener Buchhalter mit Hornbrille und kurzen Haaren, die streng und präzise von der Seite nach rechts gescheitelt waren, und mit großen Ohren. Er hatte den schlaffen und schmalen Mund eines Jünglings, er hatte Pickel und ein paar Bartstoppeln, übrig geblieben nach einer Rasur, die zu schnell erledigt werden musste. Seine Stirn aber schien einem anderen zu gehören, einem Mann, der bereits viel nachgedacht hatte. Falten hatten sich in die Haut geschnitten, eine Inschrift, lesbar für die Eingeweihten. Bill Evans' Augen, die schön waren und sanft, fixierten die Kamera. Aber sein Blick war dabei so gegenstandslos und einsam wie der einer Wachsfigur.

Fred fragte sich, ob sein Vater einsam gewesen war, trotz Familie. Was in ihm wirklich vorgegangen war und was er über das Leben dachte, das hatte Fred nie wirklich ergründen können.

Er stand am Ende des Stegs. Hinter ihm lag Oslo, vor ihm der hundert Kilometer lange Oslofjord mit der vorgelagerten Halbinsel. Das offene Meer schien so nah zu sein, aber das war es nicht. Fred bereute es mehr denn je, kein Stück für seinen Vater geschrieben zu haben. Er hatte nie ein Thema gefunden, eines, wie es jetzt vor ihm lag: »Winter Harbour«.

Und nun gelang Fred etwas, was vor ein paar Stunden für ihn noch unvorstellbar gewesen war. Er konnte die Anfänge von »Winter Harbour« hören, einer Moll-Ballade. Es war noch keine Melodie, die sich herauskristallisierte. Fred hörte das feine Klirren eines Windspiels, dazu der Besen des Drummers, der das Becken im Hintergrund vibrieren lässt. Das Intro. Die offene Hand des Bassisten verharrt dicht über dem Steg seines Instruments. Dann stimmt auch er ein, schlägt Saiten an zu einzelnen Tönen, die schwingen zwischen warmer Innigkeit und kühler Herausforderung. Ein tastender Beginn, eine noch ungeregelte Suche. Sie brechen auf über das Meer, sie sind Forscher in ihrer Sphäre, neugierig und unbeugsam wie einst Amundsen auf dem Weg zum Südpol. Viktor erweitert den Raum mit tiefen Akkorden, die er wiederholt, lange verklingen lässt, aber mit jedem Mal stärker anschlägt. In den ersten Takten folgen sie einer Überzeugung: der Idee von Stille und Klang. Der Drummer, der Bassist, der Pianist studieren, wie aus der Stille der Klang entsteht. Der Klang, der der Zwillingsbruder jener Noten ist, die niemand spielt. Aber genau diese ungespielten Noten beglaubigen die anderen als lebendig und gewiss.

Das Wasser, die Anlegestellen, der schwebende Wald aus Masten, die sich hin und her bewegten. Fred stand hier: zwischen dem Nicht-Mehr und dem Noch-Nicht. Am Ende des Steges war er immer noch auf sicherem Boden und hatte doch das Wasser eine Fußlänge vor sich. Er war wieder auf einer Grenze angekommen. Der Grenze, die ihn einschloss, eine vorgestellte Linie – kein Zaun, kein Graben. Aber er hatte sie nie weit genug überschritten und sich dann vor Jahren mutlos und weit hinter sie zurückgezogen.

Sicher und fest vertäut lagen hier die Boote und Kreuzfahrer in der Bucht, umarmt von den Landzungen mit ihren Hügeln. Das hier um ihn herum, es war ein Ankerplatz, den man ansteuert, um ihn bald wieder zu verlassen. Durch den Fjord hinaus aufs Meer und über die Ozeane. Vielleicht schließt sich der Kreis – und man kehrt ein ums andere Mal zurück. Von hier gilt es auf große Fahrt zu gehen in diesem Raum, den alle fürchten: den Raum zwischen dem Nicht-Mehr und dem Noch-Nicht. Es war wie sein Spiel: Im Verklingen ließ der gespielte schon den nächsten Ton ahnen. Aber das Fundamentale war dieser kleinste Bruchteil in der Zeit: zwischen der eingelösten und der noch offenen Möglichkeit, denn es gab so viele Möglichkeiten. Fred war ihr Herr und Meister. Er schuf eine Folgerichtigkeit. Er hatte die Freiheit, aber die Freiheit wäre nichts gewesen ohne die Kontrolle, das hatte Tony ihn gelehrt: Man musste das Glas, in dem das Wasser gefangen war, zwingen, seine Form zu ändern.

»Winter Harbour« – Fred fügt sich ein. Er spielt Sopransaxophon. Ein asketischer Sound, der auftaucht aus dem Dunst zu erlösender Klarheit, ein Kiesel, aufgelesen am Strand und in weitem Bogen geworfen. Er entwickelt die Melodie weiter, lässt sie aufsteigen in minimalistischer Schönheit zu ihrem Scheitelpunkt. Und weiter, hinab, das Auftreffen auf das Wasser. Die konzentrischen Kreise, in die seine Improvisation übergeht, während seine Mitmusiker auf ihren Posten Klangflächen schaffen und einen subtilen Rhythmus. Damit Fred die Freiheit ausbeuten kann, die er in diesem Moment hat und vor der er sich nicht fürchtet – denn er kann sie meistern.

War es Angst davor, die Freiheit nicht meistern zu können, die auch sein Vater verborgen hatte? Auch Albert Kemper wusste um diese Freiheit. Aber er tarnte diese Tatsache Zeit seines Lebens: mit seinem kaufmännischen Pragmatismus, seiner Disziplin, seiner Gefasstheit, seinem leisen Humor und seinem Hobby. Hatte er darum immer wieder an seinem Traum von der großen Fahrt gebaut, um ihn dann in eine Flasche zu sperren, festgesetzt und doch immer sichtbar?

Ein paar Monate, bevor sein Vater starb, hatten sie lange miteinander gesprochen.

»Weißt du Junge, man kann es drehen und wenden, wie man will. Ich glaube, es ist so. Es ist immer noch besser, das haben zu wollen, was man nicht haben kann, als das zu haben, was man nicht will.«

Dann schwieg sein Vater und ließ Fred allein mit diesem Satz. Aber er ahnte, dass die Abrechnung seines Vaters positiv ausfiel: Seinen Traum hatte er sich nicht erfüllt, aber sein Leben war ihm nicht fremd geblieben.

»Winter Harbour« – Fred spielt lange Bögen. Er lässt sie flattern und schwirren und rau werden und wieder weich. Seine Musik ist eine einzige große Werbung: für die Ungewissheit, in der man sich aufgehoben fühlen kann, und Unendlichkeit, die eine Heimat ist. Fred scheint gar nicht mehr aufhören zu können, aber dann findet er wieder zu jener aufsteigenden Melodie; die Töne werden noch einmal zum Echo jener archaischen Kraft, die sich ihm mit dem Blick auf den winterlichen Hafen offenbart hat. Er reduziert den Luftstrom, wird leiser und fragiler. Das Windspiel setzt wieder ein, er hört das vibrierende Becken und die Andacht, die sein Bassist entwickelt. Dann verstummen seine Mitspieler. Fred haucht den letzten Ton dahin, behält das Instrument noch lange an seinen Lippen. Nur seine Finger sind noch in Bewegung, erzeugen das Geräusch der Klappen, als könnte er sich noch nicht abfinden mit der Stille, die wieder zurückkehren musste. Denn in diese Stille konnte auch die Angst zurückkehren.

16

Die Schwingtüren waren grau und groß. Und sie liebten es, grobe Späße zu treiben. Man musste sich ihnen unbeirrt nähern und mit fester Überzeugung aufstoßen an den breiten Metallgriffen, die sich einem so harmlos entgegenwölbten. Denn die Türen waren schwer. An ihrem Gewicht maß sich die Entschlossenheit des Eintretenden.

Wer das Südpol betreten wollte, durfte nicht kleingläubig sein und zaudern. Diejenigen wiederum, die sich dafür entschieden, die Türen aufzuziehen, durften in ihrem Vorwärtsdrang gleichfalls nicht zögern, wenn sie in den kleinen Vorraum eingetreten waren. Sie mussten sofort die nächsten Schritte durch diese Schleuse machen, geradewegs auf einen zweiten Riegel grauer Schwingtüren zu. Denn wer nicht aufpasste, den traf eine Tür im Durchschwung von hinten mit Wucht und schob ihn einfach von der einen in die andere Welt.

An diesem Abend hielt Paul Mittelstädt ihm die Türen auf. In seinem VW-Bus hatte er Fred zum Südpol gefahren. Dreimal war der Motor an Kreuzungen abgesoffen, aber sie hatten genug Zeit. Die Jazz-Session begann erst um Mitternacht.

Fred Kemper hatte seit dem Frühjahr ein gutes Abiturzeugnis in der Tasche, war aber nicht zur Bundeswehr eingezogen, sondern ausgemustert worden: Sein fünfter Lendenwirbel hatte eine zu große Lücke, die seinen Wirbelbogen schwächte. Weil die Fortsätze den Wirbel eines Tages nicht mehr halten konnten, war er nach vorn gerutscht. Fred machte regelmäßig Gymnastik, die ihm peinlich war, vermied ein Hohlkreuz, was beim Spielen so einfach nicht war, aber er hatte nur selten Schmerzen. Sein Gleitwirbel hatte ihm freie Zeit verschafft, mit der er handeln konnte.

Er hatte seinen Eltern versprochen, im kommenden Jahr mit einem Studium zu beginnen. Was es genau sei, dass könne er noch nicht sagen. Er hatte damit gerechnet, dass sein Vater ihm ausgeklügelte Vorschläge machen würde. Fred war überrascht. Sein Vater sagte wenig, malte ihm keine Laufbahn als erfolgreicher Rechtsanwalt aus, der es noch viel besser haben würde als die Familie, aus der er kam. Er warb auch nicht für den Beruf des Arztes, der Kinder ins Leben zurückholen konnte und am Ende eine Krankenschwester zum Altar führte. Auch wenn er nicht viel Zeit mit seinem Sohn verbrachte: Er kannte ihn genau und wusste, dass Frederik etwas gefunden hatte, das ihn nicht mehr loslassen würde in seinem Leben.

Das Einzige, was Albert Kemper sagte, war: »Überleg in Ruhe! Aber im Herbst triffst du deine Entscheidung. Und dann bringst du das zu Ende, was du angefangen hast.«

Durch seine spitze Nase, seine großen Ohren, seine schmalen Lippen lief eine unmissverständliche Spannung, in seiner rechten Hand, die auf Fred wies, schien Albert Kemper mit Daumen und Zeigefinger die Schnur eines Senkbleis zu halten, das die Geradlinigkeit seiner Überzeugung markierte.

Aber Fred setzte auf ein Argument, dem seine Eltern kaum widersprechen konnten: »Ich habe mir das so gedacht. Weil ich doch jetzt Zeit spare ohne Wehrdienst, könnte ich bis nächstes Jahr wieder bei Papa im Betrieb arbeiten. Ich verdiene ein bisschen Geld, das ich zur Seite legen kann. Vielleicht muss ich ja mal in eine andere Stadt. Oder ich habe es, wenn ich mit dem Studium fertig bin.«

Bald war Fred unterwegs als Gehilfe in verschiedenen Abteilungen. Er addierte für seinen Vater Rechnungen zu Gesamtübersichten, legte Regale voller alter Akten in neuen, sorgfältig beschrifteten Ordnern ab und sortierte schließlich Tag für Tag angekommene Waren im Lager ein und teilte sogar Büromaterial aus, denn der zuständige Lagerist hatte sich beim Fußballspielen das Bein gebrochen.

Manchmal saß Fred draußen im Hof in einer abgelegenen Ecke des Verwaltungsbaus, damit niemand sehen konnte, was er tat: Er lernte die Noten der Jazz-Standards auswendig, improvisierte in Gedanken verschiedene Soli und schnippte dazu mit den Fingern den Takt. Denn eines war unverrückbar: Seine Zeit als Musiker hatte begonnen. Tony hatte den Drummer und den Bassisten aus seiner Band überredet, ab und an mit ihm und Fred als Quartett zu spielen. Die beiden Hippies taten sich schwer damit, einen exakten Rhythmus zu halten. Auf präzises Spiel legte man bei Sun Division keinen allzu großen Wert, das hatte Ingo, der Drummer, ihm erklärt und dann an seinem Joint gezogen, bis er Prusten musste:

»Ah, weißt du, Junge, das ist ....«

Um weitersprechen zu können, musste Ingo einen Kubikmeter Rauch wieder aus seinen Lungen zurückholen. Er blies alles haarscharf an Freds Nase vorbei.

»... das ist ein spitzenmäßiges Gewächs, verdammt. Aber, was ich meine, meine ich: zu viel Genauigkeit ist nicht gut fürs Feeling. Und Sun Division, das ist pures Feeling, Seele eben, wenn du weißt ...«

Alles andere war wieder Husten.

Aber weil Sun Division es zum Konzept erhoben hatte, auch Jazz-Elemente in ihre endlos langen Klangexperimente zu integrieren, fanden sie es eine gute Idee, sich von den Sessions in Tonys Übungsraum inspirieren zu lassen. Außerdem war der Kühlschrank nebenan Fach um Fach gut gefüllt mit Bierflaschen.

Fred lernte schnell, mit den anderen zu spielen, ihre Fehler zu hören und das Beste daraus zu machen. Er nutzte den Platz, den sie ihm ließen, um innerhalb einer Band zu improvisieren. Während Ingo versuchte, den Takt zu halten wie ein Terrier, der auf Belohnung hofft, wenn er nicht dauernd nach links und rechts ausbricht, langweilte sich Norbert am E-Bass hörbar. Aber Fred konnte mit Tony kleine Zwiegespräche beginnen, kurze Dialoge, in denen der eine auf das Spiel des anderen reagierte, in denen es Fragen gab und Antworten, in denen der eine vorauseilte, um den anderen zu nötigen, ihm zu folgen oder einfach einen Umweg zu nehmen, der vielversprechender erschien.

Hinter jenen Doppeltüren öffnete sich ein großer Raum, die einstige Schalterhalle. Das Südpol war ein ehemaliges Post-amt. Es war dämmerig und laut. Alle Tische waren besetzt. An den Wänden, deren untere Hälfte mit dunklem Holz ge-täfelt war, lehnten überall Menschen mit Biergläsern. Über ihnen schichtete sich der Rauch bis zur Decke, die vergilbt und in den Ecken braun verfärbt war. Schräg gegenüber dem Eingang lag der Tresen, eine vieleckige Konstruktion, die den Raum beherrschte. Der Kommandostand eines phantastischen U-Boots. Dahinter bewegten sich vier junge Kellnerinnen in einer heiklen Choreographie zwischen dem Zapfhahn, dem Spülbecken und der kleinen Küche. Die Theke, ebenfalls aus tiefdunklem Holz, wurde in Zweierreihen umlagert von jenen Fahnenflüchtigen, die das Unbehagen des Alltags hinter sich lassen wollten. Mit ihrer Bestellung lösten sie das Ticket für eine Fahrt in die unterseeische Nacht, in der alle bekannten Richtmaße außer Kraft gesetzt waren.

Fred spürte seine Blase. Mit der freien Hand zog er ständig am Saum seiner schwarzen Weste, die er von seinem Vater ge-liehen hatte. Das weiße Hemd mit Stehkragen hatte seine Mut-ter mindestens eine halbe Stunde lang gebügelt. Fred drückte Paul den Saxophonkoffer in die Hand. Der nutzte seine Masse, um schnell neben die kleine Bühne zu kommen, wo ein Tisch für die Gastmusiker reserviert war.

Fred ging in eine der beiden Kabinen auf der Herrentoilette. Er wollte sich für einen Moment setzen und allein sein. Auf die Wand hatte jemand geschrieben:

Deine Kneipe kann dir die Welt ersetzen,
aber niemals die Welt deine Kneipe.

Darunter stand neben einem engelgleich geflügelten Glied:
Nur die Verrückten werden überleben.

Das Südpol war einer der wenigen Läden, in denen es regel-mäßig Jazz-Sessions und Konzerte gab. Musiker kamen sogar aus den Nachbarstädten, um freitagnachts einzusteigen.

Auf dem Weg zurück durch die Menge drängte Fred sich vorbei an Studenten mit schwarzen Rollkragenpullovern, dicken Brillen und exakten Frisuren.

Links von ihm am Ende des Tresens saß eine Frau, die Anfang fünfzig sein musste. Fred betrachtete sie eine Sekunde länger als angebracht. Das Kleid: bordeauxrot; ihre Haare: lose Kastanienlocken; das Make-up: formvollendet. Sie sah attraktiv aus, aber sie passte nicht in diesen Laden, der unter der Woche vor allem eine Studentenkneipe war. Vertraut sprach sie mit einem deutlich jüngeren Mann, der in seinem schwarzen Anzug dünn wie eine Spindel war. Er nickte ihr zu, gab ihr Feuer, nahm ein Bier vom Tresen und schob sich dann Richtung Bühne. Unterwegs grüßte er einen Farbigen, einen Hünen mit einer Kugel aus krausen dichten Locken und einem himmelblauen Hawaii-Hemd. Neben ihm zappelte ein Bärtiger mit Palästinenserschal und Baskenmütze.

Fred beobachtete drei junge Frauen, die lachten und gestenreich aufeinander einredeten, und junge Männer, die auf Tuchfühlung mit ihnen doch allein dastanden. Fred roch all das, was diese Menschen tagsüber in ihrer Kleidung gesammelt hatten auf ihren unterschiedlichen Routen durch das, was sie ihr Leben nannten. Aber etwas war ihnen gemeinsam. Sie waren hierher gekommen, um in dieser Luft, die eine Dichte besaß, die kein noch so genaues Messgerät hätte bestimmen können, alles abzustreifen. Hier hatten sie nur Schweiß, Zigarettenrauch und Bierdunst in der Nase, hier versammelten sie sich, bereit, im Laufe der Nacht zu einer seltenen Legierung zu verschmelzen.

Fred stieß in die kleine Lücke neben der Bühne, wo der Musikertisch stand. Das Stimmengewirr im Südpol ebbte zu einem Raunen ab. Die Leute, die näher an der behelfsmäßigen Bühne standen, klatschten. Die Rhythmusgruppe machte sich bereit, um den Abend zu eröffnen. Mit drei Stücken, die Fred nicht kannte und die wahrscheinlich Eigenkompositionen waren, spielten sie sich warm. Das Trio harmonierte bestens miteinander. Während Fred sein Saxophon zusammenbaute, wurde er immer hellhöriger. Der Pianist hatte einen außergewöhnlichen Sound: klar, hell, manchmal fast scharf. Er war weit mehr als ein solider Handwerker. Er schien außergewöhnlich lange Finger zu besitzen und eine exzessive Vorstellungskraft. Denn er verfolgte Einfälle, die waghalsig und spielerisch nahezu vermessen waren mit todsicherer Eleganz. Er ließ sich niemals beirren, spielte mit stoischer Disziplin und dämonischer Schamlosigkeit.

Erst als Fred mit weichen Knien auf die Bühne ging, um als erster in die Session einzusteigen sah er, dass der Pianist nur ein paar Jahre älter sein konnte als er. Das, was Fred von ihm gehört hatte, diese reife Vorstellung, stand im Gegensatz zu seiner Erscheinung. Er hatte lange schwarze Haare, die er zu einem Pferdeschwanz gebunden hatte. Er besaß das Profil eines Renaissance-Knaben, die Aura eines indischen Gurus und einen marmeladefarbenen Pullunder. Er stellte sich vor mit der Höflichkeit eines Empfangschefs.

»Bon soir und willkommen. Mein Name ist Viktor Buyny. Mit wem haben wir jetzt das Vergnügen?«

»Hallo, ich bin Fred, Frederik Kemper. Ist heute mein erstes Mal ...«

»Für alles gibt es ein erstes Mal.«

Er sagte es, ohne einen Muskel mehr als nötig in seinem Gesicht zu bewegen.

»Ich darf die anderen Herren vorstellen. Am Bass: Konrad mit dem Kasten.«

Es war der Mann in Schwarz, der am Tresen mit der so eleganten Frau in Bordeauxrot gesprochen hatte. Erst jetzt sah Fred, wie hager Konrad tatsächlich war. Seine Haut war über eine Handvoll Fischgräten gestreift. Aufrecht gehalten wurde er von seinem Anzug und einem Hemd, das schon lange nicht mehr weiß war. Er rauchte eine Zigarette nach der anderen. Sein Alter war schwer zu schätzen. Auch der blonde Haarkranz war mager und schmal.

»Vervollständigt wird unsere Runde durch den Trommler des Abends. Wir nennen ihn manchmal Professor, aber meistens Chico. Ihn faszinieren lateinamerikanische Rhythmen. Seine Mutter geruhte übrigens, ihn Gustav zu taufen.«

117

Der Drummer grüßte, indem er sich mit einem Stock an die Stirn tippte. Er war der Älteste der drei, er musste Ende dreißig sein, eine arglistig dreinblickende Sancho-Pansa-Variante. Gustav hatte sich schon länger nicht mehr rasiert, seine Kopfhaare standen in einer vieldeutigen Farbe von seinem Schädel ab. Als er grinste, sah Fred, dass sein Gebiss eine wirre Ansammlung ungepflegter Zähne war.

»Das hier, Messieurs, ist also der uns noch unbekannte Herr Frederik Kemper. Er möchte jetzt mit uns spielen. Ich denke, wir sind einverstanden.«

Fred ging davon aus, dass er sich ein Stück wünschen durfte, aber eines war Viktor Buyny in diesem Moment nicht: ein wohlmeinender Jüngling. Er ließ nicht erkennen, ob all das ironische Inszenierung war oder tatsächlich zu seinem Charakter gehörte. Der Vorschlag, den Viktor machte, war entweder treuherzig oder heimtückisch:

»Meine Herren, ich möchte ›Giant Steps‹ anregen.«

Der Bassist zeigte das Gesicht einer ausgemergelten Sphinx. Aber er verzichtete darauf, sich eine neue Zigarette anzuzünden. Er wusste, dass er die nächsten paar Minuten mit voller Konzentration und ganzem Körper gefordert war. Gustav alias Chico sah Fred an mit dem Blick einer Straßenhure, spöttisch und anzüglich. Er zog die Brauen hoch, eine einfach zu übersetzende Frage: Und jetzt, Süßer, wird's was mit uns? Oder traust du dich nicht?

Ein schwerer zu spielendes Stück hätte Viktor nicht vorschlagen können. 32 Takte: H-Dur, D7, G im zweiten Takt, B7, Es im vierten. In harmonischen Siebenmeilenstiefeln schnellt dieses Stück voran, große Terzen, ein Galopp in Furcht einflößenden Riesenschritten. Rapide wechseln die Akkorde und Tonarten: »Giant Steps«. Die Komposition ist nicht sonderlich elegant, aber sie war aufreizend, kompromisslos, widerspenstig. John Coltrane hatte 1959 damit die Art und Weise, den Fortgang eines Stückes zu denken, an eine Grenze gebracht.

Fred lächelte Viktor an, offen und gerade heraus: »Was Flottes zum Einstieg. Warum nicht.«

Konrad schnippte mit den Fingern und schlug mit dem Fuß, zählte an: Dann setzten sie alle zusammen ein, spielten das Thema. Im vierten Takt nahmen sie Schwung auf, gingen die anfängliche Schrittfolge noch einmal eine Terz tiefer durch. Dann kommt Freds Moment, sein Solo. Er schließt die Augen, sieht nicht mehr die Menge, die sich vor die Bühne drängt, die Körper, die im Takt vibrieren, die Köpfe, die sich bewegen. Und aus selbst für ihn unergründlichen Tiefen rauscht eine Kraft hinauf, geschmolzenes Gestein: das in seine Knochen fährt, seine Muskeln und Lungen. Er verwandelt diese Eruption in einen Strom von Achtelnoten. Achtel um Achtel reiht Fred in einem mörderischen Tempo aneinander, er vervielfacht die schnellen Noten, bändigt sie und bindet sie zu einem flirrenden Seil, das er einfach ins Nichts und in die Zukunft wirft. Das er hält und das ihn hält, denn er ist der Gravitation enthoben und der Zeit entrückt. Alles ist nur ein Reflex.

Aber dann ist da etwas, das nicht sein kann, nicht sein darf: eine Gabel. Jemand schabt damit rasend über Glas. Eine denkbar kurze Bewegung. Ein widerwärtiges Quietschen. Ein verfehlter Tonsprung. Fred ist ausgerutscht. Anfängerfehler. Ein lächerlich unvollkommener Impuls der Finger auf den Klappen. Der Schnitt durch das Seil. Das lose Ende in den Händen. Die Kraft, schockgefroren. Fred, nur noch ein Herzschlag entfernt vom Knockout. Aber er ist nicht allein. Chico und Konrad haben gehört, was passiert ist. Und es längst vergessen. Unbeirrt arbeiten sie weiter, das Steuersystem einer Dampflok, die unter Volldampf steht. Sie sind die Schwingen, Hebel, Kurbeln und Stangen, die für den Antrieb sorgen. Sie ziehen ihn gnadenlos fort. Und besonders Konrad, obwohl er nicht die nahe liegenden Noten zupft, gibt Fred Sicherheit. Auch Viktor mag es gehört haben, auch er: längst weiter. All das nimmt Fred nur im Unterbewusstsein wahr, aber es bringt ihn zurück zu sich selbst und den anderen. Mit ihnen fegt er davon. Nur ein Feigling macht keine Fehler. Er beweist Mut und wird belohnt.

Zum ersten Mal erlebt Fred, was es bedeutet, wenn getrennte Körper gemeinsam zu schwingen beginnen. Sie waren eigensinnig ausschlagende Pendeluhren gewesen, die man an eine Wand gestellt hatte: Aber nun schwingen die Pendel im Gleichklang in dieselbe Richtung. Sie übertragen sich ihre Energien. Und es ist mehr als physikalische Resonanz. Außerdem, der Vergleich stimmt nicht ganz: Denn von gewöhnlichen Uhren unterscheidet sie das eigene Zeitmaß, auf das sie sich einigen und in dem eine Achtelnote eine Ewigkeit sein kann.

Jetzt ist Viktor an der Reihe: Sein Solo ist sparsam, ein bewusstes Gegenstück zu Freds rastlosen Läufen. Er setzt Pausen, die, so gering sie sind, eine Spannung erzeugen, die nervös macht. Viktor lebt sich aus in diesen Zwischenräumen, die er in ostentativer Weise zelebriert. Stille und Klang. Klang und Stille. Noch einmal übernimmt Fred, noch einmal verdoppelt er seine Kraft. Dann stellen sie die Symmetrie wieder her, kehren zusammen zum Thema zurück. Mit einem Trommelwirbel beendet Chico ihren irrwitzigen Blindflug.

Fred sah zu Viktor. Er hatte die Augen geschlossen, sein Kopf war zur Seite gekippt wie bei einem Umnachteten, der keine Kontrolle mehr über sich hat. Aber mit einem Ruck richtete er sich auf, als sei auch das nur eine ironische Pose gewesen. Er lächelte. Als Fred sich verbeugte, wies Konrad mit dem Arm auf ihn. Chico hatte seine Stöcke gehoben und applaudierte damit. Dann wuchtete auch er sich von seinem Schemel, riss dabei fast einen Ständer mit einem Becken um und verbeugte sich. Die Leute klatschten und johlten, einige riefen etwas auf die Bühne, was Fred nicht verstand. Er ging hinüber zu Viktor und beugte sich über das Klavier.

»Habe ich richtig gespielt?«

»Ich gebe es ungern zu. Aber ich hatte Schwierigkeiten zu folgen.«

»Dann habe ich richtig gespielt.«

»Jetzt dürfen Sie sich etwas wünschen. Aber machen Sie es uns nicht zu schwer.«

»Dann vielleicht was mit Gefühl. Wie wäre es mit ›Fly Me To The Moon‹?«

»Die Herren, ›Fly Me To The Moon‹ bitte. Selbstverständlich haben wir auch Gefühl im Repertoire.«

Als Fred sich nach seinem Auftritt am Klavier vorbeidrückte, um von der Bühne zu steigen, drehte sich Viktor zu ihm. Er hatte die Hände auf den Schenkeln, ein wohlerzogener Enkel auf der Couch seiner Großmutter.

»Es war mir eine Ehre, mit Ihnen gespielt zu haben.«

»Hoffentlich bald wieder.«

Woher auch immer er es hatte: Paul Mittelstädt reichte ihm ein Handtuch, eines mit aufgestickten Hühnern. Fred drückte es sich gegen die Stirn. Sein Hemd und seine Weste klebten an ihm, als wäre er durch ein Sommergewitter gelaufen. Die Frage an Paul war ernst gemeint:

»Wie viele Stücke habe ich gespielt?«

»Was?«

»Paul, noch mal: Wie viele Stücke haben wir eigentlich gespielt?«

»Ihr habt mit ›Giant Steps‹ angefangen, dann kam ›Fly Me To The Moon‹ und dann eine Zehn-Minuten-Version von ›'Round Midnight‹ … Was ist los mit dir, Junge? Fehlt dir Sauerstoff?«

»Ich bin gerade auf die Bühne gegangen. Jetzt bin ich wieder hier, was dazwischen war, keine Ahnung.«

Auf der Bühne hatte jetzt ein Trompeter sein Solo. Anscheinend ließ Viktor für den Rest der Nacht Gnade walten. Er konnte mit einer Ballade beginnen. Fred hörte nur ab und zu hin. Er nippte an einer Cola, die Paul ihm besorgt hatte, und überlegte, wie es jetzt weitergehen konnte. Noch während sich draußen der neue Tag duckte, eine Katze vor dem Sprung, bekam Fred eine Antwort. Während die Kellnerinnen flüchtig die dunklen Tische abwischten und mit schweren Armen die Stühle darauf stürzten, machte ihn Paul mit Uli bekannt:

»Das ist der Herrscher über diesen Olymp der Kunst und der Ausschweifung.«

Uli hatte eine Glatze, aber einen ausladenden Schnäuzer. Auf einer langen krummen Nase führte eine Nickelbrille ein nervöses Dasein. Sie war nach vorn gewandert. Uli hatte sich rücklings auf einen Stuhl gehockt und schien vollkommen ausgeruht zu sein, obwohl es bereits kurz nach vier war. Er lebte nachts in seiner Kneipe und schlief am Tag in seiner Wohnung darüber.

»Hi, Fred, ich hab's schon zu Paul gesagt. Du bist der beste Tenormann, der hier seit langem auf die Bühne gegangen ist. Du kannst Tempo machen, hast aber auch Gefühl.«

Paul schaltete sich ein:

»Er will sagen, du hast einfach deinen Sound, Fred Kemper. Und darum will Uli dir einen Vorschlag machen.«

»Warum nicht? Die Sessions laufen gut. Mein Publikum mag Jazz. Für Herbst und Winter überlege ich, auch sonntags Konzerte anzubieten. Ein kleiner Mix. Nicht nur Jazz, aber vor allem auch Jazz. Ich habe einen talentierten Gitarristen aus Köln entdeckt. Der würde mit seinem Trio ab und an rüberkommen. Und dann könnte ich mir noch das, nennen wir es das Buyny Kemper Quartett vorstellen. Was meinst du?«

Freds Antwort war eine betonte Achtelnote: »Klar!«

»Viktor wird einverstanden sein. Er hat beim Abschied so was angedeutet. Ich kann aber nur ein paar Mark zahlen, das sage ich gleich. Aber ihr habt Freigetränke, und ihr könnt vorher was essen. Unsere Schnitzel-Variationen sind sehr beliebt, ob Jäger, Zigeuner oder Hawaii.«

17

Der Anfall kommt aus dem Nichts. Etwas in ihm entlädt sich, fährt in seine Muskeln und zwingt sie in einen hässlichen Rhythmus. Sie ziehen sich zusammen, im Bauch, die Kehle entlang, der ganze Hals ein Krampf.

Wild atmet Fred gegen seine geschlossene Stimmritze. Diese Sperre ist der Grund, warum die tiefen Atemzüge nicht bleiben, was sie sind, sondern zu einem Würgen werden, als wollte etwas in ihm Eingesperrtes sich befreien. Fred würgt. Er weiß, dass er nichts erbrechen wird, dass es sinnlos ist, gegen den entfesselten Reflex in seinem Körper anzukämpfen. Zum ersten Mal ist es vor ein paar Wochen über ihn gekommen ein paar Gebäude weiter in der Schlange vor dem Immatrikulationsbüro.

Fred hatte sein Versprechen gehalten. Am Silvesterabend hatte er seine Entscheidung verkündet.

Wie jedes Jahr hatte seine Mutter eine Schüssel Kartoffelsalat gemacht. Die Würstchen kamen vom Metzger. Auf dem Tisch lagen Luftschlagen und Konfetti. Sie hatten sich fein gemacht, Albert Kemper trug seinen besten Anzug, seine Mutter hatte ein kleines Schwarzes gewählt. Um Mitternacht würden sie zusammen anstoßen, sich ein Frohes neues Jahr wünschen und aus dem Garten einige Raketen starten. Obwohl Albert Kemper Feuerwerk früher für eine Geldverschwendung gehalten hatte, kaufte er inzwischen persönlich Raketen und Knaller. Er tat es seinem Jüngsten zuliebe in Erinnerung an ein Wunder.

Vielleicht war Albert Kemper zu der unausgesprochenen Überzeugung gekommen, dass das Menschenmögliche, möge es sogar die Planeten in ihrem Lauf stoppen können, doch nicht ausreichte: um jene Monster abzuhalten, die nicht von dieser Welt waren und umso schadenfroher kläfften. Denn sie konnten kinderleicht hindurchgehen durch die all die Schutzwälle, die die Menschen mühevoll errichtet hatten. Albert Kemper mochte es darum insgeheim für angebracht, auf jeden Fall aber nicht für abträglich halten, die bösen Geister zu vertreiben mit Licht und Lärm, damit seiner Familie künftiges Unheil erspart bliebe.

Wolfi hatte einhundertzweiundsechzig Tage im Koma gelegen, um am Tag vor Silvester wieder zu erwachen. Kein Arzt konnte sagen, warum er so lange abgewartet hatte in jener Schattenwelt: Was er gesehen, gehört und gefühlt hatte, blieb sein Geheimnis und ebenso der Grund, warum er ausgerechnet an diesem Tag wieder erwacht war. Den Unfall hatte er vergessen und noch einiges andere aus der Zeit davor. Aber diese Lücke in seinem Dasein verwirrte ihn nicht. Denn an eines erinnerte er sich sofort: dass er Astronaut werden wollte. Er hatte am eigenen Leibe erfahren, wie groß die Gefahr ist, in die der Weltraumfahrer aufbricht. Er hatte sie überlebt, ohne ernsthaften Schaden zu nehmen. Das war der Grund, warum er schon bald darauf bestand, nicht mehr Wolfi, sondern Wolf gerufen zu werden. Es schien, als hätten ihm die bewusstlosen Monate im Krankenhaus zu einer grundsätzlichen, neuen und verblüffenden Klarheit verholfen: »Lehrer ist blöd.«

Wolfi war der Erste, der reagierte. Er kratzte sich an der Narbe unter seinem Pony, ein Mal, dass die Macht des Orakels sichtbar beglaubigte.

»Lehrer ist blöd. Meine Lehrer sind alle bescheuert.«

»Da muss ich widersprechen, junger Mann.« Albert Kemper wandte sich an seinen Sohn, nachdrücklich, aber nicht streng. »Wenn du dir mehr Mühe mit den Hausaufgaben geben würdest, statt Raumschiffe zu zeichnen, dann hättest du auch keinen Ärger.«

»Glaube ich nicht.«

Mutter beendete das aufkommende Wortgefecht zwischen Vater und Sohn mit einem Händeklatschen. »Lehrer Rikkchen, wie schön. Ich glaube, mein Urgroßvater war Lehrer.«

Es konnte eine Notlüge sein, die niemand in diesem Moment hätte aufdecken können.

»Was für ein Lehrer willst du denn werden?«

Fred hatte es sich so vorgestellt. Er wollte Englisch und Deutsch studieren und später Musik dazunehmen, wenn er das zweite Instrument beherrschte für die Aufnahmeprüfung:

»Man muss auch Klavier spielen können. Und das kann ich noch nicht. Viktor wird's mir beibringen.«

»Und wann wärst du dann fertig mit dem Studium?«

Es war klar, dass Vater es genau wissen wollte.

»Keine Ahnung, aber ich werde mich beeilen, versprochen. Schließlich bin ich kein Faulenzer wie mein kleiner Bruder.«

Er gab Wolfi einen Klaps auf den Hinterkopf.

Das Orakel ließ sich nicht beirren:

»Lehrer ist blöd.«

Wolfis Urteil hallte durch den fensterlosen Gang, in den Fred sich verirrt hatte auf der Suche nach dem Seminarraum – ein höhnisches Echo. Fred stand dort, eine zappelnde Erscheinung, ein junger Mann aus dem Varieté-Publikum, von einem Hypnotiseur willenlos gemacht zur Belustigung der Zuschauer. Mit einem Arm stützte er sich ab, vorgebeugt würgte er in die hohle Hand und spuckte.

»Hey, ist dir schlecht? Das sieht nicht gut aus. Was machst du hier? Schaffst du es bis zum Klo?«

Er hatte nicht bemerkt, dass sie schon ein paar Sekunden vor ihm stand. Das Mädchen mit den grünen Augen, die zu rund und zu groß für ihr ovales Gesicht waren. Frostiges Neonlicht fiel auf sie herab, machte sie zu einem Spiegel: In ihren Zügen sah er sich, bleich mit jammervoller Miene. Er rappelte sich auf, wischte die Hand verlegen an seiner Jeans ab.

»Muss der Kreislauf sein.«

»Du hast ganz rote Augen und …«

»… kommt vom Würgen, aber wenn man es hinter sich hat, fühlt man sich sehr entspannt. Empfehlen kann ich's trotzdem nicht.«

Der mitfühlende Ausdruck verschwand aus ihrem Gesicht, sie lächelte und zog das Näschen kraus.

»Also, ich bin Alex. Eigentlich Alexandra, klar. Alexandra Katinka Katic. Hinten mit ›c‹. Klingt gut der Name, oder. Aber einfach Alex.«

»Fred, Frederik Kemper. Man nennt mich auch den Würger. Meistens erwürge ich mich selbst.«

Das Mädchen lachte.

»Na, dann muss ich ja keine Angst haben. Wo willst du überhaupt hin?«

»Im Moment bloß raus aus diesem Bunker, das wäre schon was.«

Mit der Linken hielt er sich noch immer an der Wand fest. Noch einmal war es, als übertrage sich ein Beben aus den Tiefen der Erde über die Mauern in seine Muskeln: Er zitterte. Die Erde aber war unbewegt geblieben.

Alex hatte seine rechte Hand genommen, hatte sich nicht daran gestört, dass sie immer noch feucht war und schritt voran, ein zierliches Wesen aus einer Anderwelt, das ihn gefunden hatte, um ihn ans Tageslicht zu bringen.

»Ich kenne ein Café in der Stadt. Ist mein Lieblings-Café. Da kann man vielleicht schon draußen sitzen. Die haben guten Tee, ein Tee ist bestimmt gut für dich. Oder Milch, nee die willst du bestimmt nicht. Bist nicht der Milchtyp. Auf jeden Fall, ich hab schon frei. Na ja, fast, aber ich könnte frei machen. Was meinst du?«

Auch im Schein einer milden Frühlingssonne verschwanden nicht die dunklen Ränder unter Alex' Augen und nicht die helle Farbe ihres Puppengesichts. Erst als die Türen des Haupteingangs hinter ihnen zugefallen waren, ließ sie seine Hand los.

Jetzt sah Fred ihre ganze Erscheinung. Alex war einen Kopf kleiner als er. Unter einer dunkelbraunen Cordjacke trug sie ein weißes Piratenhemd mit großen Rüschen, die über ihre Handgelenke fielen und sich vor ihrer flachen Brust bauschten. Ihre Haare waren aschblond, waren dunkel, hatten etwas Unbestimmtes. Immer wenn sie einen Punkt machte in ihren vielen Sätzen, strich sie die langen feinen Korkenzieherlocken hinter ihre Ohren.

»Was ist nun mit dir? Kommst du mit? Wir müssen da vorne unter der Brücke durch und dann die Straße hoch. Ist nicht weit bis zum Café Aquarium. Das heißt so, weil …«

Er blieb stehen, hob die Hand, ein Verkehrspolizist auf der Kreuzung.

»Lass mich raten. Weil die hinten drin ein Aquarium haben!«

»Bist ja doch ein kluger Student. Okay, du kennst den Laden natürlich. Genau, das Aquarium. Ich mag Fische, die haben was Beruhigendes. Kommst du nun mit?«

So zogen sie los, unter der stählernen Brücke hindurch, auf der die Bahnlinie die Stadt in Norden und Süden zerschnitt. Alex hüpfte über die Kanten und Risse in den verwitterten Gehwegplatten mit ihren kleinen Füßen hinweg, pflückte mit ihrer Piratenhand einen flatternden Fetzen Papier von einer der Plakatwände an der Mauer und formte daraus ein Kügelchen, mit dem sie ihn beschoss. Fred riss die Arme hoch und drohte mit Vergeltung. Ein Güterzug dröhnte über sie hinweg,

126

die Achsen hämmerten ihnen ihren Rhythmus in die Ohren, aber Alex redete weiter, ihre schmalen rosaroten Lippen bewegten sich unbeirrt, formten Sätze noch, als eine Ampel am Innenstadtring einem Käfer-Schwarm das Startsignal gab. Sirrend drehten die Motoren hoch, die Wagen schossen los auf die nächste Kreuzung zu.

Alex ging schnell. Alles, was sie sah, kommentierte sie. Die Geschäfte an der schmalen Fußgängerzone, die sie jetzt hinaufstiegen, die Gesten und Haltungen der Menschen, die Farbe der Tüten, die sie trugen.

Es war eine Straße der alten Frauen und der jungen Mütter. Die alten Frauen gingen schleppend, krummbeinig, eingeschrumpft. Nur ihre Hüte ließen sie noch ein paar Zentimeter größer erscheinen. Sie trugen Mäntel in grau und beige, zugehörig einer Heerschar, die feststellen musste, dass auch ein langes Leben zu kurz war. Was ihnen blieb, waren Erinnerungen an jene Jahre, die ihnen plötzlich so wunderbar ausgedehnt vorkamen. Die jungen Frauen hatten noch wenige Erinnerungen, ihre inneren Uhren liefen noch synchron mit dem Lauf der Zeit. Aber auch sie waren sich ähnlich: in ihrem Mienenspiel, in der überreizten Stimmlage, in der sie ihre kleinen Kinder zur Ordnung riefen, in der Mode, die sie aus den Zeitschriften kannten, die sie nachmittags für ein paar Minuten durchblättern konnten.

Fred schaute den Passanten in die Gesichter und erinnerte sich. Als er zum ersten Mal »So What« gehört hatte. Der gezupfte Ruf des Bassspielers, eine Frage, die Antwort, die der Pianist gab. Der Einsatz der Bläser, das Solo von John Coltrane, das ihn durch eine amerikanische Traumstadt begleitet hatte. Die Menschen, die auf ihn zukamen und instinktiv abschätzten, an welcher Seite sie ihm ausweichen konnten, um ihn nicht zu berühren. Am Ende seines Streifzugs hatte er das Mädchen getroffen, das mit den blauen Augen und den Erdbeer-Sahne-Bonbon-Haaren, die sich auf ihre Schultern hinabkräuselten. In einem Café hatten sie Zitronenlimonade getrunken. Es war das Mädchen gewesen, das die Antwort auf eine, auf seine Frage hatte.

Alex' Augen waren grün, nicht blau, aber ihre Haare kräuselten sich hinab auf ihre Schultern und darüber hinaus. Sie studierte im ersten Semester Psychologie und Soziologie.

»Ich will die Menschen verstehen lernen, weißt du. Wie sie fühlen, wie sie leben und eben auch wie sie denken und fühlen und leben sollten. Da greift eins ins andere.«

Ihre Stimme war ein kleiner Wassertropfen, der ganz rund und siedend auf einer heißen Herdplatte tanzte – aber endlos, ohne jemals zu verdampfen. Fred hörte gerne zu. Sie entdeckte, was auch ihm auffiel. Sie dachte und sprach in Worten darüber, die auch er vielleicht gewählt hätte, wäre sie ihm nicht immer zuvorgekommen. Und Fred ahnte, was ihren Redefluss in Wirklichkeit beflügelte. Die Angst, dass sie nicht nur ihre Sprache, sondern auch ihn verlieren könnte. Dass der große schlanke Mann, den sie aus den Katakomben der frisch eingeweihten Hochschule gerettet hatte, sich in Nichts auflösen könnte, weil hier draußen ihr Anderwelt-Zauber zu schwach war.

Alex kam aus Norddeutschland. Sie wollte weg aus der kleinen Stadt, in der ihr Vater eine Schreiner-Werkstatt besaß. Wäre es nach Ivan Katic gegangen, dann hätte auch Alex etwas Praktisches lernen sollen, einen Beruf, bei dem man sich auf seine Hände verlassen konnte. Die Studiererei, das war ihm fremd. Er war sein Leben lang ohne Bücher ausgekommen: die vielen Seiten, die kleinen Buchstaben, die so unpersönlich waren. Aber er konnte seiner Tochter nichts abschlagen, seinem verbliebenen »Augenstern«, seit seine Frau vor fünf Jahren gestorben war. Und so war Alex schließlich aufgebrochen mit einem kleinen Koffer, eine mutige Freibeuterin auf Kaperfahrt durch fremde Gewässer.

Sie hatten Glück. Direkt vor dem Aquarium waren noch Plätze frei.

Fred folgte ihr und kam zu dem Schluss, dass sie so klein gar nicht war.

Alex wurde ruhiger. Auch die Gelassenheit der leuchtend herausgeputzten Fische, die sich einfach treiben ließen zwischen den Wasserpflanzen, übertrug sich auf sie. Sie bestellte einen Pfefferminztee und einen Hawaii-Toast. »Eigentlich nur wegen der Kirsche, ich mag die Cocktailkirschen, ich könnte nur von Cocktailkirschen leben.«

Sie zwinkerte ihm zu.

Fred fragte die Kellnerin nach einer Zitronenlimonade.

Alex holte ein zerknautschtes Päckchen Zigaretten aus der Jackentasche und hielt es ihm hin.

»Danke, ich rauche nicht.«

»Das ist aber brav. Was bist du sonst noch?«

»Gegenfrage: Wie findest du mich denn?«

»Interessant.«

»Klingt nicht nach einem Kompliment.«

»Wieso? So viele interessante Menschen gibt es nicht. Also gut: Was machst du, wenn du dich nicht von jungen Frauen aus unheimlichen Betonfluren retten lässt?«

»Musik.«

»Was du da vorhin produziert hast, war aber eher so eine Kotzophonie.«

»Ich kann auch anders. Mein Saxophon klingt deutlich besser als meine Singstimme. Ich spiele in einem Quartett. Das Buyny Kemper Quartett.«

Alex zog eine Haarsträhne durch ihre Finger.

»Ist es schlimm, wenn ich euch nicht kenne?«

»Ich werde auf der Stelle gehen.«

Fred blieb und erzählte ihr von seinen Auftritten im Südpol. »Komm doch mal vorbei. Wir spielen demnächst wieder. Wenn ich dann am Ende sage: ›Play it again, Viktor‹, dann spielen wir nur für dich ›As Time Goes By‹.«

»Du bist ja ein richtiger Romantiker, Fred Kemper.«

Wenn Alex lächelte, sah das immer ein wenig schief aus, ihr Mund verzog sich nach links. Auf ihren Wangen glaubte Fred einen Hauch von Rot zu entdecken.

»Manche behaupten, das sei meine Stärke. Balladen.«

»Welche passt denn am besten zu mir?«

Halb sang Fred ihn, halb sagte er den Text auf mit sanft murmelnder Stimme:

My funny valentine,
sweet comic valentine.

You make me smile with my heart,
Your looks are laughable,
unphotographable …
Alex unterbrach ihn mit gespielter Empörung.
»Das ist aber nicht nett von dir.«
»Warte, das Ende geht so: ›Stay little valentine stay …‹«

Fred hörte, wie das Stück begann. Konrad zupft sein ›Dum, Dam … Dum, Dam‹, dann setzt Fred ein, eine Melodie in Moll, demütig und wehmütig und so sonderbar für eine Liebeserklärung. Zaudernd steht er da und verlegen, der Junge, die Melodie steigt an, denn er ist in ein Mädchen verliebt, das so seltsam aussieht mit den zu großen Augen, dem schiefen Lächeln und dem zerzausten Haar. Aber er will ihr unbedingt ein Kompliment machen. Die Melodie fällt wieder, aber mit jeder Wiederholung steigt sie dann doch ein klein wenig höher, so, wie sein Mut wächst zu sagen: »Stay litte valentine.«
Chico begleitet Fred mit kleinen Trommelwirbeln, das Schwirren eines Kolibris, der rückwärts fliegt und wieder vorwärts, wieder rückwärts und vorwärts – dem Ziel entgegen. In seinem Solo fasst Fred gegensätzliche Gefühle zusammen, auf und ab bewegen sich seine Linien, mal klingen sie schräg, ein rostiges Scheppern, ein gemeiner Unterton, dann wieder ist er zärtlich und zugeneigt, nervöse Ausbrüche folgen auf lange gelöste Töne. Aber das Buyny Kemper Quartett will eine glückliche Wendung. Sie finden zusammen, ein fröhliches Crescendo, das Chico auf dem Höhepunkt krönt, indem er die Stöcke weit hebt und mit Entschlossenheit auf die Becken sausen lässt.
»Hey … aufwachen, es ist noch jemand am Tisch …«
»Ich habe gerade an was gedacht.«
»Wow, ein denkender Mann. Einen Penny für diesen deinen Gedanken!«
»Ich habe überlegt, wie ich das Ende von ›My Funny Valentine‹ spiele.«
»Was ist das Besondere daran?«
»Man erwartet ein bestimmtes Ende, aber man kriegt das Gegenteil. Man erwartet Dur, kriegt aber Moll.«

Alex schaute zur Seite. Hinter der Scheibe bewegten sich träge zwei große runde Fische mit schwarzen Streifen und Flossen wie Segel. Sie schwieg so lange wie noch nie zuvor an diesem Nachmittag.

»Ist ein Pterophyllum scalare«, sagte sie schließlich, als tauche sie langsam aus einem tiefen Meer an Gedanken auf, »auf gut Deutsch ein Skalar aus der Familie der Buntbarsche. Mein Papa ist Fischexperte …«

Alex wandte sich wieder Fred zu und lächelte ihr schiefes Lächeln.

Dass sie Gitarre hatte lernen wollen, um so sein zu können wie Joan Baez, erzählte sie ihm: »Aber ich hab die Löckchen einfach nicht rausgekriegt. Außerdem sind meine Finger zu kurz. Los, lass uns vergleichen.«

Als Fred und Alex ihre Handflächen aneinanderlegten, ragten seine Fingerglieder weit über ihre Kuppen hinaus. Ihre Hände waren klein, aber sie fühlten sich warm und weich an. Darum entschied er sich endgültig, ihr seine Geschichte zu erzählen bis zu diesem Tag. Sie stellte Zwischenfragen und hörte aufmerksam zu, ihre Locken hielten hinter ihren Ohren, die wie ihre Augen zu groß waren für dieses schmale Gesicht.

Am Ende des Tages hatte sie drei Toast-Hawaii gegessen. Fred war ein wenig schlecht, diesmal war es nur die Zitronenlimonade.

Als sie vor dem Café standen, hörten sie über sich ein Brummen. Die Propeller eines Zeppelins, der langsam und tief über die Stadt fuhr und jetzt seine Nase über einen Antennenwald schob. Am silbernen Bauch schrieben unzählige Glühbirnen die Werbebotschaft einer Brauerei an den Himmel und zeichneten drei Strichmännchen mit Schwertern und großen Hüten. Alex warf den Kopf zurück und starrte fasziniert in den Himmel.

»Hey, was ist das denn für ein irres Ding.«

Fred sah nur ihren Hals, schimmernd wie dünnes Porzellan.

»Das ist der fliegende Musketier. Mein Brüderchen hat ihn seit neuestem im Zimmer hängen. Gibt es auch als Bastelbogen.«

»Was man von da oben wohl so alles sehen kann. Uns zum Beispiel.«

Alex stellte sich auf die Zehenspitzen und drückte ihm einen Kuss auf die Wange. Er roch Lavendel und Zigaretten.

»Da fliegen wir mal mit! Würde ich wirklich gerne mit dir machen. Du und ich, fliegende Musketiere.«

»Na, die Klamotten hast du ja schon.«

Ganz kurz nur berührte er die Rüschen an ihren Handgelenken.

»Aber dann bräuchte ich noch was von dir …«

Sie zog einen Vierfarb-Kugelschreiber heraus, um ihm mit Rot ihre Telefonnummer im Studentenheim in die Hand zu schreiben.

Dann gingen sie auseinander, aber nach ein paar Schritten drehten sie sich sie sich noch einmal gleichzeitig nacheinander um.

Während das Motorengeräusch des Zeppelins verwehte, tauchte Fred ein in die blaue Stunde, in der das Licht der Sonne nicht heller und nicht dunkler war als das der Straßenlaternen. Riesige Glühwürmer aus Glas strahlten intensiv und erhaben. Es war ihre Stunde, da sie für ein paar Minuten nicht einfach nur Reklame machten für die Kaufhäuser und Firmen, die sie hatten anbringen lassen auf den Dächern, an den Fassaden. Sie leuchteten einfach nur um ihrer selbst willen.

18

Fred stoppte den rasenden Lauf durch eine der zahllosen Tonleitern, die er seit Stunden hinaufstieg und wieder hinab, hinauf und wieder hinab.

»Die Tür ist offen, Señor Chico!«

Chico drückte die Tür ein Stück auf und schob den Kopf am Rahmen vorbei. Seine Haare waren sauber geschnitten. Am Morgen hatte er sich rasiert. Seit er mit dem Quartett spielte, sah Chico nicht mehr aus, als hätte er in einem Pappkarton übernachtet, mit einer Plastiktüte als Kleiderschrank. Mit den Jahren hatte er seine Selbstachtung verloren, jeden Tag ein paar Münzen. Aber plötzlich hatte sich etwas verändert. Chico hatte wieder ein Ziel vor Augen. Jetzt ging es gegen seine Schlagzeuger-Ehre, als Abziehbild eines räudigen Tagediebs auf die Bühne zu gehen.

Inzwischen bekam das Buyny Kemper Quartett auch Auftritte in den Nachbarstädten. Wer sie gehört hatte, der erzählte einem Freund davon, der die Nachricht weitertrug in eine der großen Städte im Norden, Süden und Osten. In den bedeutenden Jazz-Clubs sprach man schon davon, dass das Buyny Kemper Quartett »das nächste große Ding« werden könnte.

Chico war in Hochform. Auf eines hätte er niemals verzichtet: seine Leidenschaft dafür, lieber einen guten Freund zu verlieren, als auf einen dreckigen Spruch zu verzichten.

»Du kleiner Muschischnüffler, woher wusstest du, dass es der furiose Chico ist, der da an deinem Häuschen knuspert?«

»Das Klopfen wurde langsamer, und dann wusstest du nicht, wann du aufhören solltest. Es konnte nur ein Schlagzeuger sein.«

»Ist nicht gut für deine Birne, den ganzen Tag die Wand anzuspielen. Der Witz ist so alt wie die Neandertaler.«

Beim Üben stellte Fred sich oft dicht vor die Wand. Denn so könne er seinen Sound am besten hören.

Er drehte sich um zu Chico.

»Ich glaube, ihr gefällt's.«

»Dann wichs mal schön weiter die Wand an. Wenn die einen Chorus raushaut, werde ich Mönch.«

»Dann kauf dir schon mal die Kutte. Nächste Woche kommt sie mit zu unserem Gig.«

Chico war acht, als er mit allem zu trommeln anfing, das ihm in die Finger kam, Besteck, Stifte, Schraubenzieher. Er terrorisierte seine Eltern, wann immer er konnte. Mit zehn besaß er sein erstes Schlagzeug. Mit elf begann Gustav alias Chico, sich ein sorgsam gepflegtes Repertoire an obszönen Witzen und Schimpfwörtern zuzulegen. Die Kollegen, mit denen er während seiner Tischlerlehre arbeitete, waren begeistert, feuerten ihn an und versorgten ihn mit immer neuen Schmuckstücken für seine Sammlung.

Freitags und samstags spielte Chico mit einer Schlagerkapelle auf Vereinsfeiern oder bei Hochzeiten. Einmal geriet er in der Pause bei einem fünfzigsten Geburtstag mehr zufällig in die Küche eines Fünf-Sterne-Hotels. Er hatte die Toilette gesucht, war voll wie eine Haubitze. Was ihm aus Töpfen, Pfannen und Gefäßen aller Art in die Nase stieg, faszinierte ihn so wie ein paar Monate später ein Schlagzeugsolo von Art Blakey, das er im Radio hörte. Gustav beschloss, Jazzer zu werden. Und Koch dazu. Er hörte auf mit dem Sägen, Fräsen und Hobeln von totem Holz. Das Trommeln in der Schlagerkapelle brachte weiterhin ein paar Mark »Schmerzensgeld«, wie er es nannte. Er gab es irgendwann auf, arbeitete hier und da als Küchenhilfe und hoffte, bald ein Engagement in einer Jazz-Band zu finden. Wenn Chico nicht Musik machte, kochte er.

»Ich habe bestens abgehangenen Hirschbraten aufgetrieben. Da geht Smutje Gustav in der Kombüse ab wie die horizontale Helga. Punkt sechs wird gegessen!«

»Aye, aye, Smutje!«

Fred folgte Chico durch den langen Flur, der mit Konzertplakaten tapeziert war, zur Küche.

Zusammen mit Alex war Fred in die Wohngemeinschaft eingezogen, in das Zimmer mit dem winzigen Balkon am Ende der Altbauwohnung. Im Hof war das Backhaus einer Bäckerei. Früh am Morgen zog der Duft von frischen Brötchen und Brot durch die Ritzen des Fensters, das nicht mehr richtig schloss.

Als Fred seinen Eltern mitgeteilt hatte, dass er ausziehen werde, war Albert Kemper zum ersten Mal in seinem Leben mehr als wütend geworden, denn er sah darin »reine Geldverschwendung«.

Fred hatte seine Mutter auf seiner Seite. Auch wenn er nun nicht mehr unter ihrem Dach wohnte, er war nicht aus der Welt. Aber auch Renate Kemper machte sich Sorgen: Mit Freds Studium schien es nicht voranzugehen. Sie fragte nicht nach und durchschaute nicht, was ihr Sohn trieb. Aber auch wenn es ihr manchmal noch herausrutschte: Er war nicht mehr ihr »Rikkchen«. Er war Anfang zwanzig, er wollte einen Schnitt und etwas wagen, jenen Anfang, aus dem sein ganz eigenes Leben werden konnte.

Die Miete war bezahlbar, in diesem Viertel gab es nicht mehr viele Wohnungen mit Kohle-Öfen. Auch in dem kleinen Zimmer stand einer. Im Winter zog er schlecht und ging dauernd aus. Fred teilte sich die Matratze, den nussbaumfarbenen Biedermeier-Schrank vom Sperrmüll und die Kosten mit Alex. Ab und an arbeitete er als Studiomusiker: Er spielte Werbemusiken ein oder sprang ein bei Soundtracks für Fernsehproduktionen.

Das Erker-Zimmer rechts neben dem Eingang war an Konrad vermietet. Hauptmieter war Viktor. Im riesigen Wohnzimmer stand sein Klavier. Darum herum kletterten eingestaubte Fensterblatt-Pflanzen Richtung Decke. Hier probten sie, wenn ihnen der Weg in einen der Übungsräume der Musikhochschule zu weit war. Dann schoben sie die Ledercouch an die Seite, vernarbt und verbrannt von Zigaretten, mit den Jahren verwachsen zu einem braunen Klumpen. In der Ecke am Fenster konnte Chico ein kleines Schlagzeug aufbauen.

Das Buyny Kemper Quartett störte niemanden. Unter der Wohnung waren ein Secondhand-Laden und ein Reisebüro, die am Abend geschlossen hatten. Über ihnen wohnte eine schwerhörige alte Frau, die Chico »Madame« nannte, weil sie aussah wie eine alte Dame in einem französischen Historienfilm. »Madame« drehte den Ton an ihrem Fernseher meist so weit auf, dass sie den Nachrichtensprecher verstehen konnten – und selber lauter spielen mussten.

Viktor hatte die Wohnung anfangs allein bewohnt. Er leistete sich die Miete und das Klavier vom Erbe, das ihm seine Eltern hinterlassen hatten.

Viktor war in einer Stadt an der »Kleinen Donau«, ein paar Kilometer von Budapest entfernt, geboren worden. Als wäre er stumm zur Welt gekommen, stapfte Viktor dort über das Kopfsteinpflaster der Plätze und Gassen, vorbei an den barocken Fassaden. Schweigend ging er hinaus zu den Weingärten vor der Stadt zum Wasser. An einem schmalen Seitenarm lagen verrottende Kähne. Viktor verfolgte jede Bewegung, mit der sie am Ufer dümpelten. Er mochte es, wenn an einem sonnigen Herbstmorgen der Nebel die Landschaft verschleierte, er liebte das einschläfernde Motorengeräusch der schwer beladenen Frachtschiffe. Dann saß er am Ufer und wartete, bis die Abendsonne den Fluss scharlachrot färbte. Der größte Teil seiner Seele aber konzentrierte sich auf eine innere Welt, zu der er niemandem den Zutritt erlaubte, auch nicht seinen Eltern, die ratlos und besorgt ihren Sohn großzogen.

Julius Buyny spielte Geige im Orchester der Ungarischen Staatsoper. Viktors Mutter gehörte als Sopranistin zum Ensemble. Ihr war er wie aus dem Gesicht geschnitten, die dichten schwarzen Haare hatte er von seinem Vater. 1956 verließ die Familie Budapest. An einem Opernhaus in Westdeutschland fanden Julius und Josefina Buyny Arbeit.

Bei einer Gastspielreise kam der Bus, in dem sie saßen, von der Fahrbahn ab und stürzte zehn Meter eine Böschung herab. Viktor war achtzehn und fortan allein. Was ihm blieb, das war die erste Sprache, die er gelernt hatte: Mit seinen mageren Fingern hatte er die Tasten auf dem alten Flügel gedrückt, der in der kleinen Wohnung der raumgreifende Mittelpunkt gewesen war. Immer weiter erforschte Viktor die schwarz-weiße Klaviatur, bis er eine Tonfolge fand, die ihm gefiel. Umso später entdeckte Viktor den Klang der Worte, aber umso gieriger begann er, Sprachen zu lernen. Deutsch beherrschte er wie eine Muttersprache. Neben dem Musikstudium hatte er sich in einem halben Dutzend Fächer eingeschrieben, allein um in Rekordzeit Sprachen zu lernen.

Viktor war begabt und mehr als das: Er spielte Klavier, Akkordeon und Trompete, er konnte mit einem Vibraphon umgehen und ebenso mit Konrads Bass wie mit Freds Saxophon. Viktors größter Feind waren die banalen Herausforderungen des Alltags: Wenn er sich ein Kotelett briet, vergaß er es. Er stand neben dem Herd, versunken in ein Grammatikheft oder eine Partitur. Dass Fleisch und Pfanne zu einem rauchenden Brikett verschmorten, bemerkte er nicht. Viktor, ein aus Marmor gemeißeltes Sinnbild weltentrückter Versenkung inmitten schwelender Ruinen. Schaute er auf ein Notenblatt, hatte er sofort das ganze Stück im Kopf.

Chico knallte seine Plastiktüten auf den Küchentisch. Fred spielte leise seine Tonleitern.

»Du machst mich wahnsinnig. Nimm das Ding aus der Fresse.«

Fred blies weiter.

»Also gut, was ist der Unterschied zwischen einem Saxophon und einer Kettensäge?«

Fred machte weiter.

»Mit einer Kettensäge kann man besser improvisieren!«

Chico hörte, dass Fred lachen musste. Aus dem Saxophon kam ein Quietschen. Im gleichen Augenblick klingelte es. Immer noch spielend ging Fred in die kleine Diele und drückte mit dem Ellbogen auf den Türöffner. Durch das auf jeder Etage mit Gerümpel voll gestellte Treppenhaus mühte sich Konrad nach oben.

»Ja, ja, bin zu spät, aber ich musste noch das Teil hier abholen.«

Endlich gab Fred das Mundstück frei.

»Kein Problem, Chico macht sowieso erst mal Feuer im Herd. Und Viktor ist im Seminar Griechisch alt oder neu, keine Ahnung. Komm rein.«

Konrad hatte seine Kamera umhängen und einen elektrischen Kontrabass im Arm. Der Korpus war nur noch eine minimalistische Andeutung des Holzinstruments. Es sah aus, als halte er ein überdimensionales Gewehr verkehrt herum: Der Steg war der Lauf. Darunter kam ein schmaler hölzerner Schaft, das Einzige, was noch an Konrads klassischen Standbass erinnerte. Die Saiten endeten in einer breiten Metallkonstruktion, dem Tonabnehmer. Der neue elektrische Bass sollte ihrer Version von »Love For Sale« einen intensiven, erdigen Groove verleihen. Denn das war der Auftrag, den sie sich selber gestellt hatten: ständig ihre Möglichkeiten zu erweitern, den Sound zu verändern, neue Klangfarben zu erforschen.

Sie hatten sich verabredet, heute nur dieses Stück zu proben. In drei Wochen begann ihr Engagement in Berlin.

Konrad trug den Bass, den er in Tony's Musicstore geliehen hatte, ins Wohnzimmer, lehnte ihn an eines der Rattan-Regale, die aneinander auf vielen Metern längs der Wand Halt fanden. Darin war die Plattensammlung der Wohngemeinschaft untergebracht. Er verschwand in seinem Zimmer, kam wieder: ohne Kamera, aber mit einem frischen Päckchen Peter Stuyvesant. Das Jackett hatte Konrad anbehalten. Fred hätte schwören können, dass er darin auch schlief, aber es war nie verknittert und roch allein nach den Zigaretten, die Konrad durchzog, als hänge davon sein Leben ab.

Konrad schaute durch die Küchentür. »Chico in der Kochschürze. Glatt ein Foto wert. Unsere Frage des Tages dazu: Was kommt denn heute bei Ihnen auf den Tisch? Der Grund: Ich habe Hunger!«

Woher Konrad kam, darüber sprach er nicht. Wohin er wollte, das war unergründlich. Er arbeitete regelmäßig für die Lokalredaktion einer Tageszeitung, ging durch die Straßen, stellte einem angeblichen Querschnitt der Bevölkerung Fragen zum »Tagesthema«. Das hatte ein mit sich und der Welt hadernder Redakteur aus einem Stapel von Tickermeldungen hervorgezogen. Konrad fragte eine Schülerin, die hübsch sein musste, einen Malocher, der nach harter Arbeit riechen musste, eine Rentnerin mit zerfurchtem Gesicht und einen Angestellten, der seine Krawatte stets band mit dem Schwung bürgerlicher Besserwisserei. Dazu hatte er noch zwei Joker frei, Leute, die er einfach nach Lust und Laune fragen konnte. Auf sechs Antworten musste er kommen. »Welche Filme von Alfred Hitchcock werden Sie in Erinnerung behalten? Wie finden Sie, dass die Kartoffeln schon wieder teurer geworden sind? Was halten Sie davon, dass unsere Athleten nicht bei den Olympischen Spielen in Moskau dabei sind?«

Außerdem schrieb Konrad surreale Geschichten über Helden, die Krokodile in der Kanalisation jagten, oder schöne Frauen, die zu jung an einer Blütenstaublunge starben. Es schien, als seien diese Geschichten Erinnerungen: an eine Parallelwelt, aus der er selbst einst ausgewandert war als eine seltsame wechselwarme Existenz, die nur aussah wie ein Mensch. Sein Stoffwechsel schien ohne Sauerstoff auszukommen, nicht aber ohne Nikotin und große Mengen fester Nahrung.

Konrad ließ eine Rauchfahne in Freds Richtung wehen. Der spielte jetzt lautlos, ließ nur noch seine Finger über die Klappen galoppieren in ekstatischer Hingabe. Man sah, dass er einen Einfall verfolgte, ein stummen Entwurf. Er spielte den Takt zu Ende, den er nur er in seinem Kopf hörte.

Als Viktor kam, war es kurz vor sechs. Fred und Konrad hatten bereits den Tisch gedeckt, die große dunkle Holzplatte, die im Wohnzimmer aufgebockt war vor dem Kamin, der keiner war. Unter dem Sims mit einer Metallplatte liefen die Rohre eines Kohle-Ofens, der auf der Rückseite der Wand im Badezimmer stand und von dort den Raum beheizte.

»Bald brauchen wir das Ding wieder. Wird langsam kühl.«

Konrad fror schnell, aber es waren nicht allein die sinkenden Temperaturen, die er fürchtete, ausgemergelt und ungeschützt wie er war. Er brauchte die Sonne und das Licht. Zu Konrads Plan gehörte es, irgendwann einmal in Südfrankreich zu leben. Viktor träumte von Budapest und den modrig duftenden Auen längs der Donau. Chicos Traumland hieß Brasilien. »Und wenn ich jeden Tag Bohnen mit Fleisch oder Fleisch mit Bohnen essen muss. Für kaffeebraune Knackärsche, die sich im Bossa-Rhythmus wiegen, den der liebe Chico trommelt – Leute da scheiß ich auf Nouvelle Cuisine.«

Auch Fred witterte den Herbst, der noch leisetrat, aber sich immer öfter heranstahl: Er nahm den Stimmen der Kinder auf dem Spielplatz vor dem Haus den heißen Übermut und die helle Unbekümmertheit. Er tropfte feine Feuchtigkeit in die Luft, die wieder nach Erde zu riechen begann. Auch Fred mochte den Herbst nicht. Jetzt aber fieberte er dem Oktober entgegen, ungeduldig war er und wartete manchmal überreizt auf die Abfahrt nach Berlin. Es war die Chance, in einer der ersten Adressen der deutschen Jazz-Szene aufzutreten. Es musste weitergehen und aufwärts.

Sie aßen gierig, man hörte nur die verwickelten, ineinandergreifenden Rhythmen des klimpernden Bestecks. Chico hatte sich selbst übertroffen.

Fred nahm seine Bierdose, beendete das Schweigen:

»Auf den besten Smutje aller Zeiten. Auf unsere kleine Combo und den Gig in Berlin.«

Konrad rief:

»Horrido und Dank auch an den Hirsch!«

Chico stand auf, verbeugte sich und legte nach:

»Es lebe die Liebe, der Wein und der Suff, der uneheliche Beischlaf, der Papst und der Puff!«

Viktor applaudierte, als säße er in der ersten Reihe eines philharmonischen Konzertes.

»Apropos Puff, das gemahnt mich an ›Love For Sale‹ und bringt mich zu der Schlussfolgerung. Wir sollten endlich spielen.«

Spielen – weil sie es nicht anders konnten, taten sie es ohne Berechnung. Sie verfolgten keinen Zweck, außer dem, Tabula rasa zu machen mit dem ersten Ton, den einer anstieß. Sie legten ihre Namen ab und ihre bisherige Existenz und waren nur noch: sie selbst.

»Worum es mir geht beim Spielen? – Na, dass jeder Abend anders ist!«

So hatte Fred es Alex einmal erklärt, bevor er seinen Saxophon-Koffer nahm und sich auf den Weg zum Südpol machte. Aber etwas war geschehen in den letzten Wochen: Freds Glaube, dass dies immer aufs Neue gelänge, war kein glänzendes Schild mehr, mit dem er Zweifel abwehren konnte. Er bewunderte all jene Musiker, die rastlos den Kosmos der Musik und ihrer Möglichkeiten bereist hatten. Wenn Fred Nachmittage damit zubrachte, sich durch die vielen Platten ihrer gemeinsamen Sammlung zu hören, dann sah er, wie diese Musiker unterwegs waren auf staubigen Straßen oder in gänzlich pfadlosen Landstrichen. Er begann, mit ihnen zu fühlen, ihre Angst zu spüren: Hätten sie zu bei ihrer Suche lange angehalten, sie wären einfach an jener Stelle erloschen und sang- und klanglos vergangen.

»Wie viele brauchen wir?«

Konrad flammte mit seinem Benzinfeuerzeug das dunkle harzige Stückchen Hasch an, das einen Geruch nach Heu verströmte. Dann verteilte er kleine Brocken im Tabak, den er auf dem Blättchen zu einem schlanken Wall geknetet hatte. Er drehte die Joints für den Abend auf Vorrat, während Chico sein Schlagzeug justierte.

Auf dem Platz vor dem Haus war es ruhig geworden. Nach langem Marsch ausgelaugte Wolken ruhten sich in der Dunkelheit am Himmel über ihnen aus.

»Bier?«

Freds Frage an Viktor gehörte zum Ritual wie so vieles. Viktor trank nie Alkohol. Er sagte wie immer:

»Später.«

Fred lachte wie immer und holte vier Dosen aus dem Kühlschrank. Sie rauchten, sie tranken ein paar Schlucke, sie waren schweigsam. Jeder ging für sich durch, was er tun musste und was er tun wollte, wenn sie »Love For Sale« spielten. Sie hatten die sentimentale Musicalnummer von Cole Porter ausgesucht als Höhepunkt ihres Berlin-Gigs. Fünfzig Jahre später wollte das Buyny Kemper Quartett aus drei Minuten zehn machen oder mehr, ganz wie es der Moment verlangte. Sie wollten das Tempo erhöhen, den Tonfall rauer machen, schmutziger, gegenwärtiger. Das seelenwunde Straßenmädchen ließen sie auferstehen als äußerlich abgeklärte Nutte.

Love for sale
Appetizing young love for sale
Love that's fresh and still unspoiled
Love that's only slightly soiled
Love for sale.

Chico drückt den Joint aus. Fred holt sein Saxophon, baut es zusammen, jeden Handgriff beherrscht er blind und im Schlaf. Er lutscht das Blatt feucht. Konrad schließt den neuen Bass an den Verstärker an und prüft mehrmals den Sitz der Kabel. Chico faltet das Futteral auf, in dem seine Sticks, Klöppel und Besen stecken wie die Zangen, Scheren und Schrauben im Etui eines Folterknechts. Er prüft den Halt seiner Trommeln und Becken. Viktor macht Fingerübungen und rollt den Kopf über die Brust und die Schultern. In Griffweite ein frisch gewaschenes weißes Frottee-Handtuch. Bei jeder Probe, bei jedem Konzert spielt er nicht eine Note, ohne ein frisch gewaschenes, sorgfältig gefaltetes weißes Frottee-Tuch.

Sie sind gleichzeitig bereit.

Konrad zählt an und beginnt. Er hat eine zentrale Rolle, leitet die Nummer ein mit zweimal drei Noten, aufwärts, abwärts. Viermal spielt er sie durch sechzehn Takte, eröffnet eine markante Basslinie, die als pulsierende Ader durch das Stück läuft, Morsezeichen aus dem Zwielicht eines heruntergekommenen Großstadtviertels am Beginn der Achtziger.

Chico arbeitet mit am hypnotischen Groove. Fred ist eingestiegen, lange Töne bläst er, nimmt die Bassfigur auf. Sie spielen das Thema, dann zupft Konrad diese nachdrückliche Ostinatofigur. Fred ist an der Reihe, er hält sich zurück, noch, haucht Blue Notes in den Raum mit bitterem Klang, erprobt den Kontrast von langen Tönen und kurzen abgehackten Phrasen, jongliert mit Pausen, erinnert für einen Moment mit einer sentimentalen Passage an das Originalthema:

»Love For Sale«.

Sofort ist sein Spiel wieder obszön: Er ist der Freier, der in die Nacht zieht, ein Süchtiger; schuldbewusst nähert er sich dem Objekt der Begierde. Sein Herzschlag, die Basslinie. Sein Atem, sein Spiel. Er ist nicht allein. Da ist Viktor, er ist kaltblütiger. Während Fred immer unverschämter wird, reagiert Viktor zurückhaltend, als wollte er seinen Gefährten beruhigen. Dessen Spiel aber wird aggressiver, unfügsamer, lauter. Konrad schlägt eine Brücke. Viktor ist am Zug. Sein Solo, eine unablässige Steigerung. Leger hat er begonnen, jetzt spielt er sich in einen Rausch. Fred hat die Augen zusammengekniffen, den Kopf zurückgelegt. Er absorbiert den Sound, seine Lippen bewegen sich, er spricht in Trance. Alle haben die Augen geschlossen. Sie zucken mit verkrampften Gesichtern. Sehen müssen sie nichts. Sie hören und erhören, was geschehen muss.

Aber etwas ist anders in Freds Haltung. Seine Muskeln sind angespannter als gewöhnlich, die Schlagader an seinem Hals tritt hervor. Etwas lastet auf ihm. Er ist jetzt von Beruf Saxophonist. Er verdient wenig Geld mit seiner Arbeit, aber er verdient es. Er lebt von der Musik mehr schlecht als recht. Er hört Vaters Stimme, die negativen Überschlagsrechnungen, die er ihm präsentieren kann. Es sind seidene Schnüre, durchscheinend, zäh, feste Spinnwebfäden, die Freds Glieder einschnüren und nur ein Zappeln zulassen, das ihn nicht befreien wird: aus dem Netz der Abhängigkeiten. Seine Eltern, Alex, die Verantwortung für die Band. Die Zukunft, die sich mit Schlingen und Fallen ankündigt. Ist er frei, um zu erreichen, was er erreichen will?

Fred übt viele Stunden am Tag. Er ist gelenkig geworden, schnell, reif, urteilsfähig. Umso deutlicher erkennt er das Limit: Das Seil des Seiltänzers kann nicht unendlich dünner werden, der Trapezkünstler kann nicht beliebig viele Salti in die Luft drehen.

Fred setzt ein für einige Akzente, zusammen gehen sie das Thema durch. Jetzt hat Konrad sein Solo. Seine Finger sind zart und lang wie Spinnenbeine. Wie Krebs-Scheren packen sie zu. Konrads mächtiger Händedruck überrascht jeden. Und wie glatt doch die Hornhaut auf seinen Fingerkuppen ist. Konrad bearbeitet sie mit Schmirgelpapier. Seine gespreizte Linke fließt über die harten Saiten, drückt sie auf das Griffbrett, verkürzt sie, lässt ihnen mehr Raum, während er sie mit dem Zeige- und Mittelfinger anreißt. Schneller und schneller tanzen seine Finger. Viktor stachelt ihn an, beide erhöhen die Temperatur, bis Fred sie einfängt. Noch einmal vervielfachen sie ihren Vorwärtsdrang, reduzieren ihn bald, kommen zurück zum Bassmotiv. Mit Konrad phrasiert Fred es über die letzten Takte. Beherrscht setzt er den Schlusspunkt.

Das Quartett erstarrt zu einer Skulptur.

Als Erster richtete Konrad sich auf. Er zog sein Zigarettenpäckchen aus der Tasche. Chico spielte einen Trommelwirbel. Er hatte nicht viel Arbeit gehabt, aber er war nicht zufrieden.

»Aus meiner langjährigen Erfahrung muss ich sagen. Bis die Lady unter einem im richtigen Rhythmus zuckt, braucht's ein paar Nummern.«

»Chico, Frage des Tages: Wann denkst du nicht an Sex?«

»In den letzten zehn Minuten kam ich nicht dazu, du Bastard. Wann denkst du mal nicht ans Rauchen?«

Konrad zündete die Zigarette an, sog den Rauch ein, blies ihn langsam Richtung Zimmerdecke.

Viktor hatte die Hände im Nacken verschränkt.

»Nem babra megy a játék!«

Fred lehnte am Plattenregal und wischte sich Schweiß aus dem Gesicht.

»Sprich deutsch, Klavierspieler.«

»Wie man in meiner Heimat sagt: Das Spiel geht nicht auf Bohnen aus!«

Fred wurde lauter. Viktor hatte bereits eine Liste mit all ihren Fehlern gemacht. Auch seinen.

»Verdammt, red Klartext!«

»Auch wenn das, was wir tun, ›Spielen‹ genannt wird, so sollten wir uns doch vergegenwärtigen, dass es eine ernste Sache ist. Ich möchte mich nicht ausschließen, aber ich habe die Konzentration vermisst. Wir sind nicht für einen Budenzauber engagiert.«

Chico trat auf das Pedal seiner Bassdrum. Ein Grollen rollte durch den Raum.

»Jungchen, was genau ist dein Problem, spuck's aus?«

»Wir waren alles andere als in time. Fred, bei deinem Solo warst du nicht bei dir …«

»Du meinst, ich hab rumgestümpert wie ein Anfänger? Fang bei dir an!«

»Fred, was ich …«

»Interessiert mich nicht, Klugscheißer!«

»Hey, ruhig Blut, kommt runter, wir machen kurz Pause, probieren den nächsten Take, und dann schauen wir in aller Ruhe, was wir ändern müssen.«

Konrad war es, durch dessen dünne Haut schlechte Schwingungen sofort hindurchdrangen, um seine dürren Arme in Bewegung zu bringen, bevor die eigentliche Erschütterung folgte. Konrad hasste Streit. Er hatte die Hände gehoben, bewegte sie auf und ab, um den auffliegenden Zorn niederzuhalten.

Jetzt war Viktor nicht mehr zu stoppen:

»Jézus, Mária, József! Akinek vaj van a fején, ne menjen a napra. – Wer Butter auf dem Kopf hat, soll nicht in die Sonne gehen. Und schon gar nicht der, der Butter im Kopf hat. Nyald ki a seggem!«

Fred presste die Lippen zusammen und ging auf die Tür zu. Plötzlich blieb er stehen: Vor sich sah er ein endloses Gefälle, als sei der Boden des Wohnzimmers zu einer schiefen Ebene geworden nach einem Bergschlag. Ginge er einen Schritt weiter, er würde sich nicht mehr halten können.

19

Fred spielte sein Spiel mit den Schwingtüren am Eingang zum Südpol. Er stieß die erste mit einer langen harten Geraden auf, wartete bis zum letzten Moment und schlängelte sich durch den Spalt, blieb stehen, und noch bevor der leichte Rückschwung ihn berühren konnte, versetzte er der Tür rücklings einen Tritt, der ihn selbst weiterkatapultierte, hin auf die nächste Phalanx aus Glas, Holz, Metall, die er ebenso austrickste.

Es war ein Donnerstagabend. Alex war wieder für ein langes Wochenende in den Norden gefahren. Fred hatte den Tag an der Musikhochschule verbracht in einem Seminar, dessen Titel über zwei Zeilen im Vorlesungsverzeichnis ging. Umso mehr hatte er sich auf Abend mit seinen Freunden gefreut. Als er nach Hause kam, lag die Wohnung vor ihm: leer, still, ausgekühlt von den ersten tiefen Atemzügen, mit denen der Herbst durch das Viertel gekommen war. Um Geld zu sparen, hatten sie die Öfen immer noch nicht befeuert. Er hatte sich ein paar Salami-Brote gemacht, den Fernseher an- und wieder ausgemacht und sich entschieden. Fred hatte seine alte Lederjacke vom Haken genommen und war mit langen Schritten losgezogen, die Straße herauf, entlang der spiegelblanken Straßenbahnschienen, vorbei an dem Spielwarengeschäft, vor dem er jedes Mal stehen blieb, um in den Auslagen die neuesten Spielzeugautos und Modellbahnlokomotiven anzuschauen, vorbei an dem Friseursalon im Souterrain, dem kleinen Fahrradgeschäft und einer Eckkneipe, in der sich die Rentner aus der Nachbarschaft trafen.

Im Südpol war es wie an jedem Tag zwischen Dienstag und Samstag: Nur wenige Plätze waren noch frei. Der Zigarettenrauch hatte sich wieder verbündet mit Schwaden von Frittierfett und allen anderen Gerüchen, die nur in einer Kneipe lebensfähig waren und sie darum auch nie verließen. Das Gegenstück dazu war das Rauschen, in dem der Klatsch und Tratsch des ausgehenden Tages, die Anekdoten und Geschichten von überraschendem Glück und Fehlschlägen, die man erwartet hatte, mit der Musik vom Band verschmolzen. Ab und an scherte der Widerhall eines Stuhles aus, der hin und her geschoben wurde. Oder das Klirren von Biergläsern, die aneinandergestoßen wurden, stach verblüffend klar hervor. Wenn er allein kam, setzte er sich an den Tresen, wo die Stammgäste ihren Platz hatten und man schneller sein Bier bekam.

Fred sah nur ihren Rücken. Und ihren Po: ein perfekt kugelrundes Gebilde aus zwei offensichtlich festen Halbmonden. Das nennt man aber mal einen schneidigen Po. Oder auch einen Hintern mit Biss – Fred suchte nach einzigartigen Bildern, aber er fand keines, das angemessen war, da fehlte ihm Chicos Phantasie. Stattdessen konzentrierte er sich auf ihre Haare, die dicht waren und dunkel und ihr weit über die Schultern fielen. Das könnte man glatt für den einen Nonnen-Schleier halten – Nonnen trugen Schwarz, aber keine Jeansjacken. Der rote Tüllrock reichte bis über die Knie. Dort schlossen schwarze, blank polierte Stiefel. Nonnen trugen keine blank polierten Stiefel.

Sie kam seit einigen Wochen ins Südpol. Sie kam spät und immer allein, aber sie blieb es nicht lange. Fred hatte sie beobachtet. Gerade unterhielt sie sich mit Daniel, den Fred aus dem Studium kannte. Daniel kellnerte hier. Er wartete darauf, dass die Bestellung auf seinem Tablett lieferbereit wurde. Wie immer waren seine sanften Augen effektvoll auf sein Gegenüber gerichtet.

Ein einziger Barhocker war noch frei, links neben ihr, dort, wo der Tresen einen Bogen machte. Fred hatte keine Wahl. Er setzte sich neben sie und geriet sogleich in den Bannkreis einer Aura, die er nicht beschreiben konnte. Etwas war um sie herum, das um Respekt bat und auf Abstand hielt, obwohl sie weder bekümmert noch hochmütig schien. Sie musste Mitte zwanzig sein. Steffi mit dem platinblonden Jungshaarschnitt und einem Gesicht, das noch mehr aus Augen gemacht war, als Fred es von Alex kannte, bediente heute die Zapfanlage. Konrad traf sie ab und an, aber Fred wusste nicht, ob sie miteinander ins Bett gingen. Steffi nahm Fred den nassen Bierdeckel aus der Hand, an dem er gerade nesteln wollte, und stellte ihm unaufgefordert ein Bier darauf.

»Na, dann mal Prost.«

Die Frau mit dem Haarschleier hob ihr halbleeres Glas, ließ jene Aura zerplatzten und nickte ihm zu.

»Na, dann mal Prost.«

Fred sah direkt in ihre tiefbraunen Augen mit den schmalen Lidern. Die Augen eines Rehs waren es nicht. Er überlegte, was er sagen könnte, um diesem Anfang eine zweite Masche hinzuzufügen in der Hoffnung, dass daraus ein Netz würde.

Sie kam ihm zuvor.

»Hast du eigentlich kein Zuhause?«

»Warum?«

»Du bist immer hier.«

»Immer wäre übertrieben. Schlafen tu ich schon zu Hause.«

»Erwischt. Du bist jedenfalls immer hier, wenn ich hier bin.«

»Das kommt in der letzten Zeit öfters vor, wenn ich mich nicht täusche.«

»Du täuscht dich nicht. Ich würde sagen, seit 'nem Monat ist das mein Stammladen. Übrigens, ich bin Lilli. Von Lilliane.«

»Dann also Lilli. Ich bin Fred. Von Frederik. Neu in die Gegend gezogen?«

»Das nicht. Hab mich neulich von meinem Freund getrennt.«

»Und darum kommst du jetzt hierher?«

»Chris hat das Südpol nie gemocht. Darum kommt er auch nicht her. Er will nicht loslassen. Und wenn's Abend wird, merkt er so richtig, was ihm fehlt. Dann zieht er los und sucht mich. Irgendwann bin ich's leid geworden, mich mit ihm vor allen Leuten zu streiten. Hier ist er bis jetzt noch nicht aufgekreuzt.«

»Woran hat's gelegen?«

»Die Trennung? Na, sind wir schon so weit, persönlich zu werden?«

Fred nahm die Herausforderung an mit allem Mut, aller greifbaren Schlagfertigkeit.

»Wenn ein Kneipentresen nicht der zivilisatorisch-kulturell betrachtet perfekte Ort ist, um persönlich zu werden, schweige ich sofort!«

»Oh nein, bitte, bitte nicht …«

Lillis Ton, ein kleines Mädchen, das schmollt, weil man ihm zur Strafe seine Lieblingspuppe wegnimmt. Sofort war sie wieder ernst, gab sich abgeklärt:

»Chris ist ein rätselhafter Kerl. Anfangs fand ich's aufregend. Aber er ist ein verrücktes Kreuzworträtsel geblieben. Immer wenn ich dachte, ich hätte die richtigen Buchstaben, passte es nicht. Es macht müde, wenn du nie eine Lösung findest. Vielleicht war es auch ganz anders, vielleicht habe ich von Anfang an nur geglaubt, dass ich ihn liebe. Schlecht sieht er nicht aus. Er arbeitet ab und an als Dressman.«

Lilli zwinkerte Fred zu, und genau das ließ in seinen Augen das Netz dichter und fester werden. Ihre Stimme, die nach zu wenig Schlaf und zu vielen Zigaretten klang, die meistens tief war und ruhig, eine Altstimme, die nie schrill klingen würde, gab ihm Halt. Wenn Alex wütend war oder nervös, war ihre Stimme nicht mehr der Wassertropfen, der rund und schäumend auf einer heißen Herdplatte perlte – dann wurde sie scharf und schrill, bis sie quietschte wie die schief eingehangene Tür eines Metallspinds.

Lilli nahm die Schachtel Zigaretten, die neben ihrem leeren Glas lag. Sie trank schnell.

»Kann ich auch eine haben?«

»Du rauchst? Ist das gut für einen, der Saxophon spielt?«

»Du weißt, wer ich bin.«

»Ich war bei eurem letzten Konzert.«

»Komisch, da habe ich dich gar nicht gesehen.«

»Ich stand ziemlich weit hinten. Aber es ging ja vor allem ums Hören. Sehr schön übrigens, euer Gig.«

Lilli zündete sich eine Zigarette an.

»Besten Dank. Und: Darf ich trotzdem eine haben? Oder gerade deshalb?«

»Darfst du.«

Aber sie hielt ihm nicht die Packung hin, nahm stattdessen eine neue Zigarette heraus, steckte sie sich mit einem vollendeten Schwung zwischen die Lippen – Fred betrachte ihren mit Sinn für Ebenmaß modellierten Mund genau –, zündete sie an und reichte sie ihm herüber. Sein Finger: ein spürbares Tremolo; sein Gedanke: ihre Hand zu berühren und genau das zu vermeiden.

»Nein, wahrscheinlich ist das Rauchen nicht gut. Aber es scheint so, als müsste ich immer was im Mund haben. Wenn es nicht das Horn ist. Meint jedenfalls meine Freundin.«

»Du hast eine Freundin?«

Sie schaute ihn an, kein Lidschlag durchkreuzte die Achsen ihres Blicks, zwei überaus präsente Parallelen, die ihn anpeilten. Sie wartete nicht auf die Antwort, beugte sich vor und bestellte ein neues Bier.

»Alex, ja. Sie ist zu ihrem Vater gefahren übers Wochenende. Er ist herzkrank. Ihm geht's nicht besonders. Er wird immer schwächer und kann nicht mehr viel alleine machen.«

»Das klingt nicht gut. Muss ich da auch raushören, dass ihre Mutter ...«

Lilli suchte nach dem richtigen Ausdruck, als müsste sie diese Frage besonders behutsam zu Ende führen. Weil sie etwas betraf, das ihr vertraut war und das mit den falschen Worten zu handgreiflich werden könnte.

»… nicht mehr da ist.«

»Leider, sie ist vor ein paar Jahren gestorben.«

»Ach so.«

Fred war erstaunt. So beiläufig und unberührt klang ihre Entgegnung, aber Lilli korrigierte den Eindruck sofort:

»Sorry, ich hatte an was anderes gedacht, aber das ist nicht wichtig.«

Er ahnte, dass sie einem schwarzen Loch in ihrer Vergangenheit auswich, dass da etwas war, das Lilli nicht beim Namen nennen konnte, auf dass es nicht zu schwer wurde, um jenen Moment zu zerstören, in dem sie und nun auch Fred existierten. Er wusste nicht, was er sagen sollte.

Die Pause in ihrem Gespräch, ein Riss im Netz ihrer ersten Begegnung, aber Lilli ließ ihn nicht größer werden. Hastig nahm sie einen neuen Faden auf, nicht, weil sie eine feindselige Erinnerung daran hindern wollte, sich auszudehnen in der Stille.

»Weißt du, was mir aufgefallen ist an dir?«

Ihre Frage klang wie ein Attentat. Aber sie lächelte wie ein Schulmädchen.

»Du beobachtest mich doch nicht etwa?«

»Liegt daran, dass ich ziemlich viele Menschen beobachte. Willst du es nun wissen?«

Sie lächelte immer noch. Dieses Mal mit einem kleinen Schimmer Erbarmungslosigkeit.

Fred nickte. Er nahm einen großen Schluck Bier, um ruhiger zu werden, denn er hatte in diesem Moment eine folgenschwere Entscheidung getroffen.

»Was mir auffiel, als ich dich zum ersten Mal habe gehen sehen. Du bist der erste Mensch, der beim Gehen die Schultern so stark vor die Brust dreht, dass deine Handflächen vom Körper weg nach hinten zeigen.«

Lilli rutschte vom Hocker und zeigte ihm, was sie meinte.

Fred lachte. »Ich gehe wie ein Schimpanse? Ist wohl was falsch eingehängt bei mir.«

»Vielleicht kommt's vom vielen Spielen? Da stehst du ja auch eher Arme und Schultern nach vorn. Als wolltest du dich gegen einen Sturm lehnen. Denk dran, Frauen wollen am Ende doch eher den Brust-Raus-Typen.«

Fred zog die Schultern zurück und drückte die Brust raus.

»Eher so?«

Lilli lächelte, aber lachte nicht.

»Ein rotblonder Gorilla mit Untergewicht, wie süß!«

Fred legte wieder die Hände auf den Tresen, eine Geste, darin sich Unbehagen, Abwehr und ein unbändiger Wunsch zugleich offenbarten. Lilli mochte es bemerkt haben. Weder das eine noch das andere ließ sie gnädiger werden.

»Ich weiß ja nicht, wann du mit der Musik angefangen hast. Aber wie war das damals, als du ein Kind warst? Oder von mir aus ein Teenager … Ich meine, war die Musik ein Raum, in den du dich geflüchtet hast. Damit du dich nicht einsam fühlen musst?«

Fred war verblüfft über den Verlauf, den dieses Gespräch nahm. Und er war glücklich darüber. Am Tag, als er Alex begegnet war, hatte sie ihm gesagt: »Ich will die Menschen verstehen lernen, weißt du. Wie sie fühlen, wie sie leben und eben auch wie sie denken und fühlen und leben sollten. Da greift eins ins andere.«

Aber als sie schließlich zusammen waren, verblasste ihre Neugier, die er geliebt hatte und der seine Hoffnung galt, langsam, aber tödlich sicher. Bis er mit Alex über Dinge sprach wie ihr Studium und unausstehliche Kommilitonen. Sie hielten sich an Geschichtchen von Nachbarn und alten Freunden, die sie mitbrachte aus ihrer Heimat, oder an jene Eskapaden, mit denen Brüderchen Wolfi Freds Vater inzwischen aus der Fassung brachte. Sie kreisten immer wieder neu um Abläufe des Alltags und belebten bekannten Stoff. Beide hofften sie, auf sicherem Boden zu stehen. Aber darunter, das ahnten sie, gab es kein Fundament, keine Stützen aus bedeutungsvolleren Gedanken. Fred vermisste sie. Und er spürte, dass auch Alex sich danach sehnte, schrankenlos die andere Seele durchstreifen zu können. Beide fürchteten sich immer mehr davor, wichen möglichen Entdeckungen aus, mit denen sie, so dachten sie, nicht hätten umgehen können: Was, wenn ihre Träume und

Ängste, wenn ihre Vorstellungen und Fantasien darüber, wie aus dem eigenen Leben eine Lebensgeschichte werden könnte, keine Zweieinheit ausmachte? Es war vor allem Fred, der die Kluft in ihrer Beziehung größer und größer werden ließ – als könnte er es nicht aufhalten, dass sie auseinanderdrifteten.

Viel zu selten hatte er mit Alex über seine Musik gesprochen und was sie für ihn bedeutete, sie hatte nicht gefragt, er hatte nicht davon angefangen. Davon, was sein Plan war und ob er zu einem gemeinsamen passen könnte. Nein, er hatte sie nie ermutigt, hatte nicht den Ball in ihr Feld gespielt. Vielleicht hatte er sie sogar eingeschüchtert, so bissig und ironisch, wie er sein konnte. Das war der doppeldeutige Gestus, der ihn mit seinen Gefährten verband: Wenn sie zusammen waren, schnippten sie sich ihre Sprüche entgegen, toxisch und flink wie Quecksilbertropfen. Aber für sie war es nur ein Spiel, mit dem sie sich ablenken konnten von Gedanken, die ungleich giftiger waren.

Viktor, Chico, Konrad, sie mochten Alex, aber die Jungs untereinander hatten ihre Rollen längst gefunden. Alex war die Zuschauerin vor der Bühne, auf der sie agierten.

Vor einer Woche hatten sich Fred und Alex zum ersten Mal wüst gestritten. Sie wollte mit ihm vor dem Ende der Semesterferien auf jene Insel in der Nordsee fahren, die sie so liebte, weil es dort keine Autos gab. Fred hatte das abgelehnt, so schroff, dass er es im gleichen Moment bereute, aber er konnte nicht verstehen, dass sie nicht verstehen wollte: wenn das Buyny Kemper Quartett im Oktober in Berlin erfolgreich sein wollte, müssten sie jede Minute nutzen, um ein perfektes Set vorzubereiten.

So aufbrausend hatte Fred Alex noch nie erlebt. Jetzt war sie nichts anderes als eine Piratin, auf sich gestellt gegen den Rest der Welt.

»Sag mal, bin ich eigentlich nur noch dein putziger Talisman, der dir ab und zu mal einen … Obwohl du eigentlich noch lieber noch 'ne Runde die Wand anblasen würdest? Manchmal denke ich, dieses verdammte Blechding ist dein … egal, vergiss es, vergiss es, vergiss es!«

Ihr resoluter Ton ging über in ein metallisches Quietschen, bis aus der Klage leises Schluchzen wurde.

Fred hatte sich entschuldigt, sie in den Arm genommen, aber seine Sehnen und Muskeln brachten nicht die Überzeugungskraft auf, die nötig gewesen wäre. Seine Gedanken kreisten um die Auftritte in Berlin. Er hatte sie nie gefragt, ob sie mitkommen wollte. Das zusätzliche Doppelzimmer hätten sie aus eigener Tasche bezahlen können. Aber Fred war sich sicher gewesen, dass sie es nicht wollte. Wieder hätte sie sich eben nur als das gefühlt: ein Maskottchen, ein niedliches Groupie. Alex gefiel, dass er Musiker war, das war es nicht. Aber als sie mit ihm in die Wohngemeinschaft zog, hatte sie nicht geahnt, wie manisch er trainierte, ein Hochleistungssportler, der sich drillte, um nicht mehr darüber nachdenken zu müssen, was seine Muskeln taten. Abends war er oft unterwegs, um mit den anderen zu spielen. Immer öfter berührten sie sich tagelang nur, wenn er spät nachts unter die Decke kroch. Dabei hatte Alex Pläne: Sie war ausgeschwärmt, ehrgeizig und fintenreich räubernd in vertrauten Gewässern, hatte ihren Studienabschluss und einen Job in einem Forschungsprojekt in Aussicht. Das Geld wollte sie in eine eigene kleine gemeinsame Wohnung investieren. Aber wann immer sie Fred bat, mit ihr diese hübsche kleine Vision zu besichtigen, folgte er ihr wie ein Nachtwandler, der nirgends anstößt, aber dennoch nichts wahrnimmt. Freds Studium kam kaum voran. Bei ihm war das Geld immer knapp. Seine Eltern wurden unruhig und auch er war es – die Frage war unbeantwortet: Konnte er allein durch und für die Musik leben? Hätte ihn jemand gefragt, ob er Alex denn liebe, noch liebe, er hätte sofort »Ja« gesagt. Sie konnte kess und so rotzig sein; das gefiel Fred mehr als gut. Aber es war immer die Frechheit der kleinen Freibeuterin geblieben.

Jetzt saß eine vor ihm, die auch frech war. Lilli war es mit aristokratischer Souveränität. Ihre Art forderte ihn heraus. Sie reizte ihn, denn sie machte es ihm so leicht und schwer, wie sie es gerade wollte.

»Ein Raum, um zu flüchten? Nein … Nein, ich glaube nicht. Jazz war für mich nie ein Zufluchtsort. Zumindest meistens nicht. … Weißt du, ein Unterschlupf, der ist ja immer irgendwo drinnen in etwas Größerem. Nimm zum Beispiel eine Höhle. Die ist unter der Erde. Oder ein Dachboden, auf dem man als Kind spielt. Da ist immer noch das Dach drüber. Oder der Tisch, über den man Decken wirft, um dann darunterzukriechen und sich zu verstecken. Ein Zufluchtsort muss klein und eng sein, damit man sich darin sicher fühlt. Weißt du, was ich meine?«

Lilli nickte. Ein ganz normales Nicken, wie es zu einem Gespräch gehörte, aber für Fred wurde es zu einer magischen Geste, mit der Lilli Luft und Materie beeinflussen konnte. Etwas veränderte sich. Es schien, als würde das Rauschen im Südpol leiser und leiser. Er erinnerte sich jetzt für sie in jeder Kleinigkeit, in Farben und Klängen an jenen Tag, an dem er das erste Mal John Coltrane gehört hatte unter Paul Mittelstädts Fenster.

»Vielleicht war es einfach nur, weil ich's unter freiem Himmel gehört habe. Aber es war von Anfang etwas in dieser Musik, das mich herausgehoben hat. Immer ist irgendwo eine Wand und noch eine und eine dritte und eine vierte. Manchmal fühlst du dich sicher dazwischen. Aber manchmal geben die Ecken, in die du schaust, dir einfach nur das Gefühl, eingesperrt zu sein.«

Lilli bestellte für sie beide eine neue Runde.

»Wie wäre es mit einem Schnaps, ich gebe einen aus?«

»Die Einladung sollte ich wohl nicht ausschlagen, oder?«

»Steffi, zwei Jägermeister!«

Lilli nahm die Gläser.

»Trinken verbindet. Wenn ich bitten darf …«

Sie kam näher, streckte den Arm aus und Fred begriff, was sie vorhatte. Auch er machte seinen Arm lang, streckte ihn aus und durch ihre Armbeuge hindurch. Sie hakten sich unter, zwei Geschöpfe, die von der Höhe ihrer Barhocker wie erleuchtet auf die Welt schauten. Sie tranken Brüderschaft.

»Lilli!« – »Fred. Ist mir eine Ehre, Lilli!«

Er wusste, was jetzt folgen musste, aber im entscheidenden Moment fühlte er sich getäuscht. Lilli küsste ihn. Knapp neben den Mund. Dann zog sie sich zurück, legte ihr Kinn auf die umgeklappte rechte Hand.

»Das mit der Freiheit kapiere ich. Aber wenn du es genau betrachtest, ist es dennoch ein Refugium. Vielleicht ohne Wände, die du vor Augen hast. Tja, wir haben nichts angestellt und sind trotzdem auf der Flucht. Als hätten wir kein Alibi und amtlich Dreck am Stecken. Sonst säßen wir ja jetzt nicht hier, oder Fred? Ich bin jedenfalls bekennender Flüchtling.«

Sie machte eine kleine Pause.

»Das heißt, ich war einer. Als Kind habe ich regelmäßig Mamas Schminkkasten geplündert, wenn sie unterwegs war. Ich habe ihren Kleiderschrank durchwühlt. Erst wurde aus Lilli die Prinzessin Lilli oder der Clown Lilli oder einfach nur ein anderes Mädchen aus der Schule.«

»Machen doch viele Kinder so, wo ist das Problem?«

»Wenn man davon besessen wird. Und anfängt, im Kaufhaus zu klauen? Ich habe Perücken unter die Jacke gestopft und Schminkzeug gemopst, das für ein ganzes Schloss voller Prinzessinnen gereicht hätte.«

»Haben sie dich erwischt?«

»Mama bekam mächtig Ärger und ich endlosen Stubenarrest.«

»Hat es geholfen?«

Lilli lachte ansteckend, aber nicht laut.

»Nein, es wurde anders und schlimmer.«

Und Lilli erzählte, wie ihr am Ende Schwarz und Weiß genügten, vielleicht ein Stück Kohle, Pomade und Talkum. Was sie entdeckte, war die schwarze Kunst der Maskerade. Sie wurde zu einer Fürstin der Finsternis: Ihr Gesicht weiß wie der Schädel darunter, die Augen schwarz wie eine ewige Nacht, in die sie ihre Opfer stürzen wollte. Lilli wollte die Welt als Geisel nehmen. Um etwas zu erpressen, das sie selber kaum benennen konnte. Sie wollte ihre Erlösung erzwingen von der Pflicht, zu werden, wie es ihr bestimmt worden war. Denn ihre Mutter unternahm alles, um sie nach einem Bilde zu formen, das groß und schön war und von Gelingen kündete. Darum bekam Lilli Gesangs- und Ballettunterricht, sie lernte Fechten und bekam Nachhilfe, um ihre Noten zu verbessern selbst da, wo es kaum noch möglich war.

»Was hat dein Vater dazu gesagt?«

»Als er wusste, dass es mich geben würde, gab's ihn nicht mehr. Weg, tschüss, ade! Ich habe ihn nie kennengelernt. Aber ich durfte sein Geld ausgeben. Hat sich als Guru selbstständig gemacht mit einem Hippiekloster in Spanien, so einem Ashram, wo die Mühseligen und Beladenen sich wenigstens von ihrer Kohle befreien können. Und Mama hat noch ordentlich draufgelegt von dem, was sie sich erschuftet als Friseuse hat. Sie wollte nicht, dass mir passiert, was ihr passiert war. Sie glaubt bis heute, dass sie für meinen Erzeuger einfach nicht gut genug war.«

»Aber wie hast du die Kurve gekriegt?«

»Ist zu wissenschaftlich, lasse ich mal aus. Aber die Geschichte hat immerhin eine Pointe.«

Sie nahm ihr Glas, trank, setzte es nicht gleich ab, als hielte sie ein Gedanke davon ab.

Fred spürte die Wirkung von Bier und Schnaps. Lillis Gesicht kam ihm nicht mehr so klar und sauber geschnitten vor. Dass die Linie, die ihr Pony direkt über ihren Augenbrauen zog, eine exakte Waagerechte darstellte, konnte er nur noch vermuten. Seine Zunge wurde immer unbeweglicher.

»Was 'nen für 'ne Pointe?«

Lillis Worte waren immer noch klar und deutlich.

»Ich bin Friseuse geworden. Verrückt, oder? Ich habe mir gesagt, wenn Mama Friseuse ist, werde ich auch eine, um ihr zu zeigen: Das ist gut genug für mich und damit genug für welchen Hinz und Kunz auch immer.«

Sie griff zu Fred herüber und zog mit Links eine rotblonde Tolle in die Höhe und ahmte mit Zeige- und Mittelfinger der rechten Hand eine Schere nach.

»Übrigens, du könntest mal einen Haarschnitt vertragen.«

»Wo arbeitest du denn?«

»Kein Salon. Ich arbeite für eine Agentur, die Werbefilme macht. Da habe ich übrigens auch Chris kennengelernt. Er war der Papa, der so gerne Margarine isst.«

»Das klingt doch … ist doch spannend oder?«

»Wenn du eine verlogene und noch dazu dumme Chefin hast, einen miesen Hungerlohn und massenhaft Überstunden spannend findest … Das ist jedenfalls nicht mein Seelenheil.«

»Was könnte es denn werden?«

Sie sagte nur: »Singen!« – und sah dabei so entschlossen und ernst aus, wie noch nicht an diesem Abend.

Es war Viertel vor eins. Die meisten Gäste waren bereits fort. Die Geräusche, die sie alle hinterlassen hatten, hatten sich zurückgezogen in die Ecken und Winkel, hatten sich dort zusammengerollt, um in ein paar Stunden wieder aufatmen und ausschwärmen zu können. Was jetzt noch da war, war ein Song, leise herabtropfend aus den Lautsprechern, und das Murmeln, wenn Steffi beim Refrain einsetzte. Sie polierte die Bleche der Zapfanlage im Rhythmus des Liedes, und auch das Klatschen und Schlabbern des Putzlappens, mit dem Daniel über die verwaisten Tische wischte, folgte dem Lied. Dann schaltete jemand die komplette Deckenbeleuchtung ein. Eine Lichtkaskade stürzte herab auf Fred und Lilli und schob sie vor sich her zur Tür.

»Noch einen Absacker? Ich habe Bier im Kühlschrank.«

Sie hakte ihn unter. Fred spürte ihren Schenkel an seinem Schenkel. So nah war er ihr jetzt und überrascht. Überdeutlich konnte er sie riechen, aber es war keine Mischung aus Patchouli und Vanille, etwas Indisches, das, was er erwartet hatte. Fred vernahm das kühle Aroma einer mächtigen trotzigen Zeder. Und noch etwas roch er: Schokolade, nicht süß, sondern dunkel und bitter. Als Fred schräg nach unten schaute, war er vollends verwirrt. Keine optische Täuschung konnte im Spiel sein und doch: Der Ausschnitt ihres Tops war breiter und tiefer als je zuvor an diesem Abend. Und obwohl das Auskehrlicht alles gnadenlos aufhellte, blieb der schmale Spalt zwischen ihren Brüsten doch eine grandiose Versuchung – so schattenhaft verheißungsvoll. Fred würde Lilli überallhin folgen.

Die umgekippten Barhocker auf dem Tresen und auf den Tischen die Stühle, die ebenso gebieterisch ihre Beine nach oben streckten, hatten sich gruppiert zu einem antiken Chor. Sie hatten viel erlebt in all ihren Jahren. Aber sie waren stets stumm geblieben.

20

»Tonight, we've lost our heart in Bratislava!«

Den ganzen Abend über leuchtete Viktor mit dem Übermut eines Menschen, der sein Ich ausdehnen konnte, so, wie es ihm gerade gefiel. Aber keine Droge zirkulierte in seinem Blut, kein Pulver, nichts Inhaliertes putschte ihn auf, auf dass er den Raum füllen konnte mit seiner Persönlichkeit. Sein Rauschgift war dieser Abend. Jede Ansage, jedes »Dankeschön« ans Publikum platzte wie ein Ballon mit einem spaßigen Knalleffekt. Die Leute johlten und klatschten. Viktor wartete ab, bis sie sich etwas beruhigt hatten.

»Letzte Woche habe ich dasselbe in Prag gesagt. Hey, da war der Applaus viel größer.«

Jetzt mischten sich unernste Buhrufe mit aufgekratzten Lachern, schnellten zurück vom zeltartigen Gewölbe des Kulturzentrums Bratislava. Die Stimmung im PKO kurz vor Mitternacht war so, wie Fred Kemper und seine Freunde es sich wünschten, jedes Mal wenn sie ein Konzert gaben. Schon nach drei Stücken hatten sie die unsichtbare Barriere zwischen der Bühne und dem Saal abgetragen, hatten stattdessen mit ihrer Musik einen Kokon in den Raum gesponnen aus Vergessen, aus Verträumtheit. Vergessen war der »Eiserne Vorhang«, der die Menschen und ihre Wünsche einsperren sollte nach dem Willen seiner verblendeten Architekten. Zusammen träumten sie von der einen immerwährenden Freiheit, geboren aus dem Geist der Musik, die diesen Abend bestimmte.

Was Fred nicht geahnt hatte: dass er hierher kommen würde auf den Rädern einer Zeitmaschine. Die Reise des Fred Kemper Quartetts war eine in seine eigene Vergangenheit. Schon als er angekommen war in Budapest, hatte er begierig diese

158

altbekannte Luft eingesogen, schwer vom Ruß der Kohleheizungen wie damals in den Straßen seiner Siedlung. Fred sah den Schick der gedeckten Einheitsfarben und der kämpferisch getragenen Marmorjeans, die man erlaubte und in volkseigenen Betrieben produzierte. Die Männer und Frauen mit ihren Frisuren und Jacken und Schuhen sahen aus, als wäre für sie die Zeit stehengeblieben vor Jahrzehnten. Wussten sie, dass die achtziger Jahre begonnen hatten? Fred schaute auf die Menge mit den Augen eines Außerirdischen. Aber es war viel, was sie teilten. Auch sie waren groß geworden mit der Hoffnung, dass alles gut würde, täte man nur das Richtige. Auch er war in einer Welt geboren worden, in der man mit Stolz schwitzte, um die Öfen und Maschinen am Laufen zu halten. Auch hier roch Fred Schweiß, er sah die Inseln auf den billig produzierten Synthetik-Hemden und -Blusen. Aber das hier war nicht der Schweiß der Werktätigen, es war eine rebellische Botschaft, Tropfen für Tropfen buchstabiert. In diesem Moment war er nichts anderes als eine Kampfansage, eine Weigerung, sich kleinmachen zu lassen, ein eigensinniges Anklammern an eine Idee von einem Leben, das gnädigeren Gesetzen folgte, das vielleicht sogar ohne jede Vorschrift auskommen konnte, in dem möglich wurde, was man nur hoffen konnte. Hinter den geschlossenen Augen der Zuhörer liefen surreale Filme ab, zu denen sie den Soundtrack lieferten.

Hier drinnen war es warm, war es schwül und voller Leben. Draußen: eine grimmige Oktobernacht, die sich panzerte mit dichtem Nebel, der seit Stunden von der Donau aufstieg. Pechfarben und unaufhaltsam floss sie ihrer Auflösung im Schwarzen Meer entgegen.

Vieles hatte sich verändert in den letzten Monaten. Aus dem Buyny Kemper Quartett war das Fred Kemper Quartett geworden. Viktor hatte es vorgeschlagen:

»Werte Mitspieler: ich schätze meinen Nachnamen und ich bin stolz auf ihn. Aber ich liebe es nicht, ihn dauernd fünfmal buchstabieren zu müssen. Neulich fragte mich ein Clubbesitzer, dessen Namen ich verschweige, ob ich sicher sei: wegen der zwei Ypsilons. Am Ende haben sie trotzdem eine absurde

Buchstabenkombination ins Programm gedruckt. Außerdem, das erkennen wir alle an: Unser Frontmann und Liebling der Damen ist niemand anderes als …« – und er machte eine Pause, um ihn wie ein Ansager im Boxring anzukündigen:

»Freeeeeeed Keeeeempeeer.«

Fred hatte sich nie in den Vordergrund drängen wollen. Ohne Viktor und seine Zusage, in die Band einsteigen zu dürfen, wäre er nie so weit gekommen. Fred stieg das Blut in die Wangen. Gerührt war er, aber auch längst eitel genug, um nicht zu widersprechen. Er wusste, dass Viktor Material für einen Solo-Abend komponierte, in dem er sich ausleben konnte mit langen schwelgerischen Improvisationen und der Chance, auch Motive »ernster« Musik einzuflechten. Schon lange hörte er fast nur noch Bartok, Ravel, Debussy, Shostakovich. Wie Viktor das Problem mit seinem Nachnamen als Solist lösen wollte, darüber schwieg er. Bald darauf hatte das Goethe-Institut das Fred Kemper Quartett für eine kleine Tournee verpflichtet. Sie waren in Budapest aufgetreten, in Prag, dann vor zwei Tagen in Wien. Abschluss der Tour war ihr Auftritt bei den »Bratislava Jazz Days '82.« Seit einiger Zeit wurden auch Musiker aus Westeuropa und Amerika eingeladen. Direkt vor ihnen war eine Schweizer Percussion-Gruppe aufgetreten.

Viktor kündigte die nächste Nummer an, ein aufgekratzter unschlagbar einfallsreicher Conférencier.

»Das nächste Stück, das wir spielen, ist nicht von uns …« – Eine Pause. Perfekt gedehnt und gehalten. »… Darum muss es natürlich nicht schlecht sein.«

Wieder lachten die Leute, einige riefen etwas auf die Bühne. Viktor machte eine Geste, um Ausgelassenheit in gespannte Erwartung zu verwandeln.

»Begrüßen sie dazu mit uns eine wunderbare, eine einzigartige Lady, unseren Ehrengast des Abends. … Give a warm welcome to Lilliane Wogert!«

Sie hatten sich kurzfristig entschieden, Lilli mit auf die Tournee zu nehmen. Sie war nirgends in der Besetzung erwähnt. Lilliane Wogert trat als Special Guest bei drei Vokalnummern auf. Das Goethe-Institut hatte sich überreden lassen, auch für sie die Reisekosten zu zahlen. Eine Gage war nicht drin. »Dann ist es halt mein Jahresurlaub, ist doch auch gut«, hatte sie gesagt und war losgezogen, um sich von einer Freundin einen Koffer zu leihen.

Lilli hatte am Bühnenrand gewartet. Fred hatte sie beobachtet. Sie hatte gelächelt und ihre Zigarette in einen Pappbecher mit einem Rest Bier fallen lassen. Mit gesenktem Kopf kam sie beinahe schläfrig auf die Bühne, ging auf das Mikrofon zu. Ihr Kleid war aus nachtblauem Samt und tief ausgeschnitten. Dann richtete sie sich auf und drückte ihre Brust nach vorn.

Durch den aufbrandenden Applaus hörte es niemand. Fred hatte sich abgewandt. Nur für sich blies er nahezu stumm die Melodie von »Muss i' denn, muss i' denn zum Städtele naus«.

Er würde es nie vergessen.

»Muss i' denn, muss i' denn zum Städtele naus …«

Es hatte ihn geweckt am Morgen nach jener Nacht, in der er Lilli im Südpol kennengelernt hatte, als er an ihrem Arm einfach mitgegangen war, nur für einen Absacker. Um drei Uhr morgens hatten sie sämtliche Biervorräte und einen Rest Jägermeister ausgetrunken. Fred hatte gefragt, ob er bleiben könne. Zu Fuß wäre er nicht mehr weit gekommen. Die Matratze, auf die er sich neben sie legen durfte, wurde zu einem schwankenden Floß auf ozeanischer Dünung. Aber er hoffte, dass er nicht herunterfallen und versinken würde. Lilli war da und konnte ihn festhalten. Und das tat sie auch. Bevor er eingeschlafen war, hatte er kleine rote Lichter tanzen sehen auf den Blättern der silbernen Markise, Autorücklichter, die dort noch einen schnellen Auftritt hatten. Das Sirren der Reifen ging über in nasses Zischen. Regnete es? Er hörte Lilli, die gegen die Wand fauchte, als wäre sie wieder die furchterregende Rachegöttin. Dann schlief auch er ein.

Träumte er? Wanderte das kleine Lied Note für Note durch eine schlaftrunkene absurde Illusion? Die Musik wurde lauter und wieder leiser, war offensichtlich künstlich verstärkt und kam aus einem billigen Lautsprecher. Eine kleine Metallflöte.

Manchmal schien ihr Klang zu verwehen, wurde übertönt von vorbeifahrenden Autos, kehrte zurück, stieg auf, prallte ab von den Hauswänden. Er setzte die Fetzen zusammen:

»Muss i' denn, muss i' denn zum Städtele naus ...«

Er war endgültig erwacht und wusste bald, was er da hörte. Es war eine der Melodien, mit denen der Schrotthändler auf sich aufmerksam machte. Einmal in der Woche kam er durch das Viertel mit seinem babyblauen Hanomag, der so verrostet war wie das, was er einsammelte an alten Fahrrädern oder ausgedienten Boilern. Fred hatte einmal beobachtet, wie der dünne alte Mann mit aufgekrempelten Ärmeln und sehnigen Armen alles auf die Pritsche des Wagens hob, als wäre es schwerelos.

Längst drückte das Licht eines neuen Tages auf die Lamellen, bog sie leicht, um ins Zimmer zu kommen. Aus der kleinen Küche auf der anderen Seite der Wohnung hörte Fred das Klappern von Tassen. Er roch den Kaffee, raffte sich auf, ein gebrechlicher Greis. Sein Rücken schmerzte, sein Kopf war voller Kiesel. Kalt waren seine Beine. Was er sah aus verquollenen Augen, legte er über die Nachbilder der letzten wachen Stunden, nachdem sie aus dem Südpol gekommen waren.

Sie hatten sich auf den alten Sesseln gegenübergesessen, Verwandte jener Modelle, die er vor vielen Jahren in Paul Mittelstädts Wohnung gesehen hatte. Lilli und er hatten diskutiert, umgeben von diesen Möbeln aus einer anderen Epoche: voller Abschürfungen; aber immer noch erhaben auf geschwungenen Beinen. »Weißt du, warum Menschen so gerne traurige Filme anschauen und traurige Bücher lesen. Oder Balladen hören?«, hatte er sie gefragt und gleich die Antwort gegeben: »Weil die Tragik darin eine Größe hat. Man geht nicht einfach unter und verschwindet auf Nimmerwiedersehen. Du verlierst alles, aber das ist nur der Preis, um unsterblich zu werden. Man geht unter als Held.«

»Das klingt schön«, hatte Lilli gesagt, »aber ich will keine tragische Figur sein müssen, um zur Heldin zu werden.«

So, wie Lilli jetzt auf diese Bühne in Bratislava gekommen war, war sie eine Heldin. Wenn es etwas gab an ihr, das tragisch wirken konnte, dann nur, weil sie es zuließ. Still war es im Zuschauerraum, vollkommen still. Lilli stand vor dem Mikrofon, hob und senkte noch einmal den Kopf, als wollte sie sich einer unversiegbaren Stärke vergewissern.

Drei Worte sagte sie: »Body And Soul«.

Konrad und Chico begannen synchron mit einem Auftakt, der gleichwohl abwärts führte in die Stimmung, die sie für die nächsten sechs Minuten beschwören wollten. Dann holte der eine ein Brummen aus den Saiten seines Basses, während der andere ein im Licht der Scheinwerfer funkelndes Becken mit dem Besen streichelte. Und Viktor, der war nicht mehr der launige Conférencier. Er hatte sich verwandelt in den feinnervigen Pianisten, der seinen Einsatz gab mit ein paar sentimentalen Klavierakkorden, die den Blues hatten.

Nun war es an Lilli:
My heart is sad and lonely!
for you I sigh, for you dear only.
Why haven't you seen it?
I'm all for you, body and soul.

Lilli sang, so schläfrig, wie sie auf die Bühne gekommen war, so selbstbewusst, wie sie sich ihrem Publikum präsentiert hatte. Sie blieb immer ein wenig hinter dem Beat: So demonstrativ überlegen, so aufreizend abgeklärt.

Fred schloss die Augen. Sie war ein unkeusches Mädchen, so brav und so vornehm lasterhaft. Sie war ein Mädchen mit zu vielen Drinks, zu vielen Zigaretten, zu vielen Männern in zu wenigen Jahren. Er sah sie an einem Morgen, der noch gähnend durch die Straßen tappte. Sie trug das Hemd ihres Liebhabers, der gleich für immer verschwinden würde. Die letzte Nacht hatte ihn nicht umstimmen können, aber das war auch nicht ihre Absicht. Sie wollte verlassen werden. Lilli stand am Fenster und rauchte, ihre halb verdeckten Brüste spiegelten sich im Glas:
And wondering why it's me you're wronging.

»Wondering why«, Lilli sang es mit einer koketten Ironie. Warum ich? Weil ich und niemand anderes es so wollte, das war ihre Antwort:

163

»Wenn du es nicht bist, ist eben ein anderer.«

Das war es, was nur Fred Kemper hören konnte. Lilli war das junge Mädchen, das sich einmal als Prinzessin verkleidet hatte. Aber es war nur eine Maske. Sie war unschuldig und sündhaft zugleich. Sie unterstrich es durch irritierende Tempowechsel, als wollte sie sagen: Sicher ist nur, dass nichts sicher ist und für die Ewigkeit.

I'd gladly surrender
Myself to you, body and soul!

Fred musste antworten. Sein Solo. Er fühlte sich herausgefordert. Und er wollte sich stellen und alle überraschen. Im letzten Moment stellte er das Tenorsaxophon ab, nahm das Sopran, das er seit einiger Zeit immer öfter spielte. Er wollte zeigen, dass die Verhältnisse anders lagen, dass sie doch jenen Text sang, der eigentlich für ihn geschrieben war. Sein Solo sollte ohne jeden Funken Wehleidigkeit auskommen. Der gläsern kühle, absolut eindeutige Klang des Sopransaxophons schien ihm die angemessene Antwort, war seine Gelegenheit für einen zweideutigen Kommentar.

Chico hätte gesagt: »Was ist ein Gentleman? Einer, der ein Sopransaxophon besitzt und es nicht spielt.«

Fred wollte in diesem Moment kein Gentleman sein, begann mit seiner geradezu sarkastischen Antwort, einer Folge von Akkorden, mit denen er sich zu behaupten glaubte: Du wirst es irgendwann einmal bereuen, dunkle Prinzessin, das wirst du, ich weiß es, so wahr ich Fred Kemper bin.

Er blickte zum Flügel hinüber. Aus Viktors Blick sprachen Überraschung, Zustimmung und Ermunterung. Er ahnte, dass Fred in diesem Moment viel zu sagen hatte. Er richtete sich ein auf ein langes Solo.

Fred baute Zitate ein, eine Phrase aus »Everytime We Say Goodbye«. Da war diese Zeile: »Everytime we say goodbye, I die a little.« Ich aber, ich werde nicht daran zu Grunde gehen.

Lilli stand jetzt neben Viktor und beobachtete Fred. Er sah nicht, dass sie lächelte. Sie hörte genau, was er ihr sagen wollte. Aber ihr Lächeln war ohne jede Ironie. Sie hörte ihm zu voller Verständnis, Achtung und Zuneigung.

Endlich schloss Fred seine Improvisation ab. Das Publikum klatschte enthusiastisch.

Jetzt war Lilli wieder an der Reihe. Wieder legte sie eine Lebensmüdigkeit in ihre Stimme, die nur Tarnung war, um unerhörte Angrifflust zu verschleiern:

I can't believe it,
Its hard to conceive it
That you'd turn away romance.

Lilli sang mit großer Zärtlichkeit. Und großer Gewalt.

My life a wreck you're making!
You know I'm yours
For just the taking
I'd gladly surrender
Myself to you, body and soul!

Als er ging an jenem Morgen, hatte sie ihn nicht umarmt, hatte ihm nur die Hand gereicht, als wären sie zwei Bekannte, die zueinandergefunden hatten in einem Zug, der auf offener Strecke für ein paar Stunden hatte warten müssen. Es schien, als hätte sie die kleine Ansprache sorgsam vorbereitet:

»Hey Fred: Ich hab nicht mehr vor vielem Angst. Aber eine gibt's noch. Ich hab Angst davor, jemandem zu wichtig zu werden. Bitte, lass uns aufpassen. Ich meine, wir sind dabei, Freunde zu werden. Vielleicht ist's ja sogar der Beginn einer wunderbaren Freundschaft. Scheint mir so. Ja, und sag nichts. Ein bisschen mehr würde dir gefallen. Aber du hast eine Freundin. Und die solltest du nicht enttäuschen, das wäre übel, so was mag ich nicht. Ja, ganz bestimmt bist du jemand, der mir viel geben wird. Was du sagst über das, was du machst, was du fühlst … Ich kenn mich, da ist das Mitfühlen meinerseits einfach schon passiert. Aber verwechsle dieses Mitgefühl nicht mit etwas anderem. Bitte!«

I'd gladly surrender
Myself to you, body and soul!

Die letzten Zeilen hatte sie fast genuschelt, als wäre, was sie sagen wollte, schon Vergangenheit, zu der es nichts mehr zu sagen gab, weil sie schon aus dem Blick verschwunden war, eine Wolke an einem windigen Tag.

Viktor, Konrad, Chico und auch er hatten sie eskortiert bei diesem Finale. Aber Fred, er musste das letzte Wort haben, er überließ es seinem Instrument, zu verklingen mit einem leidenschaftlichen Zuruf, der sich ebenso verlieren musste. Es konnte nicht anders sein.

Zwei Tage nach jener Nacht auf ihrer Matratze hatte er sie angerufen. Sie hatten sich geeinigt auf einen Spaziergang. Sie saßen auf den Stufen einer Kapelle, die sich würdevoll hielt am Rande einer Wiese in einem kleinen Tal. Direkt daneben lag eine Kläranlage. Blasen aus den Becken platzten an der Oberfläche und spuckten fauligen Geruch in die Luft. Vor der Kirchentür roch es nach Mist und nach Weihrauch. So nah wie möglich saß er bei ihr.

»Wir haben nicht mehr über das Singen gesprochen …«

»Wollte ich ja auch nicht. Fred, du sollst nicht denken, dass ich dich ausnutze. Das wäre das Letzte, was ich will. Jedenfalls, als ich euch das erste Mal gehört habe, da hatte ich diesen bekloppten Gedanken. Auf die Bühne klettern und was mit euch singen.«

Dann sagte sie nichts mehr und begann einfach:

My heart is sad and lonely!
For you I sigh, for you dear only.
Why haven't you seen it?
I'm all for you, body and soul.

Wäre es nicht ohnehin schon geschehen, in diesem Moment, da die Blätter der Birken im Hintergrund von einem kleinen Wind aneinandergerieben wurden, Fred hätte sich unrettbar verliebt in Lilli.

Er lud sie zu einer Probe des Quartetts ein. Er hatte sich in Lilli verliebt, das war da eine. Das andere: sein Gespür dafür, dass sie ein großes Talent hatte, war unbestechlich. Außerdem mussten Viktor, Chico und Konrad entscheiden, ob sie hin und wieder auch eine Sängerin begleiten wollten. Darin lag auch eine Chance, mehr Auftritte zu bekommen. Sängerinnen kamen gut an auch bei jenem Publikum, das unter Jazz nur entspannte Abendunterhaltung verstand. Die anderen hörten sofort die Möglichkeiten, die Lilli besaß, das außergewöhnliche Timbre, das Gespür für Melodien. Sie war begabt und gewandt und setzte sofort um, was Viktor ihr empfahl. Fred aber hörte, dass da noch mehr war, ihr wahres Geheimnis. In jedem Wort, jeder Note wusste sie, wovon sie sang, sie intonierte berührende und dramatische Gewissheiten, die sie aus den schnulzigen Texten der Standards schürfte mit der Intuition einer Frau, die vieles erlebt hatte.

Lilli war weise und Lilli war verrückt. Nach den ersten kleinen Auftritten hatte sie bei ihrer Agentur gekündigt und im Südpol als Kellnerin angefangen. Sie nahm Gesangsunterricht und übte so entschlossen, wie Fred es tat. Wenn sie auftrat, hatte sie das Publikum in der Hand. Sie konnte die Stimmungen anfachen oder bändigen, ganz wie sie es für richtig hielt. Nach ein paar Monaten war es zu einem Ritual geworden: Wenn sie im Südpol mit dem Quartett auftrat, setzte sie den Schlusspunkt vor den Zugaben. Dann mischten sich in den rhythmischen Applaus die immer gleichen Rufe:

»Lilli, bring uns zum Weinen.«

Es war kurz vor eins, die Zeit um Mitternacht herum war vorüber im PKO – diese Stunde, die ein Dazwischen war, die nicht mehr dem Tag gehörte, der unwiderruflich sein Ende gefunden hatte, und die sich weigerte, in Besitz genommen zu werden von jenem, der kalendergemäß begonnen hatte.

Während Fred Chico half, sein Schlagzeug abzubauen, spürte er, dass auch ihr Publikum sich ratlos wiederfand in dieser Lücke, die sie in der Gegenwart aufgestemmt hatten. Sie konnten nicht mehr bleiben, aber wollten noch nicht hinausgehen in die kalten und teilnahmslos daliegenden Straßen und Gassen. Widerwillig schlugen sie die Kragen der Jeansjacken hoch, rückten dunkle Strickmützen zurecht, rafften das ein oder andere schwarzweiß karierte Tuch enger um den Hals. Paare umarmten sich, schauten sich schweigend in die Augen. Fred sah eine kleine Gruppe junger Männer, vielleicht Studenten. Einer von ihnen zog immer wieder an seinem langen Kinnbart, als suchte er die Lösung für ein kompliziertes philosophisches Problem. Fred wusste, dass sie überlegten: Wer von ihnen hatte noch genügend Bier im Kühlschrank, wer die beste Plattensammlung? Wie konnten sie diese Elemente so zusammenbringen, um jedwede Dialektik, nicht nur die zwischen Nacht und Tag, aufzuheben für ein paar Stunden. Einige Fans kamen noch zur Bühne, gratulierten Fred, fragten in unbeholfenem Englisch nach Plakaten und Platten, die sie nicht besaßen. Noch immer war das Quartett ein Geheimtipp, eine Seilschaft auf dem Anstieg zum Gipfel, der sich am Ende vielleicht nur als karge Hügelkuppe entpuppte. Chico war das egal. »Nur wer an die Zukunft glaubt, glaubt an die Gegenwart«, sagte er und behauptete, das sei brasilianisches Sprichwort. Und wenn jemand etwas vom Leben verstünde, dann wären es die Brasilianer.

Vergangenheit, Zukunft, was war, was sein würde, jetzt war es auch Fred egal. Er war glücklich. Sie hatten das beste Konzert gespielt, seit das Quartett sich gefunden hatte.

Fred wollte sich diesen Tag für immer einprägen. Wie er begonnen hatte, orangenrot unter einem strahlend blauen Oktoberhimmel. Er und Lilli waren bereits am Abend zuvor von Wien aus mit dem Zug in Bratislava angekommen. Sie mussten durch die Grenzanlagen am Bahnhof Petrzalka, der nach der riesenhaften Plattenbausiedlung benannt war, eine Stadt in der Stadt. Als wäre ein ungeduldiges Kind dazu gezwungen worden, Schachfelder zu malen, standen die Fassaden vor ihnen bar jeder Regelmäßigkeit. Hier leuchteten Fenster weiß auf, dort ballten sich dunkle Lücken. Im Hotel waren sie früh ins Bett gegangen. Der Rest der Band kam erst in der Nacht an in dem alten schwedischen Kombi, den Konrad geliehen hatte, um die großen Instrumente zu transportieren. Nach einem gemeinsamen Frühstück hatten sie sich getrennt.

Fred und Lilli stiegen auf den Burgberg hinauf. Aus einem der Festungstürme hatten sie über die vielen roten und wenigen schiefergrauen Dächer der Stadt geschaut. Am Horizont verschwand in einem Schleier die Donau-Tiefebene. Von oben hatten sie versucht zu erkennen, welche Gassen der Altstadt ihnen besonders gefallen konnten. Sie hatten ihren Weg geplant und in Angriff genommen über brüchiges Kopfsteinpflaster. Einmal war Lilli in einem Loch hängen geblieben und fast gestürzt. Mit einem Reflex hatte Fred sie noch halten können. Für drei Sekunden hielt er sie in den Armen.

Lilli trug eine Persianerjacke, die sie auf einem Flohmarkt gekauft hatte und so schwarz glänzte wie ihre Haare, die sie mit einem ebenfalls schwarzen Stäbchen zu einem Dutt aufgesteckt hatte. Ein langer dicker roter Schal war der Kontrast. Sie hatte ihn gebunden zu einer Halskrause, auf dem sie ihren Kopf kaum drehen konnte.

Sie gingen durch das Michaelertor, hinter dem die alte Stadt lag, spazierten durch Gassen, an denen die Häuser sich unter steilen Dächern duckten mit ein oder zwei Etagen. Aus den Hauswänden ragten auf ziselierten Metallarmen Gaslaternen. Es war schön und es war trostlos. So oft hatte der Putz an den Fassaden aufgeben müssen. Er hatte sich nicht behaupten können gegen die vielen unbarmherzigen Jahre, in denen sich niemand um ihn gekümmert hatte. Kraftlos war er von den Wänden gebröckelt. Mörtel schwitzte unter der Last, die vielen schmächtigen Ziegel zusammenzuhalten, einen muffigen Geruch aus.

Lilli und Fred standen jetzt vor einem Haus, dessen untere Etage zerfressen und schwarz war vom Schimmel und dem Auswurf der Kohle-Öfen und Zweitakt-Motoren.

Aus ihrer großen Strohtasche holte Lilli eine Sofortbildkamera. Sie sah eine junge Frau die Straße heraufkommen, sprach sie an, zeigte auf den Apparat. Ein paar Minuten später wedelte Lilli mit dem Polaroid. Aus dem Nichts tauchten sie beide vor der Fassade auf, hielten sich von links und rechts vorsichtig fest am Regenrohr des verwahrlosten, aber widerspenstigen Häuschens.

»Wie nennen wir es?«, fragte sie.

»›Vergangenheit und Zukunft‹?«

»Wie wäre es mit: ›Autumn in Bratislava‹?«

»Nicht schlecht. Aber mir würde einfach ›Lilli und Fred‹ besser gefallen.«

Sie reagierte nicht.

Er schlug vor: »›Gasse der verlorenen Träume‹.«

Lilli schaute ihn nicht an. Zögernd kam ihre Antwort.

»Bevor ich's draufschreibe, können wir ja noch überlegen.«
Dann schlug sie vor, ans Donau-Ufer zu gehen.

An einer kleinen Parkanlage setzten sie sich unter die kahl
gewordenen Bäume. Als Fred die Beine ausstreckte, knirsch-
ten Sand und welke Blätter unter seinen Sohlen. Ein paar Meter weiter zerknitterte die Strömung den Wasserspiegel. Licht-
reflexe schossen herum und zerstreuten sich, so leichtlebig
wie sie waren.

Der Ernst, mit dem Lilli ihre Frage stellte, war dunkel und
schwer: »Sag mir: Wozu leben wir, wenn wir doch sterblich
sind?«

Fred schwieg: Lange und hartnäckig. Was konnte er antworten, dass sie überzeugte. Konnte er jenen Grund nennen,
der ihm als erster einfiel, wenn er an Lilli dachte? Was würde
sie mehr herausfordern? Wenn er sagte, was er dachte? Oder
wenn er schwieg. Fred blieb stumm und rührte sich nicht. Bis
sie ihn mit Macht schubste.

»Hey, antworte mir, Freddie-Boy, ich habe dich was gefragt,
rede mit mir!«

»Da brauche ich noch Bedenkzeit.«

»Das ist schlecht!«

Sie hatte es gesagt, damals, einfach so auf den Treppen der
kleinen Kapelle zu Ehren der heiligen Anna: »Schweigen kann
ich nur mit jemandem, in den ich verliebt bin.«

Fred hatte es nicht vergessen. Er schaute einem Lastkahn
nach, der tief im Wasser lag und sich die Donau hinaufquälte.
Mutwillig schwieg er noch etwas länger, bevor er antwortete:

»Du musst es anders rum sehen. Wozu sterben wir?«

»Weil wir keine andere Wahl haben?«

»Weil alles, was wir veranstalten, sonst sinnlos wäre. Wür-
de ich in meine Blechtüte blasen, würdest du singen, würde
Konrad seinen Bass spielen und seine Geschichten schreiben?
Würden wir heute Abend zusammen auf der Bühne stehen.
Und wozu hätte ich mich sonst in dich verknallen sollen?«

170

Ein Schubverband glitt flott flussabwärts Richtung Budapest. Sie hörten das Tuckern der Schiffsdiesel.

»Wir tun's also, weil wir wissen, dass alles ein Ende hat? Und um das zu vergessen....«

»Das ist es nicht.«

Freds Stimme war die eines Hauptmanns vor seiner Kompanie. »Wenn du es vergessen hast, hast du keinen Grund mehr. Es ist ein Kampf, eine Herausforderung. Runde um Runde. Du gehst zwar k.o., aber bevor du aus dem Ring getragen wirst, hast du wenigstens Würde gezeigt und dich gewehrt.«

Sie schaute ihn an mit diesem Augenaufschlag, der ihn an ihrem ersten Abend gebannt hatte. Kein Lidschlag durchkreuzte die Achsen ihres Blicks, als sie fragte: »Wogegen?«

»Gegen das Nichts.«

Der Saal hatte sich geleert. Die Techniker räumten auf, ein Mann, dessen sehnige Arme Fred an den Schrotthändler erinnerten, fegte das Parkett.

Fred schüttelte sich, als er nach draußen trat und die Wärme des Konzertsaals hinter sich ließ. Zusammen mit den Schweizern nahmen sie ein paar Taxis und fuhren zurück zu dem kleinen Hotel am Rande der Altstadt. Hier waren ausschließlich Musiker einquartiert. Sie würden niemanden stören. Sie wollten feiern und luden auch den Nachtportier ein in die enge Bar, die vor zwanzig Jahren aufgegeben hatte, auf Veränderung zu hoffen. Das Unmoderne störte sie nicht, es gefiel ihnen, weil es war wie sie: aus der Zeit gefallen. Chico und Konrad schoben die Sessel zusammen; wer keinen Platz mehr fand, setzte sich dazwischen auf den Boden, ein Dutzend Musiker aus ganz Europa.

Lilli hatte sich neben einen der Schweizer Percussionisten gehockt. Immer lebhafter sprach sie auf ihn ein, immer intensiver hörte sie ihm zu. Er musste Ende vierzig sein. Er war blond, war massig und halslos. Rote Flecken loderten auf seinem Gesicht, ein zu enges T-Shirt unter einer Army-Jacke stellte seinen Bauch aus. Jeden seiner Sätze unterstrich er mit abrupt geschlagenen Geraden oder Seitwärtshaken wie ein

Kirmesboxer. Aber dabei war er vollkommen gegenwärtig, ein Mann ohne Zweifel. Manchmal legte Lilli ihm eine Hand auf den Oberschenkel, dann wieder beugte sie sich dicht an sein Ohr. Er hieß Frank und kam aus Luzern.

Konnte er etwas anderes sein als ein Arschloch? Fred musste es so sehen, und er wusste, dass ihm Lilli nicht einmal widersprochen hätte. Denn für sie war, was sie dachte und was sie tat in diesem Moment, kein Widerspruch.

Als Fred aufstand, konnte er sich kaum auf den Beinen halten. Es war kurz vor drei. Er sagte nicht mehr viel, er nickte Lilli zu, die ihn kaum zu bemerken schien. Ohne sich auszuziehen, fiel Fred aufs Bett und schlief sofort ein, als wollte er niemals mehr aufwachen.

Das Frühstück war für zehn Uhr verabredet. Noch immer halb betrunken klopfte Fred an Lillis Zimmertür. Niemand antwortete. Denn niemand hatte in diesem Zimmer übernachtet.

21

Der Himmel knirschte. Erbarmungslos zerrten und zogen die Wolken ihn herab. Am Fenster krochen zischelnd Wasserschlangen herab. Draußen trieb der Wind Regenschwaden vor sich her, aufgehetzt von einem Leviathan: »Siehe, jede Hoffnung wird an ihm zuschanden.« Ein Ungeheuer suchte Beute.

Fred merkte es kaum in seinem Zimmer, das überheizt war und ausgedörrt, eine Wüste mitten im Leben, dem er seit Tagen auswich. Seine Mitbewohner ließen ihn in Ruhe. Das nächste Konzert war erst am Sonntag. Er hatte noch Zeit, eine Antwort zu finden, und er hatte noch drei jener schwarzen Flaschen mit der Schrift, die weiß war wie Knochen, Warnung und Anstiftung zugleich. Fred nahm das Glas und kippte den letzten Rest Whisky in sich hinein. Nicht betrunken wollte er werden, sondern nüchtern. Er wollte klarer sehen. Wieder nahm er Lillis Brief, den er zerknüllt und wieder geglättet, zerknüllt und wieder aufgefaltet hatte:

Lieber Fred,

ich wünschte, ich müsste nicht schreiben, was Du weißt und nicht wahrhaben magst: Ich mag Dich sehr. Ich liebe Dich nicht. Ich mag Dich, weil es mir nahegeht, wenn jemand daherkommt und sich so mir nichts, dir nichts in meine Hände fallen lässt. Und das trotz aller Warnungen. Das ist Größenwahn. Am liebsten möchte ich schreien: Du dummer Hund, spiel nicht den tragischen Helden mit den tragischen Blicken. Spar Dir den Whisky, den Du in Dich hineinschüttest. Ich weiß, dass Du es tun wirst, er ist es nicht wert.

Was am Ende in Bratislava endgültig zu viel für dich wurde, das ist immer noch die Fürstin der Finsternis. Ja, manchmal wäre ich gerne wieder das Prinzesschen Tausendschön. Aber das ist vorbei, keine Masken mehr. Der Preis dafür ist, dass ich zusammenzucke, wenn mir einer zu nahe kommt und dann aus der Haut fahre.

Ich habe Dich gewarnt an unserem ersten Morgen. Ich bin keine, die Dich nur um Deiner Musik willen bewundert. Ich bin keine, die Dich ausnutzen wollte. Als wir uns auf dem Bahnsteig voneinander verabschiedet haben, hast Du mich so tief in Deinen Abgrund schauen lassen. Vielleicht hätte ich nicht sprachlos danebenstehen sollen, vielleicht hätte ich dich hinunterstoßen sollen.

Nein, ich will Dich nicht loswerden, aber so geht es nicht weiter. Schon lange treibt ein neues Gefühl mich voran. Es hat die Gestalt einer Wölfin. Ich spüre, wie sich die Nackenhaare aufstellen, sich jede Faser meines Körpers spannt, ich richte meinen Blick hinaus nach vorn und blicke auf einmal mit Wolfsaugen, schnuppere, setze jeden Sinn ein, um zu ergründen, wo sich die Gefahr befindet. Vielleicht findest Du das Bild pathetisch, aber Du liebst ja das Pathos. Wenn es um Dich geht. Und ich, ich bin die, die losgeprescht ist, die den Boden unter den Füßen peitscht, geradewegs zu auf die Gefahr. Oder doch von ihr fort. Wer weiß das schon? Aber mir gefällt es.

Ich weiß zu gut, wie schwierig und verworren es wird, wenn ich mich winde und verknote, nur um jemandem gerecht zu

werden. Auch wenn es etwas Rührendes hat. Fred Kemper,
Deine Sehnsucht ist zu groß für mich. Jeder Mann, der in
mir das Gefühl weckt, dass ich mich um ihn kümmern muss,
weckt gleichzeitig auch meine Verachtung. Ich weiß, es ist
schlimm, aber meine kümmernde Seite ist eine kümmerliche
Seite. Und nun tu, was Du willst. Nur eins, das will ich noch
loswerden. Hör auf, auf mich zu warten!!! Wozu brauchst du
unerfüllte Wünsche, Freddie?
Lilli

Fred stand auf, nahm die Flasche, um das Glas wieder vollzu-
machen.

Lilli, die einsame Wölfin. Niemand sollte ihr folgen. Die
Nacht mit dem Arschloch aus Luzern: ein paar Stunden, die
nichts und alles waren, weil es keine Forderungen gab und
keine Zukunft, um die man sich kümmern musste.

Fred blickte sich um: Alles war schief, die Wände standen in
Winkeln zueinander, so aberwitzig, dass sie bald auf ihn stürzen mussten. Der Boden hatte Risse breit wie die Arme eines
Riesen, der darunter zu warten schien, um endgültig alles aus
den Angeln zu heben.

Vieles hatte sich verändert, seit er Lilli kennengelernt hatte.
Er hatte sie angebettelt nach einer zweiten Nacht, die er bei
ihr bleiben durfte. Sie hatten aus einer Laune heraus Krim-
Sekt getrunken, den er bei der Rückfahrt aus Berlin in einem
Intershop gekauft hatte. Sie hatten sich umarmt und geküsst.
Mehr nicht. Als er das Spiel weitertreiben wollte, hatte sie ihn
heimgeschickt wie einen ungezogenen Buben. Traurig war ihr
Blick, in ihrer Stimme lag ein Zorn, den er von ihr nicht kannte. Was sie wollte: seine Nähe. Was sie wollte: Bruderschaft.
Mit einem Bruder ging man nicht ins Bett, plante man keine gemeinsame Zukunft. Stück für Stück hatte Lilli die Erde
verbrannt, auf der sie beide sich getroffen hatten. Und wollte
dennoch darauf tanzen – weiter und weiter.

Von Alex hatte Fred sich im Streit getrennt, ein halbes Jahr,
nachdem Lilli und er Freunde geworden waren. Weil er immer

mehr Zeit mit ihr verbrachte, hatte Alex diese Frage gestellt, dumm, aber berechtigt.

»Was hat sie, was ich nicht habe?«

Und als er geantwortet hatte, war sie wütend geworden, und aus ihm war es herausgesprudelt. Ein »naives Püppchen« hatte er Alex genannt und war sogar auf »Landei« gekommen, als hätte er den Part des Großstadt-Snobs in einer Bauernkomödie. Aber ja, er wollte sie verletzen.

»Dein Puppengesicht kotzt mich an. Schön, du willst es aushalten mit mir, aber das ist doch nur bescheuerte Kriecherei, weil du selber sonst nichts bist. Du willst es allen recht machen, mir, deinem Vater und euren debilen Nachbarn. Du klebst wie …«

Er hatte den Satz nicht beenden können. Mit aller Kraft hatte Alex ihm ins Gesicht geschlagen. Fast wäre Fred zu Boden gegangen, aber er hatte sich gefangen, er wurde wach: Nichts von dem hatte er sagen wollen, nichts davon stimmte. Er hatte alles zurücknehmen wollen, aber sie war schon fort, und seine Feigheit war stärker: Nie hatte er sich bei ihr entschuldigt.

Aus dem Flur hörte Fred, wie die Wohnungstür aufgeschlossen wurde. Ein Luftzug nahm Anlauf, fuhr unter seiner Tür durch, wirbelte mit letzter Kraft sauren Geruch aus der Bettwäsche auf. Fred setzte sich.

Noch etwas war mit diesem Luftzug ins Zimmer gekommen. Jetzt glaubte er es zu sehen auf der Wand neben der Tür. Sieben Buchstaben.

N – I – E – M – A – L – S.

Niemals. Niemals würde er mit Lilli zusammenleben, niemals mit ihr schlafen, niemals mit ihr … Er wollte die Schrift davonjagen. Aber die wütende Geste, die er machte, um mit einem Schlag die Buchstaben auszulöschen, war nutzlos. Schloss er die Augen, glomm das Nachbild weiter.

N – I – E – M – A – L – S.

Warum verschwand es nicht? Dieses gefräßige Wort ernährte sich von der Stille, die um ihn war. Sie war es, die Fred Kemper tilgen musste.

Dann erinnerte er sich an etwas. Eine Zeitschrift. Ein Bild von einem amerikanischen Maler. Die Zeitschrift, lange schon aufgeblättert auf dem Tisch unter dem Fenster, lag halb verdeckt von einem Stapel unbeschriebenen Notenpapiers.

Ein Mann sitzt vornüber gebeugt auf dem Rande eines blau bezogenen Quaders, ein Bett ohne Gestell. Seine Hände fallen schlaff zwischen die Oberschenkel. Ein gepflegter Mann. Neben ihm liegt ein aufgeschlagenes Buch. Er denkt nach, seine Stirn ist voller Falten und Furchen. Hinter ihm auf dem Bett liegt eine Frau. Man sieht ihre nackten Beine, die sie trotzig an den Körper gezogen hat. Man sieht ihren nackten Hintern. Ihr Gesicht sieht man nicht, nur ihr braunes Haar wallt über das Kopfkissen. Sie hat sich von ihm abgewendet. Sie wird sich ihm nie wieder zuwenden. Vor dem Mann auf dem Boden: ein Rechteck aus Morgensonne, die wie zum Hohn durchs Fenster scheint. Man könnte meinen, dass die beiden sich noch berühren, Rücken an Rücken, aber in Wirklichkeit ist dort eine Kluft. Und obwohl der Mann sitzt, stürzt er. Er fällt heraus aus einem Traum, während alles andere stillsteht.

Fred hatte sich an den Tisch gesetzt und auf das Bild gestarrt. Bis er sie noch lauter hörte, die ohrenbetäubende Stille, die dort herrschte und hier. Der Mann grübelte: Er suchte nach Erklärungen. Aber er fand keine. Es gab nur die Wirklichkeit dessen, was geschehen war. Das Einzige, was Fred tun konnte: der Stille einen anderen, besseren Klang verleihen.

Ein dunkler Klavierakkord, dann ein einziger inständiger Ton, den Fred in den Raum stoßen würde. Der erste Ton, dem ein Schweigen folgte, jene Stille, die nun verwandelt und nicht mehr schrecklich war, sondern sanft. Die Pause durchhalten, bis alle verstanden hatten, dass allein schon dieser Ton die ganze Geschichte war, die Quintessenz des zu Erzählenden, darin: die ganze Verzweiflung und deren Auflösung. Das Bild vor ihm war mit deutlichen Farben gemalt, Fred aber dachte an etwas anderes: Pastelltöne, durchscheinend, schwerelos, ein Thema voll bebender Ruhe.

Freds Akkorde sollten über einem tiefen Grundton schweben, den Konrad auf seinem Bass beständig wiederholte und der alles trug. Schreiben wollte Fred dieses Stück für ein Saxophon, das es nicht gab. Eines, das ohne Luft auskam, die er atmen und weitergeben musste, eines, das nur durch die Berührung der Klappen aus sich heraus Töne erzeugte: die so langsam und leise waren, dass man niemals genau sagen konnte, ob sie überhaupt existierten. Was Fred wollte: einen flüsternden Nachruf auf eine Hoffnung und eine Meditation über die Erinnerung, die mehr war als bloße Hirnfunktion.

Er hatte alles im Kopf, wollte es rasch auf das Notenpapier schreiben, aber er tat es nicht. Das Zeitmaß der Erinnerung war die Langsamkeit. Langsam sollte das Stück sich entfalten, so langsam, dass es fast stillzustehen schien.

Viktor wollte er das einzige Solo überlassen. Er würde begreifen, worum es ging. Er würde die zerbrechliche Atmosphäre jenes Moments aufnehmen, in der aus Erwartungen eben jene Erinnerungen wurden und das Vergessen gelang: dessen, was niemals gewesen war und N-I-E-M-A-L-S sein sollte. Den sieben toten Buchstaben wollte Fred am Ende des Stücks eine kurze Dissonanz widmen in einer hohen Lage: Darauf folgte jener Ton, mit dem Fred das Stück begonnen hatte. Dieser Ton hörte nie auf, sondern wurde immer nur leiser und leiser. Aus zäher Verzweiflung wollte Fred die wasserfarbene Melancholie der Erinnerung machen.

Über die Notenlinien schrieb er:

»I'll Remember Lilli«.

22

Es war Zeit zu gehen. Anders als er es vor Jahren bei Tony gelernt hatte, atmete Fred ein. Es war nicht das Einsaugen durch den Mund, kräftig und kurz, damit das Fließen und Strömen einer Melodie nur für einen kaum merklichen Moment abriss. So langsam wie möglich nahm er die Luft in sich auf, durch die Nase, sein Zwerchfell machte Platz für die sich blähende Lunge. Als er angefüllt war mit der kalten Luft, die von Fern kam und sich einsam in der Ferne wieder verlieren würde, hielt er den Atem an. Als könnte er sich so den Geruch und Geschmack einverleiben und den Willen, aus dem dieser ätherische Urstoff gemacht war. Und als müsste er einer dunklen Ahnung folgen, studierte Fred noch einmal die Bewegungen des Wassers und vergegenwärtigte sich den Ausschnitt vor sich. In möglichst vielen Einzelheiten wollte er ihn entschlüsseln bis hin zu jenen Linien, die den Oslofjord und die Landschaft vom Winterhimmel trennten.

Das Letzte, was er tat auf seinem Posten am Ende des Stegs: Noch einmal ging er die Skizze durch, die imaginären Harmonien und das Arrangement von »Winter Harbour«, das er seinem Vater widmen wollte. Dann drehte sich Fred um und ging los mit festem Schritt. Denn er hatte jetzt ein Ziel. Er musste einen großen Irrtum korrigieren, er hatte sich tief in einem Labyrinth verwirrt. Aber jetzt kannte er den Ausweg. Ging durch eine kleine Rauchwolke.

Der Krabbenfischer saß im Heck seines Bootes und kaute auf einem Zigarrenstumpen. Fred nickte ihm noch einmal zu und zog den Kragen seiner Jacke fester.

Auf dem Rathausplatz horchte er auf: Ein vertrackter und schneller Rhythmus, Metall auf Metall. Der auflandige Wind war stärker geworden und bewegte das Stahlseil eines Fahnenmastes. Es war nicht fest genug verzurrt worden und schlug einigermaßen taktfest gegen den Pfosten. Es wollte sich losreißen. Aber es gelang nicht. Und nur deshalb konnte es diesen trotzigen Sound erzeugen. Die Schläge und das Sirren seiner Fasern, ein Ruf, der ohne Antwort blieb.

Fred musste weiter, er hatte es eilig, kam ins Schwitzen. Er schlängelte sich an niedrigen Wällen aus hartem Schnee vorbei, die das Gebäude des alten Westbahnhofs umringten. Zwei kleine Türme rahmten die Fassade ein. Rundbögen dekorierten Fenster und Türen.

Fred versuchte sich vorzustellen, wie Oslo ohne Menschen dastehen würde. Vor sich sah er einen historischen Themenpark am Ruhetag. Die Häuser so adrett, die Straßen so blitzblank in Erwartung junger Familien, die sich für ein paar

Stunden an Zeiten erinnern wollten, in denen auch ihr Leben noch hübsch und fleckenlos war. Er schob die Bilder, die ihm dazu einfielen, davon, konzentrierte sich darauf, nicht in die falsche Straße abzubiegen.

Es war noch ein Stück weit bis zum Lorry, in dem er mit Lilli verabredet war. Er wollte nicht zu spät kommen. Eine obskure Hoffnung und bekannte, neu angefachte Gefühle trieben ihn voran, bis er angekommen war vor dem Lokal. Mit Schwung wollte er die Tür aufziehen, aber das vertraute Spiel gelang nicht. Fred hatte übersehen, dass ihm Gäste entgegenkamen. Die Tür traf ihn an der Schulter, er taumelte zurück, wäre fast hintenübergestürzt, konnte sich aber an der Klinke festhalten. Der elegante Herr, der in den Zusammenstoß verwickelt war, entschuldigte sich, wollte Fred die Hand reichen. Aber der wiegelte ab und lächelte betreten.

Drinnen war es warm, war es laut. Das Lorry schien bis auf den letzten Platz gefüllt. Seit sechzig Jahren kamen und gingen die Gäste. Jeder freie Platz an den Wänden war mit Bildern verhängt, hinter einer Sitzbank tauchten Hals und Kopf einer Giraffe auf, die mit den Hörnern an die Decke stieß. Ein Bär hatte sich an einem Durchgang auf die Hinterbeine gestellt, drohte reglos mit der Tatze und brüllte seit Ewigkeiten stimmlos. Überall stand Krimskrams, Figuren; ein Kanu fuhr reglos unter der Decke, auf einem Sims stand eine polierte Taucherglocke. Fred entdeckte das Ei eines Carcharodontosaurus, sah russische Ikonen, eine Jungfrau Maria und zwei Buddhas. Auf jeden seiner Schritte musste er achtgeben, überall stand oder lag etwas, das man umstoßen oder herunterreißen konnte. Jedes Maß für harmonische Verhältnisse und schöne Ausgewogenheit, für Symmetrien und Balancen war umgeschlagen in ein entropisches Übermaß, ein diabolisches Chaos. Genau das machte diesen Ort zu einem Schlupfwinkel fern aller Forderungen des Tages. All diese Devotionalien, Trophäen und Kunststücke waren aufgelassene Schätze, ausgehändigt von Stammgästen, die ihre Zeche nicht mehr bezahlen konnten. So stand es im Reiseführer, in dem er auf dem Flug nach Oslo geblättert hatte.

Fred wusste, dass Lilli so ein Durcheinander gefiel, dass sie gerne lesen mochte in den vielen Spuren besonderer Lebensgeschichten.

Ein Kellner riss Fred aus seinen Gedanken. Seine Erscheinung war ein kultivierter Kontrast zu den Hinterlassenschaften der ruinierten Existenzen: Das Hemd: blütenweiß. Die Weste: schwarz wie die Fliege, die absolut gerade saß.

»Sie haben eine Reservierung?«

Fred nannte Lillis Namen.

»Ah, für Maaaadame Wogert.«

Das Lächeln, der Tonfall. Fred fragte sich, wen der Kellner mehr verehrte: die Sängerin oder die Frau, die regelmäßig hierher zu kommen schien.

Reserviert war ein Tisch am Fenster. Draußen dämmerte es bereits. Fred nahm die Speisekarte, aber überflog sie nur. Er wollte auf Lilli warten.

Als er wieder aufsah, zuckte er zusammen. Es war der Blick eines Schlittenhundes, der seinem ziellosen Schauen entgegenkam mit Macht, Augen so blau und klar. Sonjas Augen. Sie besaßen dieses Blau, das ihn sprachlos gemacht hatte. Was er nicht geahnt hatte damals: dass diese Augen auch klein, grau und hart werden konnten wie Kiesel.

Die Frau war deutlich jünger als Sonja, aber sie hatte ihr Gesicht, die blonden Haare, die schlanke lange Nase. Sie hätte Sonjas jüngere Schwester sein können. Sie saß an einem Achtertisch, vielleicht die Belegschaft einer Kanzlei, die den Jahresabschluss feierte. Freds Blick war wieder frei. Denn die junge Frau hielt ein Glas Weißwein in der Hand und stieß mit ihrem Nachbarn an, einem norwegischen Beau, der demonstrativ die Krawatte gelockert hatte.

Sonja. Sie hatte sich herangepirscht, als er das englischsprachige Regal in der Universitäts-Buchhandlung mit dem Buchstaben »F« absuchte. Fred hatte sich umgedreht, und auch damals war er zusammengezuckt. Die Frau, die vor ihm stand, war fast so groß wie er. Er sah direkt in diese blauen Augen und bekam den Mund nicht auf.

»Halt! Nichts sagen!«

Sie hatte ein Pause gemacht und zur Decke geschaut, als könnte sie dort die Antwort ablesen.

»Du suchst Fielding ›Tom Jones‹. Tut mir leid, ist vergriffen, aber bestellt.«

»Hellseherin?«

Immerhin das brachte Fred heraus.

»Du bist nicht der erste Anglist, der in diesen Tagen das Buch sucht. Hauptseminar-Thema, richtig?«

Fred wusste nicht, was er antworten sollte, denn alle Worte, die möglich waren, hatte er vergessen.

Sonja wurde unsicher, aber ein gnädiger Impuls aus den Tiefen seines Ichs erlöste Fred aus Schockstarre und Sprachlosigkeit.

»Klar, stimmt pardon, ich bin etwas in Gedanken. Hauptseminar-Thema. Wie lange dauert's denn, bis ihr die Lieferung habt?«

Sonja notierte sich alle notwendigen Angaben, in zwei Tagen könne er das Buch abholen, dann sei sie übrigens auch wieder da.

Als Fred den Laden verließ, war er sich nicht sicher: Hatte Sonja ihn am Rücken berührt, gewollt zufällig, als hätte sie eigentlich ein Buch hinter ihm ins Regal zurückschieben wollen?

Drei Monate später hatte er sie gefragt. Sie hatte ihm die Hand auf den Rücken gelegt und sich gewundert, dass er sich nicht wunderte. Sonja hatte das erste Jahr als Lehrerin für Deutsch und Kunst hinter sich. In den Sommerferien jobbte sie in der Buchhandlung. Sie hatte schulterlange blonde Haare. Der Pony war mit einer Spange aus drei kleinen Plastikkirschen zur Seite gesteckt.

An jenem Nachmittag in der Buchhandlung trug sie eine breitschultrige Kostümjacke in Kanarienvogel-Gelb. Sonja war ein großes, schlankes, flachbrüstiges Mädchen. Aber Fred war sich sicher, dass sie etwas verbarg hinter dieser artigen Aufmachung und ihrer glashellen Schönheit: einen Hunger und etwas Hemmungsloses. Was Fred bald herausfand: Ein unbändiges Verlangen trieb sie. Einen Plan hatte sie.

Als Fred das Buch abholte, schlug er ihr vor, ins Kino zu gehen. Nach der Vorstellung setzten sie sich im Foyer in das kleine Café und analysierten den Film, die Bilder, die Figuren. Sie war belesen, romantisch und vor allem kokett. Geschickt zog sie die Gardine zur Seite und wurde zu einer entschlossenen Frau. Ihr kleiner Mund ließ daran keinen Zweifel und auch nicht ihre umtriebigen Hände, die immer wieder seinen Armen nahe kamen, die er vor sich auf dem Tisch verschränkt hatte. Fred beschloss, dass er sie wiedersehen wollte, auch wenn sie nicht sein Typ war.

Als sie ihn im folgenden Advent zu einem selbstgekochten Menü einlud, erklärte Sonja ihm, dass er ohnehin keine andere Wahl gehabt habe. Seit sie Fred eines Nachmittags entdeckt hatte in einem Café im Hauptgebäude der Universität, hatte sie sich auf seine Spur gesetzt und auf einen passenden Moment gewartet, der schneller und überraschender kam, als sie gehofft hatte.

Das Kochen war nicht Sonjas Stärke: Die Gänsebrust war im Ofen blass und seifig geblieben, der Rotkohl kam aus dem Glas. Für den Wein hatte sie viel Geld ausgegeben. Ihre kleine Wohnung war überlegt, aber karg eingerichtet. Weiß die Wände, die wenigen Regale schwarz, kein Schnickschnack, keine Dekoration. Es gab nur ein Bild, eine Picasso-Lithografie auf teurem Papier: Eine Landschaft in dicken groben Pinselstrichen. Grün und gelb und schwarz und weiß. Hellgrün war der Himmel, darauf Wolken, die ihn an Sahnebaisers erinnerten, auf die man von oben schaut.

»Für den Nachtisch hatte ich leider keine Zeit mehr, aber …« Fred drehte sich um zu ihr. »Ich wollte schon immer mal was mit deinen Haaren machen.«

Sie strich ihm die Haare aus der Stirn, kam näher, begann an seinem rechten Ohrläppchen zu knabbern. Ihre Zunge fuhr langsam in seine Ohrmuschel und wieder heraus. Dann küsste sie ihn. Und er küsste sie, bis Sonja ihn wegschob. Sie trat einen Schritt zurück und begann langsam ihre weiße Schulmädchenbluse aufzuknöpfen. Sie legte den Kopf auf die Schulter und blickte ihn von unten herauf an mit diesen höllisch blauen

Augen. Als sie nur noch ihre Unterwäsche aus roter Seide und ihre halterlosen Strümpfe trug, stemmte sie die Hände in Hüften, stellte ein Bein vor und zwinkerte ihm auffordernd zu. Er ging auf sie zu, umarmte sie, während sie die Knöpfe seiner Jeans aufriss, als ginge es um Leben und Tod. Dann löste sie die Klammer, mit der sie die Haare zusammengesteckt und schüttelte sie mit zwei Bewegungen frei, die zu raffiniert waren, um nicht wie einstudiert zu wirken.

Sie schaute auf seine Mitte und lächelte.

»Das schönste Kompliment, das du mir machen kannst.«

Sie ging auf die Knie, lachte, sagte:

»Dabei hast du das noch gar nicht verdient.«

Als Fred am anderen Morgen ging, wunderte er sich. Er hatte darum gebeten, einen Anruf machen zu dürfen. Auf dem Tischchen neben dem Telefon lag eine Liste. Zwei Namen standen darauf, unter denen die Einheiten notiert waren. Sonja und Peter. Fred hatte Sonja gefragt, wer denn Peter sei, aber sie hatte nur gesagt:

»Der ist dir noch nicht vorgestellt worden.«

Schnell hatte sie ihn geküsst.

»Das Lorry führt hundertneunundzwanzig Sorten Bier. Und du trinkst Wasser?«

Er hatte Lilli nicht bemerkt. Sie stand vor ihm in einer dicken schwarzen Matrosenjacke. Um den Rollkragen ihres Pullovers hatte sie den gleichen dicken roten Schal gebunden wie damals in Bratislava. Er saß wieder wie eine Halskrause, in der sie kaum den Kopf kaum drehen konnte. Sie beugte sich zu ihm herunter und küsste ihn weich auf die Wangen.

»Ist besser so im Moment.«

Sie hatte sich kaum verändert. Ein paar Krähenfüße um die Augen, ein paar Falten mehr. Lilli setzte sich und schaute ihn an. Er hatte auf jenen Blick gehofft, bei dem kein Lidschlag die Achsen durchkreuzte. Aber sie blinzelte und rieb sich die Augen.

»Das klingt nicht gut.«

»Ist ’ne dunkle Geschichte. Und lang ...«

»Sind nicht alle dunklen Geschichten lang. Ein bisschen Zeit habe ich mitgebracht.«

»Darf ich zwischendrin schweigen?«

Und dieses Mal blieben ihre Lider regungslos.

»Du meinst: Du schweigst und ich schweige auch? Warum nicht?«

»Du hast doch nicht etwa deine Prinzipien geändert?«

»Wer weiß, man wird klüger mit den Jahren.«

»Sollte ich plötzlich Glück haben mit den Frauen?«

»Es wird dich nicht trösten. Ich hatte kein Glück mit den Männern. Aber falls du nach Jan Colbjørnsen fragen möchtest, und das möchtest du: Seit ich ihn kenne, ist er glücklich verheiratet und hat zwei reizende Kinder. Wir waren immer nur Kollegen.«

Fred trank einen Schluck und beschloss, als Nächstes ein Bier zu bestellen.

Lilli blickte in die Speisekarte, die ihr der Kellner mit einer Geste tiefer Verehrung überreicht hatte. Sie las und sprach weiter:

»Lass mich raten. Auch wenn du jetzt weißt, dass wir nur Freunde und Kollegen sind. Du magst ihn trotzdem nicht. Du findest, dass seine Performance langweilig ist und er sich nichts einfallen lässt.«

»Schöner hätte ich's nicht auf den Punkt bringen können.«

»Verrat es nicht weiter. Mir geht es manchmal auch so. Er hat verdammt was drauf. Aber gestern hat er wirklich nur in den Musterkoffer gegriffen. Ich glaube, seine kleine Malin ist ziemlich krank.«

Die Frage, die Fred seit gestern Abend beschäftigt hatte, war beantwortet. Er wollte geduldig bleiben.

»Du bist öfters hier?«

»In Oslo und im Lorry? Der Kellner hat mich verraten, stimmt's. ›Maaaadame Wogert‹«, sie imitierte ihn perfekt.

»Ich glaube, er ist ein bisschen verknallt in mich. Zwei- bis dreimal im Jahr bin ich hier. Es gibt verdammt viele gute Musiker. Außerdem kann ich immer kostenfrei in Jans kleinem Häuschen unterkommen.«

»Wann haben wir uns das letzte Mal gesehen?«

»Ende August 1985.«

»Kein schöner Anlass …«

Fred konnte den Satz nicht beenden. Es war das erste Mal, dass beide schwiegen. Lilli brach es.

»Und du machst Urlaub von der Familie? Oder bist du auf der Suche nach der verlorenen Zeit? Oder ist das dasselbe?«

Es war laut im Lorry, die Stimmen um ihn herum waren noch aufdringlicher, weil er die Sprache nicht verstand. Aber Fred hatte gelernt zu hören, was wichtig war.

»Ja, deine Vermutung ist richtig. Bin sozusagen in a sentimental mood.«

»Schönes Stück, ich werde mir gleich deine Version anhören, aber im Moment sagt meine Stimmung: Hunger! Den Rentierburger mit Portweinrahmsauce und Preiselbeeren, solltest du probieren. Aber da müssten wir noch ein bisschen warten, den gibt es erst ab drei.«

»Im Warten bin ich gut. Wer warten kann, hat viel getan.«

Auch wenn Fred es sich gewünscht hatte, Lilli ging nicht darauf ein.

»Wo hast du das mit Konrad damals eigentlich erfahren?«

23

Eine so weit reichende Klarheit und Schärfe hatte Fred noch nicht erlebt, so glasklar, dass er sich wünschte, sein Blick könnte immer und ewig so ungetrübt in den Raum und die Zeit gehen. Er streckte sich in einem wackeligen Liegestuhl, die Hände hinter dem Kopf. Was er sah, konnte nicht wirklich sein. Der Olivenbaum auf dem Nachbargrundstück war ein gutes Stück entfernt. Aber jedes Blatt zeichnete sich vor dem blank geputzten Himmel so trennscharf ab, als wäre es mit einem Skalpell geschnitten. Alles, was den Blick hätte beeinträchtigen können, hatte der Mistral in den letzten Tagen fortgeblasen. Gutmütig und warm war er aus Nordwesten herangekommen, hatte dann alle Zügel abgestreift und sich in einem furiosen Solo entwickelt zu einem kraftstrotzenden Wind, der nicht aufhören wollte, der die Bäume bog nach seinem Willen, bis sie nicht mehr anders konnten und ihm nachsahen. Was der Wind hinterließ, waren unverfälschte Farben, nichts Undeutliches und Verwischtes. Alles war so unterscheidbar, so rein gestimmt, wie es nur sein konnte.

Fred hörte Zikaden und den bemerkenswert synkopierten Rhythmus eines ploppenden Tischtennisballs. Die Dämmerung kündigte sich an mit einer minimalen Veränderung der Stärke, die das Licht um ihn herum besessen hatte.

Sonja und er verbrachten ein paar Tage in der Provence. Der Ort lag in der Nähe von Aix-en-Provence. Chico hatte sie hierher gebracht. Im Sommer veranstalteten die Damen vom örtlichen Kulturverein eine Reihe von Freiluftkonzerten in einem Park am Rande des Ortes. Einer von Chicos Freunden hatte dort ein Engagement bekommen, aber am Ende fehlten ihm noch zwei Musiker, ein Schlagzeuger und ein Saxophonist. Chico war Feuer und Flamme für die Idee, eine Woche in die Provence zu fahren.

»Wir spielen Latin und Bossa, das Ganze heißt ›Without A Girl from Ipanema‹. Mein Kumpel plant ohne Sängerin. Soll mir recht sein. Die Froschfresser sollen hören und nicht glotzen. Apropos: Fressen wie Gott in Frankreich, Musik, Musik, Musik und die schönsten Mademoiselles, die man sich wünschen kann.«

»Und die Gage?«

»Reicht gerade für den Sprit, würde ich sagen, aber wir kriegen billig Unterkunft. Los, polier deine Tröte und pack deinen Hasen ein.«

Sonja und Fred wohnten in einem kleinen Apartment, das Teil einer Scheune war. Die Decken waren hoch, die Möbel reif für den Sperrmüll. Aber die Frau des Besitzers hatte alles mit Trockenblumen-Sträußen, handbemalten Tellern, Vasen und Schüsseln dekoriert. Die Küche war erstaunlich perfekt ausgestattet. Chico hatte eine sorgfältige Inspektion vorgenommen.

Am dritten Abend hatte Without A Girl from Ipanema auf einer improvisierten Bühne unter hohen Bäumen gespielt. Am Eingang verkauften zwei Damen vom Kulturverein Wein aus Liter-Flaschen ohne Etikett.

Familien aus dem Ort kamen und ein paar Rentner, die, so dachte Fred, kein Konzert ausließen, um die Ereignislosigkeit ihres Lebens wenigstens für einen Abend zu unterbrechen, egal, ob sie für die Musik etwas übrig hatten oder nicht. Junge Paare sah Fred und einige Touristen, Ferienhausbesitzer aus Paris, die man an ihrer exquisiten Kleidung erkannte und der vornehmen Art, sich zu bewegen.

Sonja saß am Rand, dort, wo der kleine Spielplatz begann, eine in der Dunkelheit leuchtende Erscheinung. Sie trug ein weißes Top mit spindeldürren Trägerchen, eine weiße Leinenhose und eine weiße Strickjacke, die sie nach jedem Applaus enger zog.

Fred war seit Wochen nicht mehr aufgetreten, über den Sommer gab es keine Konzerte, und für eines der wenigen Festivals, das in Frage kam, waren sie am Ende doch nicht gebucht worden. Es war richtig gewesen, sich von Chico bequatschen zu lassen.

Auf der Bühne bemerkte Fred sofort wieder jene Verwandlung, die ausging von diesem Nervenbündel zwischen Brust und Lenden. Noch immer hatte er Lampenfieber, manchmal fühlte er sich vor einem Auftritt, als hätte er einen verdorbenen Fisch verschlungen. Aber mit dem ersten Ton, den er spielen konnte, wurde aus der Beklemmung ein Prickeln, das kreisförmig ausstrahlte vom Solarplexus in den ganzen Körper.

Fred spürte, dass Chico an diesem Abend seinen südamerikanischen Traum lebte: Wie ein Hypnotiseur schickte er die geschmeidigen Rhythmen ins Publikum, um es glauben zu machen, viele tausend Kilometer entfernt in einer Strandbar zu sitzen. Fred wusste, dass Chicos Bar voller langbeiniger Schönheiten war, die sich in den Hüften wiegten, in eben jenem Rhythmus tanzten und nur ihn becircten.

Was in den anderen Musikern vorging, konnte Fred nur ahnen. Er hatte sie nur flüchtig kennengelernt, sie hatten daheim die Stücke einstudiert und ein paar Stunden geprobt. Daniel, der Keyboarder, war Anfang zwanzig, ein Typ mit dicker Brille, der trotz der spätsommerlichen Temperaturen im schwarzen Rollkragenpullover angereist war. Theo, der Bassist war Chicos Freund. Er hatte den Auftritt eingefädelt. Obwohl er nur ein paar Jahre älter war als Fred, hing alles in seinem Gesicht herunter, als sei Wachs zu heiß geworden. Theo war fest angestellt im Orchester des heimischen Opernhauses. Aber er war, wie er es nannte, »ein trunkener Teilzeit-Jazzer«. Daniel und Theo spielten passabel, es genügte für einen Abend, an dem es nicht um komplizierte Arrangements oder brillante Improvisationen ging. Tom, der Gitarrist, allerdings hatte Talent. Er hatte seine dünnen Haare glatt nach vorn gekämmt, direkt heran an die eng stehenden buschigen Augenbrauen. Er sah aus wie ein Sonderling, der geheime Berechnungen über die Welt anstellte und daran glaubte, dass Beethoven ein Illuminat war und niemals ein Amerikaner einen Fuß auf den Mond gesetzt hatte. Tom schwieg meistens und trank Rotwein wie Wasser. Aber was er spielte, bewies eine musikalische Persönlichkeit, die er verschlagen und listig aufblitzen ließ. Mit einer schnellen Bewegung konnte er überraschende Akkorde plötzlich auftauchen lassen wie einen Joker aus dem Ärmel. Tom war ein Illusionist, der dem Publikum, das an diesem Abend nichts anderes als zwanglosen Bar-Jazz erwartete, die eingängige Oberfläche bot, aber, um sich nicht zu langweilen, nur für sich und geschulte Ohren mittendrin schnelle harmonische Parodien auf das Material lieferte.

Tom zupfte jetzt die ersten Akkorde von »The Girl From Ipanema«, das Without A Girl from Ipanema natürlich spielen musste. Das Land hatte sich von der kühlen Macht des Mistrals erholt. In den Gassen ging kein Wind mehr. Aus den alten schiefen Wänden der Häuser und Mauern rund um den Park traute sich wieder die Wärme hervor, Energie, die die Ziegel und Steine in den heißen Sommerwochen gesammelt hatten.

Das war auch die Idee von Freds Solo: Er wollte ein Katalysator sein, der diesen Prozess beschleunigt, die Übertragung der thermischen Energie von jenen Systemen mit der höheren

Temperatur in jene mit der geringeren. Er wollte der Physik eine Idee hinzufügen. Eine von der möglichen Leichtigkeit des Seins, deren Metapher die aufsteigende Wärme war und die sogar Gewichtiges in der Luft halten konnte. So wählte Fred ein Vokabular, das gewichtslos war und fließend. Mit gedämpfter Stimme sprach er beinahe säuselnd und warb in diesem Dorfpark für die Idee von einem Leben in den Tag hinein, das schwebte und weder der Vergangenheit verhaftet war noch der Zukunft verpflichtet. Fred ging auf in dem entspannten Gefühl, das ihm sagte, wann genau eine Note fällig war, so dass sie niemals zu spät oder zu früh kam.

Fred stieg ein in Chicos Traum. Mit seinem Saxophon projizierte er ihn in allen Dimensionen zwischen die Bäume und auf die gepflegten Grünanlagen. Da saßen sie in der Strandbar von Ipanema unter Palmen. Sie tranken ihre Cocktails und verteilten Noten für die Girls, die vorbeiflanierten in Bikinis, die weniger waren als nichts. Sie waren sorglos und ungehemmt und unabhängig in allem, was sie taten – an einem ewig unvergänglichen Sommertag am Meer.

Nach dem Auftritt bauten die Musiker unter Chicos Regiment eilig ab. Chico sah inzwischen aus, als hätte er einen Medizinball verschluckt, aber er bewegte sich wie ein Panther, immer noch voller Adrenalin, obwohl sie ein vollkommen lässiges und entspanntes Set hingelegt hatten. Chico feuerte ein paar Musikerwitze ab, ließ kein anwesendes Instrument aus, aber sogar Tom wurde gesprächig und schlug zurück mit der Scherzfrage, wen man zuerst auf der Straße überfährt, den Gitarristen oder den Schlagzeuger. Chico kannte die Antwort: »Den Gitarristen, erst die Arbeit, dann das Vergnügen, du Freak. Und beim nächsten Mal stimmst du deine Klampfe und kämmst dich wie jeder normale Mensch, bevor du auf die Bühne kommst!«

Zusammen gingen sie ein paar Schritte durch den Ort. Sonja hielt seine Hand. Vier alte Damen mit bunten Kittelschürzen saßen im Kreis unter gestutzten Platanen vor der Tür eines schmalen Hauses. Sie unterhielten sich laut und lachend. Fred fiel auf, dass in der Etage unter dem Dach Fenster fehlten. Es gab nur drei offene Quadrate, hinter denen man Wäscheleinen sah, auf denen weiße Tischtücher und Bettwäsche trockneten.

»Hast du verstanden, worüber sie sprechen.«

Sonja schüttelte den Kopf.

»Sie sind so schnell, und dann der Dialekt.«

Zu gerne hätte Fred erfahren, was die vier Frauen bewegte, denn auch an jedem der letzten Abende hatten sie dort gesessen und geredet, als wären die letzten vierundzwanzig Stunden eine ganze Woche voller Affären und Sensationen gewesen.

Auf der anderen Seite des Ortes, jenseits der Departement-Straße, waren sie am Ziel. Im Hof eines großen ockerfarben getünchten Bauernhauses mit blauen Fensterläden wartete schon ein Dutzend Leute. Sie klatschten, als Without A Girl from Ipanema durch das Tor kam. Die Musiker mussten Hände schütteln und Komplimente entgegennehmen. Sonja dolmetschte für Fred, der nur ein paar Brocken Französisch konnte.

Das Haus gehörte Theos Freunden, einem deutschen Ehepaar, das aus Hamburg hierher gezogen war. Er war Professor an der Universität gewesen, sie seine Assistentin. Er sah mit seiner grauen Mähne und seinen hageren Gesichtszügen aus wie ein weltbekannter Dirigent. Sie war zwanzig Jahre jünger und hatte ihre roten Haare zu Zöpfen gebunden. Zusammen waren sie die perfekten Gastgeber.

Auf dem Steinpflaster standen lange Holztische und Bänke, an der Seite waren ein Büffet und ein großer Grill aufgebaut, den Chico sofort übernahm. Er hatte persönlich am Morgen einen Berg von Lammkoteletts mariniert. Durch den Hof zog das Aroma provenzalischer Kräuter. Sie aßen Brot und Aioli und gefüllte Zwiebeln, Ratatouille und Rosmarin-Kartoffeln. Jemand hatte weißen Nougat mitgebracht, keiner war ohne eine Flasche Wein erschienen. Tom hatte die erste schon nach zwanzig Minuten geleert und verlor mit jedem Schluck ein Grad an Verschwiegenheit. Auch Chico ließ sich ein Glas nach dem anderen reichen, schließlich war es heiß hinter dem Grill. Nur Sonja trank ausschließlich Wasser, obwohl sie Wein eigentlich sehr gerne mochte. Fred wunderte sich nicht darüber, er hatte sich zu ihr gebeugt, das Ohr nah an ihrem Mund, damit er die

Fragen verstehen konnte, die sie für ihn übersetzte. Die Dame vom Kulturverein wollte wissen, wie das Leben als Jazz-Musiker sei und ob man davon leben könne. Sonja bemühte sich, für Fred die Geschichte von Dizzy Gillespie und dem sprechenden Frosch möglichst korrekt wiederzugeben, der Dizzy küssen soll, um eine Prinzessin zu werden, die schließlich den berühmtesten Jazz-Trompeter der Welt heiratet und mit ihm glücklich bis an das Ende aller Tage lebt. Aber der Frosch will nicht. Fred verstand so etwas wie »Je ne suis pas fou.« – »Ich bin doch nicht verrückt und heirate den berühmtesten Jazz-Trompeter der Welt. Als sprechender Frosch verdiene ich viel mehr!«

Fred bat um Entschuldigung, um sich noch Wein nachzuschenken. Er hörte nicht, dass Sonja in das Lachen der Zuhörer hinein noch etwas nachschob: »Aber er hat auch einen richtigen Beruf. Mein Freund wird Lehrer!«

Auf dem Weg zurück musste Sonja Fred stützen, er war betrunken, schwankte mächtig, während der Schein der wenigen Lampen auf den dunklen Holzmasten sich in seinem Blickfeld verdoppelte. Fred war froh, dass Sonja in der einen Hand seinen Saxophonkoffer hielt und an der anderen ihn. Und er sagte es ihr. Sie küsste ihn auf die Wange. Als sie in die Fahrweg einbogen, an dem das Grundstück mit der umgebauten Scheune lag, begann ein Hund dicht hinter einem Gartenzaun zu kläffen. Mit erhobenem Kopf bellte er sein Sternbild am ungetrübten Himmel an, hoffend, von dort eine Antwort zu bekommen. »Hey, Großer Hund, was siehst du von da oben, muss ich mir Sorgen machen?«, bellte er. »Oder kann ich wieder von dannen trotten?«

Ob nun der Große Hund antwortete oder der kleine Hund genug Erfahrung besaß, um zu wissen, dass er niemanden würde anfallen müssen. Das Bellen verstummte. Aber der Nachhall folgte Fred in eine traumverwirrte Nacht.

Eine Kirchturmglocke und der hustende Motor eines alten Citroen-Lieferwagens mit Wellblechverkleidung – der Vermieter der Scheune wohnte nebenan und handelte mit Obst –, dann das Geräusch eines einmotorigen Flugzeugs, das von der

Militär-Flugschule in Salon-de-Provence aufgestiegen war, um waghalsige Manöver zu fliegen, weckten Fred. Draußen zeichnete die Maschine mit einem blendend weißen Schweif aus einer Rauchanlage eine verschlungene Spur in den Himmel.

Es war Mittag. Noch bevor er die Augen öffnete, roch Fred das in der Sonne aufgeheizte Holz der Fensterläden. Es erinnerte ihn an etwas, einen Abend, viele Jahre zuvor, als der erste Mensch den Mond betreten hatte. Und Fred sah sie vor sich, die nimmermüden Drachen. Sie spieen das überflüssige Gas der Kokerei aus, lang gestreckte Feueraale, die zuckten und zappelten und sich dennoch nicht davonschlängeln konnten ins Nachtmeer. Fred summte es leise:

Fly him to the moon.
Let him play among the stars.

Die Melodie ging unter im Klappern der Kaffeeschalen, mit denen Sonja in der Küche hantierte. Das Radio im Wohnzimmer lief, aber es war nicht der Kanal, den Fred gefunden hatte: ein Programm, in dem den ganzen Tag nur Jazz gespielt wurde. Fred erkannte Fetzen französischer Chansons. Sein Kopf war erstaunlich klar und schmerzfrei, aber sein Kreislauf arbeitete mühsam, um den Blutdruck auf Normalmaß zu bringen.

»Hier kommt Schwester Sonja mit der Medizin.«

Auf einem Tablett balancierte sie zwei Schalen mit Milchkaffee und einem Wasserglas, in dem ein Aspirin herabschneite. Im Halbdunkel sah Fred seine Freundin: frisch und ohne Fehler, eine orchideenhafte Erscheinung und sehr begehrenswert. Sie hatte die Haare zurückgebunden und trug nur einen weißen Bikini und ein buntes Hüfttuch. Sonja stellte das Tablett auf ihren Nachttisch und legte sich neben ihn.

»Erst Kaffee oder Aspirin?«

»Am besten gleichzeitig.«

»Wenn du schneller wieder in Form kommst, gerne.«

Er kannte ihr Lächeln zu gut, aber diesmal küsste sie nicht sein Ohr, legte keinen Finger in seinen Bauchnabel, um ihn dort kreisen zu lassen. Sonja wollte reden. Sie begann damit, wie gut ihr der Abend gefallen habe, ging die netten und interessanten Menschen durch, mit denen sie hatte reden können, aber Fred ahnte, dass es nicht das war, was sie bewegte. Dann machte sie eine Pause.

»Ich habe ja überlegt, wann ich's dir sagen soll. Ich dachte, ich warte mal das Konzert ab. Damit du nicht aus dem Takt kommst, wie man so sagt. Aber, na ja, ich bin manchmal etwas ungeduldig. Das kennst du ja … Tja, und ob das jetzt der richtige Moment ist, wo mein Mann muffelt wie ein Weinkeller. Wenigstens kannst du jetzt nicht weglaufen …«

Ein Hund bellte, und Fred fragte sich, ob es derselbe war, der ihn in den Schlaf verfolgt hatte, als wolle er nicht seine Besitzer, sondern ihn warnen.

»Wir bekommen ein Kind.«

Fred wusste, dass in diesem Moment das Glück zwischen ihnen ungleich verteilt war. Sonja war glücklich über alle Maßen. Peter hatte keine Kinder gewollt, erst einmal jedenfalls. Peter, ihr Verlobter, der angehende Jurist aus gutem Hause, den Fred nur als Namen auf der Telefonliste kannte und dessen Bedeutung sie ihm spät enthüllt hatte. Sonja hatte sich von ihm erst getrennt, als sie schon ein paar Monate mit Fred zusammen war. Wie auch immer sie es geschafft hatte: Nie waren sich die beiden in die Quere gekommen, Peter war bis zuletzt arglos geblieben, und Fred hatte nie um ein klärendes Gespräch gebeten.

»Du bist schwanger?«

»So nennt man das, Spatzerl.«

Sie schob das dünne Bettlaken zur Seite, legte ihre Hand auf Freds Bauch und begann, mit dem Finger in seinem Nabel zu kreisen.

24

Die Atmosphäre im Lorry hatte sich plötzlich verändert. Die Tischgesellschaft, in deren Mitte Sonjas jüngere Doppelgängerin einem norwegischen George Clooney zugeprostet hatte, war auf einen Schlag verschwunden. Auch viele andere Tische hatten sich geleert. Fred sah hinüber zu dem ausgestopften Bären auf seinem Podest. Für eine Sekunde glaubte er zu sehen, wie der Riesen-Teddy aufatmete. Und mit ihm der große Plüsch-Elchkopf an der Wand daneben.

Dieser Sommertag in Frankreich, von dem Fred erzählt hatte – Lilli ahnte, dass etwas geschehen war; etwas, von dem jeder hoffte, dass er es nicht erleben, nicht erfahren müsste: einen Schlag des Schicksals; etwas, das statistisch so unwahrscheinlich war, wie von einem Blitz getroffen zu werden; und das trotz aller Mathematik doch beunruhigend oft geschah.

Vielleicht sah sie ein geometrisches Bild vor sich, eine Handzeichnung mit zwei Pfeilen und einem Punkt. Jeder Vektor bestand aus einem Impuls und einer Richtung. Ihren jeweiligen Nullpunkt konnte sie nicht erkennen, er lag in der Vergangenheit, dort, wo Sonja und Freds Bassist Konrad ihr Leben begonnen hatten, wie zwei Billardkugeln schossen sie auf gerader Linie voran und trafen an einem absehbaren Punkt gleichzeitig und mit Wucht auf Freds Ball.

»War das auch der Tag …«

»… ja, abends haben wir die Nachricht bekommen.«

Theo, Tom, frisiert wie immer, Daniel, der Keyboarder, immer noch im Rollkragenpullover und der stark schwitzende Chico waren zu Sonja und Fred gekommen zum Abschiedsessen auf der Terrasse ihrer Ferienwohnung. Die anderen Musiker wollten am nächsten Tag abreisen. Sonja und Fred wollten noch bleiben. Sie wollte unbedingt noch nach Avignon und Les Baux-de-Provence, um von dem Felsplateau über das Land zu schauen.

Chico hatte alle Anwesenden sofort und unmissverständlich zum Küchendienst eingeteilt: Er wollte Kaninchen servieren mit Tomaten, Zwiebeln, Knoblauch und Kräutern. Er hatte sich ein Viergang-Menü ausgedacht zu Ehren von Without A Girl from Ipanema. Ihre Zusammenarbeit war mehr als gut gelaufen. In dem Zufallsprojekt steckten Möglichkeiten. Dass Sonja schwanger war, wollte Fred nach dem Dessert verkünden.

Sie hatten sich gerade alle um den Tisch gedrängt. – Schnelle Schritte, knirschend, sie mussten vom Fahrweg kommen zwischen dem Haus des Vermieters und der Scheune. Als Monsieur um die Ecke bog, ruderte er mit den Armen, in der einen Hand einen Zettel. Er war nicht mehr jung, aber muskulös. Weil er wusste, dass Sonja Französisch sprach, marschierte er direkt auf sie zu. Theos Freunde aus dem Ort hatten angerufen, die wiederum eine Nachricht aus Deutschland bekommen hatten: von Viktor.

Sonja hörte konzentriert zu, dann schwieg sie, schaute auf den Boden, nahm die Hände vors Gesicht. Lautlos begann sie zu weinen. Zu hören war nur noch das fanatische Trillern der Zikaden. Ihre winzigen Singmuskeln wurden angefeuert von einem rigoros vererbten Willen: Sie trommelten mit ihren Körpern in dem ungetrübten Glauben, dem Ende entkommen zu können auf Schwingen aus Gesang.

»Konrad ist tot, eine Lebensmittelvergiftung«

Fred glaubte zu spüren, wie plötzlich ein steriler Chlorgeruch aus dem Pool im Garten des Vermieters aufstieg und alles wegschob, was die Lavendelbüsche, die Kräuter und Blumen an den Hausecken ausgeatmet hatten. Alles Lebendige war aus der Atmosphäre verschwunden. Fred sah Konrad vor sich, mit seinem Bass in Arm, wie er ins Südpol kommt, sieht ihn, wie dieser dürre Bursche sich über sein Instrument beugt, wie er eins mit ihm wird zu einer bewegten Skulptur; seine Finger, zart und lang wie Spinnenbeine. Fred erinnert sich an diesen Händedruck, der ihn so überrascht hat, so stark und entschlossen wie er ist. Und nun: Das Bild eines mageren weißen Leichnams – Konrad, ein erstickter Tiefseefisch mit großen glasigen Augen, die eine Frage stellten, die Fred nicht beantworten kann.

Der Morgen hatte für ihn vieles verändert, der Abend alles.

»Wie konnte Konrad an einer Lebensmittelvergiftung sterben? Ich hab das damals gar nicht genau wissen wollen. Wahrscheinlich, weil, ich meine … Ich war doch verantwortlich für uns: das Fred Kemper Quartett, für Konrad …«

Lilli legte ihre Hand auf seine, die versuchte, das glatt ge-
bügelte Tischtuch noch glatter zu machen. Ihrem Blick wich
Fred aus, dann holte er wieder Luft.

»Ich habe das bis heute nicht ganz begriffen. Es war eine
Atemlähmung, er ist jämmerlich erstickt. Ich weiß nicht, warum er nicht sofort einen Arzt gerufen hat, einen Krankenwagen, was auch immer. Ihm muss schlecht gewesen sein, dann
kamen die Lähmungen. Als Viktor ihn gefunden hat, war es
schon zu spät … Warum muss hier und heute jemand an einer
Lebensmittelvergiftung sterben? Die Ärzte haben gesagt, es
muss eine verdorbene Dose gewesen sein, Fleisch oder Fisch
oder was auch immer. Botulismus … Niemand hat auf ihn
aufgepasst, wir alle waren nicht da. Ich war nicht da. Wahrscheinlich hatte er mal wieder seinen unbändigen Hunger und
kein Geld oder keine Lust, sich was zu besorgen. Dann muss
er, so denke ich mir das, die Speisekammer abgesucht haben
nach Essbarem. Und hat gefunden, was wir längst in den Müll
hätten schmeißen müssen.«

»Wie war es, als ihr die Nachricht bekommen habt?«

Minuten oder eine Stunde, Fred wusste es nicht mehr genau.
Das Essen blieb unberührt, alle hatten geschwiegen, hatten
versucht, eins zu werden mit der dunklen Kulisse der Nacht.
Jemand hatte die kleine nackte Glühbirne über der Terrassen-
tür ausgeschaltet, die Abend für Abend Insekten in die Irre
lockte, auf dass sie verglühten in der Lichtfalle.

Theo, Daniel und Tom kannten Konrad nicht oder kannten
ihn nur flüchtig, aber das war nicht wichtig. Er war einer der
ihren, einer, der zu einer eingeschworenen Gemeinschaft gehörte, die eine geheime Kunst betrieb. Er war einer von denen,
die immer Gefahr liefen, zu früh zu sterben, weil sie nach einer anderen schnelleren Zeit lebten als andere. Konrad war
Musiker und er war tot, gestorben an etwas, das real war und
zugleich absurd.

Chico brach das Schweigen. Sie begannen zu trinken, rätselten
darüber, was mit Konrad passiert war, fanden keinen Schlüssel,
der ihnen das Tor hätte aufsperren können zu einer Begründung
für das, was furchtbar und sinnlos bleiben musste.

Sonja war ins Haus gegangen und hatte die Männer auf der Terrasse allein gelassen. Fred sah durch das Fenster, wie sie in der Küche aufräumte. Chico fluchte und schlug auf den Tisch, auch Fred brauste jetzt auf und fiel sofort wieder in sich zusammen. Niemand achtete darauf, dass der Hund wieder hoch zum Firmament bellte, wo sein Doppelgänger sich stolz und funkelnd streckte in aller Ruhe und Beständigkeit.

Am nächsten Tag waren auch Fred und Sonja abgereist.

25

»Warum haben wir uns aus den Augen verloren?«

»Vielleicht, weil es besser war?«

Lilli nahm ihr Glas und trank einen Schluck Bier, eine Sorte von hundertneunundzwanzig möglichen.

Fred schaute aus dem Fenster.

»Was ist aus der Wölfin geworden?«

»Ein Schaf nicht … hoffe ich jedenfalls. Aber wenn du es so genau wissen willst. Schon als ich den Brief an dich abgeschickt hatte, fand ich das mit der Wölfin viel zu theatralisch. Tut mir leid, aber du warst etwas hartnäckig. Trotzdem, das Bild war nicht ganz falsch. Hat mir geholfen. Ich musste daran glauben, damit passierte, was passieren sollte.«

»Was sollte passieren?«

»Das, was passiert ist. Nachdem ich bei euch ausgestiegen bin, habe ich einfach mein Ding gemacht. Ich bin nach München gezogen. Ich dachte mir, da gibt es irgendwo deutlich mehr Wälder als bei uns in der Gegend. Passt doch zu einer Wölfin, oder? Und die Berge sind nahe. Ich glaube, ich wollte nahe an den Bergen sein.«

»Wovon hast du gelebt? Vom Hühnerreißen?«

Lilli deutete über den Tisch hinweg eine Ohrfeige an.

»So ungefähr. Ich erspare dir die Phase mit Kellnerinnen-Jobs in Schwabing und eindeutigen Angeboten von GTI-Fahrern mit aufgeschweißtem Surfbrett. Auf vielen Umwegen habe ich einen älteren Herren, Achtung: ehemaliger Musiklehrer im Beamtenrang, gefunden. Der hat sich seine Rente als Pianist aufgebessert. Na ja, die Rente war okay, aber er wollte einfach spielen. Wir sind in Hotelbars aufgetreten und bei Jazz-Lunch-Buffets. Das Geld reichte zum Überleben und für Gesangsunterricht.«

Lilli erzählte von dem Zimmer, mit dem sie auskommen musste am Rande von München, und dass der Name »Fremdenzimmer« den Nagel auf den Kopf treffe.

»Kennst du die Verliese, in denen in den Schwarz-Weiß-Krimis immer die armen Verdächtigen gehaust haben? Irgendwelche verklemmten Bürsten-Vertreter, die dann doch niemanden umgebracht haben. Eine Ecke, noch eine und noch eine und noch eine. Ein Tisch, ein Stuhl, ein Schrank, ein Bett, Klo übern Gang. Im Fernsehen ist es schwarz-weiß und im richtigen Leben auch.«

»Warum hast du das ausgehalten?«

»Hey, Freddie, ich bin am Ende entdeckt worden! Nichts gegen dich und deine Jungs. Ich werde euch immer dankbar sein …«

Sie meinte es ernst, das wusste Fred.

»Aber dann tauchte dieser Produzent auf mit seinem Jazz-Label. Der wollte einfach nur Austern schlürfen vom Jazz-Lunch-Buffet. Mit seiner Rechnung in der Hand hat er mich gefragt, ob ich mal vorbeikommen wolle. Er habe da eine herausragende Pianistin. Seine Idee war eine Duo-Platte. Klavier und Vocals.«

Lillis größter Erfolg war später eine Trio-Platte geworden. Sie hatte Jazz-Versionen von Pophits, Rock- und Bluesklassikern eingespielt, war damit erfolgreich auf Tour gegangen. Leute kamen in ihre Konzerte, die eigentlich nicht viel übrig hatten für Jazz. Mit dem Gespür jener Wölfin prägte sie ihren Stil in einer Zeit, als viele anfingen, Jazz für tot zu erklären. Lilli erzählte in ihren Songs all die melodramatischen Episoden mit einem ironischen Abstand, der sie so unergründlich und darum so herausfordernd machte – und noch magnetischer, als sie es ohnehin war: mit ihren dunklen Haaren, ihrem dunklen Blick, den schönen Wagenknochen, über denen sich immer noch glatt und fein ihre Haut streckte.

»Aber warum hast du aufgehört, Frederik Kemper? Ich habe viel Gutes gehört über die Ballade aller Balladen. ›I'll Remember Lilli‹. Ich habe mich immer gefragt, wer diese Lilli ist. Sie muss was ganz Besonderes gewesen sein, wenn einer einen Song für sie schreibt.«

»Sie ist immer noch etwas Besonderes.«

»Aber eine, die dich sehr verletzt hat.«

»Hätte ich sonst diesen Song geschrieben?«

»Warum hast du aufgehört?«

»Kennst du den: Wie viele Jazz-Musiker braucht man, um eine kaputte Glühbirne auszuwechseln? … Fünf. Einen, der die Birne wechselt, und vier, die wissen wollen, wie er an den tollen Job gekommen ist.«

»Der Witz hat 'nen Bart. Du hättest immer noch auftreten können.«

»Ich weiß es nicht, es hat sich einfach entschieden. Dabei hätte ich's besser wissen müssen. Wenn ich gespielt habe, dann habe ich in jedem Moment darüber entschieden, was als Nächstes kommt. Ich habe mich dafür entschieden, einer Melodie ihren Lauf zu lassen. Oder ich habe mich dagegen entschieden. Aber im real life … Vielleicht, weil ich nichts Halbes und nichts Ganzes wollte … Habe ich dir eigentlich schon gesagt, dass du verdammt gut aussiehst?«

»Habe ich dir schon gesagt, dass du verdammt scheiße aussiehst.«

Ob es Absicht war oder eine Unachtsamkeit. Fred spürte an seinem Schienbein den zarten Anprall eines Fußes.

»Tut mir leid, aber du sahst schon mal besser aus. Trotzdem lieben Dank für das Kompliment. Von dir nehme ich es doppelt gern.«

Gerne hätte Fred die Chance genutzt, um aus ihrem freundschaftlichen Geplänkel mehr werden zu lassen, aber sie ließ nicht locker, wollte wissen, warum er seine Karriere aufgegeben hatte. Und er wollte ihr eine Antwort nicht schuldig bleiben.

»Sonja hat es nie so gesagt. Dass sie einen Ehemann und keinen Musiker wollte. Aber ich habe es gespürt, vielleicht, dass sie Angst hatte, dass es mir ergeht wie Konrad. Vielleicht war es auch so, dass sie erst fasziniert war von meinem Leben, bis sie es nicht mehr verstand.«

»Es lag an deiner Frau?« Lilli schüttelte den Kopf, fauchte wie ein kleiner erboster Alligator und brummte dann etwas vor sich hin.

26

Was sich lange verborgen hat in ihm, kehrt wieder zurück. Die Kreatur erwacht nach einem langen Winterschlaf in seinem Körper und reckt sich und, ohne dass er etwas dagegen tun kann, streckt sie ihre Glieder in ihm aus, langsam von unten nach oben. Sie drückt und schnürt seine Kehle ein, bis er die Übelkeit nicht mehr herunterschlucken kann. Er ergibt sich und würgt etwas heraus, das unsichtbar ist. Lag es daran, dass Fred Krankenhäuser zuwider waren, seit Wolfi sich den Kopf aufgeschlagen hatte an den Zinnen seiner Burg?

Es war nicht das Hospital, in das seine Eltern Wolfi gebracht hatten, damals, als der erste Mensch den Mond betrat. Aber irgendwo hier hinter den dicken Backsteinmauern war Konrad gestorben. Vielleicht hatte unter dem hohen pechschwarzen Mansardendach der Krankenhaus-Kapelle eine barmherzige Schwester für seine Seele gebetet, während Fred in Südfrankreich in einer malerischen Sommernacht »The Girl From Ipanema« spielte.

Ein alter Mann im Rollstuhl, den Stumpf eines Beines in einen Verband gewickelt, saß neben dem Eingang in einem fließenden Schatten. Wolken zogen vorüber und verschwanden schnell. Der Mann hielt eine Zigarette in der Hand und sah, wie Fred sich krümmte, von einem schmalen Sonnenstreif ins Licht gesetzt wie auf einer Bühne.

»Junger Mann, soll ich Hilfe holen. Sie haben Glück, weit ist die hier nie.«

Aber Fred richtete sich schon wieder auf. Der Anfall war vorüber. »Nein, nein, ich habe nur was in die falsche Röhre gekriegt, danke ...«

Fred war spät dran. Zusammen mit Paul und Viktor hatte er die Kinderbetten aus einem Möbelladen abgeholt, ein Geschenk von Sonjas Eltern. Paul hatte sie überredet, kurz in die neue Platte eines schwarzen amerikanischen Saxophonisten reinzuhören, der seit einem Jahr als Erbe John Coltranes gefeiert wurde. Sie hatten drei Stücke gehört. Der Mann beherrschte die Technik perfekt, aber er ihm fehlte, wie Paul und Viktor einstimmig feststellten, der »spirit«.

Seit Januar wohnte Fred mit Sonja im Neubau einer Wohnungsgenossenschaft. Die Dreizimmerwohnung war nicht groß, hatte dünne Wände, aber sie war bezahlbar. Sonjas Vater hatte Beziehungen. Mit einem der Genossenschaftsvorstände spielte er jeden Donnerstag Skat. Ende der Woche sollten Sonja und die Zwillinge aus dem Krankenhaus entlassen werden. Dann begann ihr Leben zu viert.

Obwohl Fred sich den Weg zum Zimmer eingeprägt hatte, blieb er stehen hinter der Tür mit den blinden Scheiben, die sich automatisch vor ihm geöffnet hatte. Der breite Gang war überraschend leer. Fred hörte nur das Rauschen des Raumes, ein Nachhall von unheilvollen Geräuschen, die noch einmal hinterrücks miteinander flüsterten, bevor sie unbewegte Luft wurden unter den Gewölben in künstlichem Licht. Aus einem Seitengang am anderen Ende kam ein taktfestes Quietschen näher. Auf den Gummisohlen ihrer orthopädischen Clogs eilte eine junge Ärztin heran, eine große Frau mit einem langen blonden Pferdeschwanz und glatt polierter Gesichtshaut. Fred konnte nicht anders. Er fand sie scharf.

»Hallo, Herr Kemper, wir können sie gut brauchen. Zimmer 312, falls sie es nicht mehr wissen ...« Und sie lachte gegen das Gewölbe, winkte ihm mit ihrem Klemmbrett zu und eilte weiter, hinter sich die flatternden Schöße ihres Kittels.

»Wo bleibst du?«

Sonja keifte ihn an mit der Rotzigkeit einer übel gelaunten Marktfrau. So sah sie auch aus: Ihre ungewaschenen Haare klebten an ihren Schläfen. Sie war übernächtigt und aufgedunsen. Sonja lag allein auf dem Zimmer, das Fenster stand offen, obwohl es kein warmer Tag war. Fred sah, dass sie glühte. Im rechten Arm hielt sie Benni, der größer war als seine Schwester. Er schrie und wollte an eine der so groß und schwer gewordenen Brüste seiner Mutter. Pia schien im anderen Arm zu dösen. Sie hatte die Augen zusammengekniffen und machte ein paar kurze, sich rhythmisch wiederholende Laute. Fred ahnte, dass auch ihr Stimmchen jederzeit eine markerschütternde Kraft entwickeln konnte. Dann würde sie sich Luft machen und ihren Unmut über etwas mitteilen, für das ihr noch die Worte fehlten.

»Entschuldigung, wir sind in einem Stau hängengeblieben. Was kann ich denn machen?«

»Verdammt, nimm einfach Pia und geh mit ihr über den Gang oder in den Aufenthaltsraum. Bevor sie auch noch loslegt.«

Fred nahm Pia vorsichtig aus Sonjas Arm. Seine Tochter zuckte nur leicht und kniff weiter ihre roten weichen Lider zusammen. Sie teilte sich die Momente genau ein, in denen in Augenschein zu nehmen war, was da um sie herum existierte. Etwas, in das sie geraten war, ohne dass man sie gefragt hatte.

Langsam ging Fred mit Pia zu dem Raum am Ende des Gangs. Um einen der kleinen alten Holztische am Fenster hatte sich bereits eine andere Familie versammelt. Sie sprach leise, aber Fred konnte hören, wie die Gefühlsnuancen in den Stimmen sich ablösten: andächtig, freudig, beseelt. Um nicht zu stören, setzte er sich in die entgegengesetzte Ecke. Sofort begann Pia lauter zu werden, schnell ließ sie ihre Stimme anschwellen und begann zu schreien. Fred sah hinüber zu der Familie, die vor dem Fenster saß. Die Frühlingssonne ließ die ungeputzten Scheiben zu einem milchig hellen Prospekt werden. Und als hätte der Regisseur einer Fernseh-Schnulze ein Zeichen setzen wollen, modellierte das Licht die Köpfe davor heraus: Über jedem entdeckte Fred eine lilienweiße Gloriole. Die Blicke, die man ihm zuwarf, passten dazu: warm, verständnisvoll, Glück wünschend.

Pia aber hielt ihr Crescendo durch, als verfügte sie über einen unversiegbaren Atem, bis sie von der einen Sekunde zur anderen verstummte. Fred hatte begonnen, sie im Arm zu wiegen. Aber Pia wurde nicht nur ruhig, sie schlug auch die Augen auf und blickte ihn an: erst forschend, dann erwartungsvoll und schließlich verschwörerisch. Sie lag da in seinen Armen, eine kleine Raupe mit einem Willen und einer Bitte. Pia hatte ihn einem Test unterzogen, den er fürs Erste bestanden hatte. Nicht er hatte eine Tochter gefunden, sondern sie einen Vater. Doch aus diesem Gedanken kroch eine Angst hervor. Es war die Angst, dass diese Raupe einfach aus seinem Arm fallen könnte, hinein in einen endlosen Abgrund.

»Dagegen bin ich nicht angekommen. Jeder leise Pulsschlag, den ich durch ihre dünne Haut gespürt habe, hat mir klargemacht, dass ich jetzt Verantwortung habe, noch eine ganz andere ...«

»Du hast die Musik für deine Kinder aufgegeben?«

Lilli wandte sich ab und schaute in den Raum. Das Essen war überfällig, vor mehr als einer halben Stunde hatten sie bestellt. Auch Fred wurde ungeduldig. Es war nicht der Hunger, aber die Hoffnung, seine Geschichte unterbrechen zu können, um dem Fluss der Bilder und Erinnerungen Einhalt gebieten zu können. Wenn die schwachen Dämme brachen, die er Stück für Stück errichtet hatte um sein Leben herum, konnte er wegspült werden, heraus aus dem Lorry, durch die Straßen, hinein in den eiskalten Fjord.

»Wie soll ich es beschreiben? Wolfi hat mir vor ein paar Jahren erklärt, wie das ist mit der Weltraumkrankheit ...«

»Dein kleiner Bruder ist doch nicht wirklich Astronaut geworden?«

»Er ist Ingenieur. Hat Karriere gemacht in einem Luft- und Raumfahrtunternehmen. In seiner Freizeit zieht er sich tatsächlich Rüstungen an und tritt bei Ritterspielen auf. Ich hab's mir mal angeschaut, er ist gut als Ivanhoe, er hat sogar Fechten gelernt.«

»Konsequent, dein kleiner Bruder.«

»Ja, vielleicht wäre damals besser ich auf den Kopf gefallen. Aber er hat mich immer gewarnt, der kleine Wahrsager. Wie hat er das erklärt? Im Weltraum ist das Problem, dass plötzlich die Schwerkraft fehlt. Du kannst plötzlich schweben, Überschläge machen. Aber dir wird erst einmal schlecht, kalter Schweiß rinnt an dir runter, und dir ist unglaublich schwindelig. Und das alles, weil sich die Verhältnisse umgekehrt haben. Deine Augen sagen: Du gehst nach rechts; aber dein Gleichgewichtssinn sagt das Gegenteil. Irgendwann bist du das Problem los, weil dein Gehirn sich an die neuen Verhältnisse anpassen kann. Dann ist es, als wäre es nie anders gewesen.«

»Du hast dich also einfach nur daran gewöhnt?«

»Du hast mich nie für mutig gehalten, oder?«

Lilli schwieg lange.

»Ja, wahrscheinlich habe ich dich unterschätzt. Du bist mutig, ja, sonst wärst du damals nichts ins Südpol marschiert und hättest ›Giant Steps‹ geblasen, als hättest du nie etwas anderes gemacht. Aber du bist eben auch tragisch. Damals wäre es mir zu anstrengend gewesen herauszufinden, ob man sich auf deinen Mut verlassen kann oder deine tragische Seite fürchten muss. Aber ich hab dich von Anfang an mehr als nur interessant oder nett gefunden, wenn du weißt …«

Das zu hören, es war für Fred ein Einsatz, der zu spät kam, so spät, dass dieser Take wertlos war. Aber es gab doch immer einen nächsten, eine neue Möglichkeit. Fred fühlte sich sicher, wollte antworten, und plötzlich war er da: Der Kellner hatte sich angeschlichen wie ein unscheinbarer Kirchendiener. Auch wenn er kaum zu sehen gewesen war im Trubel des Mittagsbetriebs, er hatte genau beobachtet, dass Fred und Lilli ein sehr persönliches Gespräch führten. Er hatte bemerkt, dass sie ihn manchmal für einen Moment mit schräg gelegtem Kopf angeschaut und dabei mit ihren Haaren gespielt hatte. Er war lange genug im Geschäft, so oft hatte er Paare beobachtet, die sich gerade kennenlernten: Zum ersten Mal oder wieder aufs Neue. Aber er schien nicht für richtig zu halten, was da geschah. Trotzdem platzierte er den Teller vor Lilli mit größtmöglicher Akkuratesse, servierte dann Fred den Rentierburger.

Dabei sprach er demonstrativ Norwegisch mit Lilli, die ihm antwortete und dabei ein konspiratives Lächeln aufsetzte.

Als der Kellner einen weiteren Satz beendet hatte, begann sie plötzlich laut zu lachen und nickte ihm dann zu. Er zündete zwei weiße Kerzen auf fleckenlosen Silberleuchtern an, trat einen Schritt zurück und öffnete den Mund. Ein tiefes Jammern und Grunzen erklang, als habe sich ein Hammondorgel-Spieler einen rüden Spaß erlaubt mit den rotierenden Leslie-Lautsprechern seines Instruments. Die Teller vibrierten, die Kerzenflammen zitterten beängstigend. Lilli sackte lachend in sich zusammen. Dann brach das animalische Röhren und Orgeln jäh ab.

Der Kellner verbeugte sich und sagte ohne jedes Mienenspiel: »Reindeerburgers with lingonberries and a creamy gamesauce. Enjoy it!«

Lilli rang nach Luft. »Er hat mich gefragt, ob du Spaß verstehst.«

»Das tue ich. Aber manchmal bin ich auch ein wenig schreckhaft.«

»Ich habe gesagt, er soll es ausprobieren.«

»Den Test habe ich wohl nicht bestanden.«

»Das hat noch kein Mann, mit dem ich hier war. Wer kann schon ahnen, dass Kais Hobby Tierstimmen-Imitationen sind. Der Brunstschrei der Rentiere ist die Krönung in seinem Repertoire.«

Fred schnitt sich einen Streifen von seinem Burger ab und probierte. Das Fleisch war zart, schmeckte unaufdringlich nach Wild und karger Steppe. Für einen Moment gerieten seine Gedanken wieder in Kehren und Schleifen, drehten sich um seinen Entwurf für »Winter Harbour«, ohne einen Ankerplatz zu finden. Eine Frauenstimme, das wäre es, eine, die sphärenhaft zu hören ist; norwegischen Liedzeilen, eine weise, aber alterslose Sirene.

Lilli hatte eine Frage gestellt.

»Bitte, was meinst du?«

»Freddie, ist es so köstlich? Ich hatte gefragt: Wolltest du Kinder?«

Fred schaute durch das Fenster in der Hoffnung, einen Anhaltspunkt zu finden für eine klare Antwort, aber neben den vagen Reflexionen von weiß gedeckten Tischen und dezent funkelnden Lampen entdeckte er nur sein müdes Gesicht.

»Ja, ich glaube, ich denke, ich wollte. Einerseits. Aber andererseits kam es zu früh.«

»Habt ihr nicht …«

»Nein, wir hatten es uns schon überlegt, ja. Sonja wollte Kinder, und mir gefiel das Bild. Ich sah mich mit meinem Sohn oder meiner Tochter den Weihnachtsbaum schmücken. Ich weiß bis heute nicht, ob es ein Unfall war. Und was Sonja sich wirklich erwartet hat von ihrem Leben.«

»Habt ihr nie daran gedacht, dass das, was ist, auch wieder anders sein kann?«

»Eines Tages tauchte sie mit einem Auto-Aufkleber auf: ›Mum's Taxi.‹ So ist sie damit umgegangen, dass unser Leben eingefroren ist mitten in der Zeit, die ja eigentlich so etwas wie der Sommer sein sollte, wenn ich das mal so …«

»Warum bist du jetzt ausgerechnet hier?«

»Jahrtausendwende. Warum sollte Fred Kemper da nicht auch eine große Wende gelingen?«

Lilli schob sich einen großen Bissen in den Mund, legte noch eine Portion Preiselbeeren nach, kaute und schluckte, nahm die Serviette auf, fuhr sich im Zeitlupentempo über die Lippen. Dann schob sie das Besteck von der einen Seite des Tellers auf die andere.

»Lebt Paul eigentlich noch?«

Ohne getrunken zu haben, stellte Fred sein Bierglas wieder ab. »Paul? – Ja, ja, und wie. In seinem Altenheim macht er alle wahnsinnig mit seinen Platten. Er hört nicht mehr so gut. Als ich ihn das letzte Mal besucht habe, hat er mir versichert, dass er auf jeden Fall hundert Jahre alt wird. Außerdem hat er sich darüber beschwert, dass die Pflegerinnen BHs tragen. Bei dem Geld, das er bezahle, könne man schließlich etwas mehr verlangen. Jedenfalls mögen die Mädels ihn. Er gibt ihnen dauernd Ratschläge, die anscheinend ganz brauchbar sind.«

»Was hat er dir geraten?«

»Wir haben überlegt, was es für Möglichkeiten gibt, als Musiker nicht nur mehr schlecht als recht über die Runden zu kommen. Paul hat mir geraten, mich bei einer Rundfunk-Bigband zu bewerben, in Köln oder Frankfurt oder Hamburg. Aber vielleicht hätte es auch nicht gereicht. Es gibt immer nur ein paar, die durchkommen.«

»Du hättest es geschafft. Eher über kurz. Auf Bratislava hättest du aufbauen können. Du hattest mehr als nur Talent, denn du hast dich nie darauf verlassen und hart gearbeitet. Wenn Herr Colbjørnsen nur halb soviel üben würde, wie du das getan hast, müsste er auch nicht so oft seine Versatzstücke blasen.«

»Vielleicht. Aber du weißt es am besten. Du hörst nicht um siebzehn Uhr auf, Musiker zu sein. Sonja wollte …«

Lilli schlug mit der Gabel auf den Teller. Fred sah, wie ein paar Spritzer Sauce aufstiegen zu einem kurzen Parabelflug und auf der Tischdecke zerplatzten. Er versuchte an ihren Augen abzulesen, ob ihre Wut ernsthaft war oder nur gespielt. Was er entdeckte, war jener Blick, den kein Wimpernschlag durchkreuzte.

»Du bist verrückt, Fred Kemper, aber so gefällst du mir, so gefällst du mir sehr.«

27

Nichts außer Musik. Der Raum, in dem sie sich ausdehnte, war ein Widerspruch in sich. Er war leer, er war dennoch voller Menschen. Sie alle hatten die Plakate gesehen, hatten die Ankündigungen gelesen: »Fred Kemper Quartett and Friends – Das Abschiedskonzert – 11. November 1989 – 21.00 Uhr.«

Die Körper, die Fred gesehen hatte, bevor er die Augen schloss, waren plötzlich nur noch Doppelgänger: physisch vorhanden an einem anderen Ort, hier gegenwärtig in einer entgegengesetzten Erscheinung, gesponnen aus einem immateriellen Stoff, der sich leicht und geräuschlos bewegen ließ. Die Luft war zu zähem Harz geworden, aber das machte niemandem etwas aus; niemand hier musste atmen. Sie alle fanden ihren Sauerstoff in einer fernen Landschaft, die endlos war, unwirtlich, still.

Viktor und Palle waren es, die dafür sorgten. Jeder Ton war ein Strahl in jenem Licht, das den Horizont zum Greifen nah heranholte und alles, was vor den Füßen zu liegen schien, meilenweit entrückte. Jeder Ton war ein Teil der Landschaft, war glatter Kiesel oder wiegendes Gras. Jeder Ton: eine Aufforderung mitzukommen. Als Viktor einige einsame dunkle Töne angespielt hatte, die sich allmählich zu einer elegischen Melodie zusammenfanden, saß Fred auf seinem Baumstumpf vor jenem Panorama, dessen Blickfang die orangefarbenen Fahnen der Gasfackeln waren, gezähmte Drachen vor einem Himmel aus frostigem Blau. Fred sah, wie die Dämmerung das Licht aufzehren wollte, um daraus Dunkelheit zu machen. Bald sollte er vierzehn Jahre alt werden. Und so, wie er sich verändert hatte Jahr für Jahr, änderte sich das, was er sah, Bilder holten ihn ein und schossen vorüber, während Viktor und Palle ihr Zwiegespräch führten. Zwei Melomanen, die sich schlafwandlerisch sicher durch Akkord-Strukturen und über harmonische Flächen bewegten. Ihre Musik, ein Kaleidoskop freimütigen Wohlklangs, eine nuancierte Erzählung, ein stetes Schweben. Nichts ist gewiss, sagten sie, aber wo Gefahr ist, wachst das Rettende auch. Der Schlüssel zu allem: die lautere Autorität der Schönheit.

Fred band seine Gedanken an die Figuren, die sie entwarfen. Er flog über ein Meer, das bald gewaltige Felswände in die Schranken wiesen. Weite Ebenen entrollten sich auf den Höhen. Moos und Heide klammerten sich dort an den Stein. In der Ferne sah man Berge mit schlohweißen Gletschern, die sich vervielfachten in seinem Blickfeld. Fred fand seinen Weg durch das felsige Labyrinth und entdeckte Landstriche, in denen im Schatten alter Birken die ersten Häuser auftauchten. Denen folgten dichte Wälder, darauf sonnenferne Täler und schließlich die ersten Straßenzüge einer namenlosen Stadt. Was er sah, es war weder originell noch aufsehenerregend, es war einfach nur naiv und sentimental. Aber diese Bilder, sie hatten Zugkraft, der Fred nicht widerstehen wollte. Fred betrachtete sie wie Postkarten aus einer Zukunft, die bereits existierte als parallele Sphäre, in der stets alles möglich war.

Der Bassist kam aus Kopenhagen. Palle trug einen schwarzen Anzug und einen weißen Hut auf seinen hemmungslos wuchernden blonden Haaren. Tief beugte er sich über seinen Bass, ein Gummimann mit Wirbeln aus Kautschuk.

Viktor hatte ihn im Januar bei einem seiner Solo-Konzerte in Hamburg kennengelernt. Palle war zu ihm an die Bar gekommen: Ob sie nicht mal zusammen spielen sollten? Am nächsten Vormittag hatten sie sich im Club getroffen. Rauch vom Vorabend hing noch hauchdünn im Raum, eine Erinnerung an die vielen Illusionen der letzten Nacht. In den Gläsern, die niemand mehr hatte abräumen wollen, der Schaum nervös gekippter Biere zu weißen Rändern verkrustet. Kein Fenster. Kein Licht, das die Tageszeit hätte anzeigen können. Drei Stunden machten Palle und Viktor zusammen Musik, ließen die Töne wie selbstverständlich dahinfließen zu einem Strom, in dem sie sich immer mehr verbündeten und schließlich vereinigten: zu einem einzigen unerschöpflichen Gedanken.

Die beiden Putzfrauen verständigten sich in Gebärdensprache. Sie waren stumm und taub und begannen, geräuschvoll für Ordnung zu sorgen.

Palle hatte seinen Bass an die Seite gelegt und war zu Viktor am Flügel gegangen.

»When you are on stage with me, I don't need to think about music, I feel it. We are from the same planet«.

Auf den Werbeblock einer Brauerei hatte Palle seine Telefonnummer geschrieben. Viktor hatte den Zettel in die Hosentasche gesteckt und vergessen. Als die Hose aus der Waschmaschine kam, fand er nur noch einen grauen Papierklumpen. Er hatte ohnehin nicht damit gerechnet, dass die beiden zueinanderfinden würden. Immer wieder versprachen sich Musiker im Vorübergehen, mal miteinander zu spielen, ein Ritual ohne große Konsequenzen. Aber Palle war konsequent und so resolut wie sein Spiel. Er hatte Viktors Adresse ausfindig gemacht und ihn angerufen.

An jenem Vormittag in Hamburg hatten sie zusammen ein Stück skizziert. Für diesen Abend im Südpol hatte Viktor ihm einen Namen gegeben: »Last Evening For A Long Time With A Fellow«.

Dass die Zeit des Fred Kemper Quartetts vorüber war, hatten sie alle seit langem gewusst. In den letzten drei Jahren waren sie nur noch selten zusammen aufgetreten, meist im Südpol oder in Clubs, die nicht weiter als hundert Kilometer entfernt waren, immer an Freitag- oder Samstagabenden.

Fred konnte nicht mehr über Nacht von zu Hause wegbleiben. Jeder Probe ging ein quälendes Blättern in ihren Taschenkalendern voraus. Und wenn sie sich endlich geeinigt hatten, arbeiteten Pia und Benni ein neues Kapitel aus dem Lehrbuch der häufigsten Kinderkrankheiten ab. Und dann war da noch Freds Stelle als Lehrer. Zum Schuljahresbeginn 1988 hatten Sonja und Fred geheiratet.

Am Ende des Jahres, im Schein blinkender Pfingstrosen, aufgeplatzt aus den teuren Silvesterraketen, mit den Augen dem Schweif bunter Funken folgend und halb taub vom Spektakel aus Heulern und Kanonenschlägen, hatten sich Fred und Sonja ihre Vorsätze für das anbrechende Jahr ins Ohr gebrüllt. Sie hatten beschlossen, das nächste Silvester in ihrem eigenen Haus zu feiern, draußen vor der Stadt mit ihren schmutzigen und grauen Straßen, in denen der Verkehr immer dichter und die Menschen immer nervöser wurden. Sie wollten in eine der rot geklinkerten Siedlungen mit verkehrsberuhigten Zonen und ausladenden Grünflächen ziehen, wo die Kinder ungefährdet draußen spielen konnten und man an Sommerabenden im eigenen Garten in einen freien Himmel schauen konnte.

Während Fred versuchte, sich einzurichten in dieser freundlich zuverlässigen Idee, hoffte er: auf das Erbe einer verschollenen Tante aus Kanada, einen Lottogewinn, denn er hatte tatsächlich begonnen, regelmäßig ein paar Reihen auszufüllen: Sechs Zahlen, die etwas mit Musik zu tun hatten. Und immer wieder horchte er in sich hinein, um vielleicht doch noch eine Stimme trotziger Verweigerung zu hören.

210

Es war ein sanftgrüner Frühlingsabend. Fred hatte Viktor und Chico an einen Bootsteg bestellt am See im Süden der Stadt. Dorthin, wo Fred, die Hände seiner Eltern festhaltend, ganz am Rand stehend mit großen Augen auf die weiß flatternden Segel der Boote geschaut und den gleichmäßigen Rhythmus der hart arbeitenden Ruderer bewundert hatte. Dorthin, wo er mit Lilli gesessen hatte, um vielleicht mit ihr schweigen zu können.

Fred hatte Bier für sich und Chico mitgebracht und eine Cola für Viktor. Schluck um Schluck trank er aus der golden-schimmernden Dose. Erst als sie fast leer war, konnte er sprechen: »Es tut mir leid, Jungs … aber … aber ich möchte aufhören, Musik zu machen … Professionell.« Dann stieß er an mit seinen Freunden.

Was immer diese Geste beschwören sollte, warum auch immer er dieses Eigenschaftswort nachgeschoben hatte … Als würde es die Sache logischer machen und einleuchtender. Dabei war das Ende unausweichlich. Lange hatte es gedauert, bis die drei akzeptieren konnten, dass nicht mehr Konrad mit ihnen auf der Bühne stand. Nach seinem Tod hatte das Quartett mit wechselnden Bassisten gespielt, aber es war niemals mehr dasselbe gewesen. Palle, der heute unbedingt hatte dabei sein wollen, war ein Gast, den man mögen musste, denn er spielte grandios. Aber er gehörte nicht zur Familie.

Viktor zog mit seinen Solokonzerten inzwischen ein Publikum an, dessen Vorstellung von Jazz, wie Chico sagte, »so klar war wie ein umgekippter Gartentümpel«. Aber es gefiel Viktor, dass die Leute nur ihm atemlos lauschten, wenn er sich auf seinen Klavierhocker setzte und zu spielen begann. Er griff ein paar Akkorde, begann Motive aneinanderzufügen in einem so transparenten wie impulsiven und am Ende makellosen Arrangement. Viktor, der als Kind mit dem Sprechen nur angefangen hatte, weil es nützliche Notwendigkeit war: Jetzt war er frei und eitel genug, um sein geheimnisvolles Inneres zu erkunden. Vor einem Publikum, das gebannt alle Spannungen, Zweifel und Widersprüche verfolgte und darauf lauerte, wie er sie löste in anderthalb Stunden an einem Klavier.

Viktor und Palle ließen »Last Evening For A Long Time With A Fellow« ausklingen … pianissimo. Als die finale Note endgültig verklungen war, hatte auch der Letzte im Publikum den schützenden Abstand aufgeben, war auf Tuchfühlung mit den anderen, merkte nicht, wenn ihm jemand auf den Fuß trat oder in den Rücken stieß. Und als sei das Südpol nicht schon ein überladenes Schiff, dessen Bugwand heruntergedrückt war bis zum Meeresspiegel, geriet es nun auch noch ins Schlingern unter dem Applaus und den Schreien der Gäste. Die Kellnerinnen verkauften Bier nur noch direkt am Tresen an jene, die in Reichweite standen. An den Scheiben rann Kondenswasser, aber keiner der Zuhörer wollte sich aus dem Treibhaus davonstehlen. Das Fred Kemper Quartett spielte jetzt seit mehr als zwei Stunden, sie hatten nur eine kurze Pause gemacht. Immer wieder waren andere Musiker mit eingestiegen, in den unterschiedlichsten Gruppierungen hatten sie Standards und eigene Stücke von Viktor und Fred interpretiert.

Fred schaute in die Gesichter der Leute im Südpol. Er erkannte viele wieder, die schon seit sechzehn Jahren zu seinen Konzerten kamen. Manche hatten Krähenfüße und Zornesfalten bekommen, Tränensäcke und graue Schläfen, andere konnten ihr Aussehen noch konservieren, einige verharrten mit ihren Monturen im Style der siebziger Jahre, andere waren einfach der Mode gefolgt und trugen die Lederjacken im Schnitt der achtziger. Manche der Frauen hatten mit jedem Jahr ihre Haare kürzer geschnitten, manche hatten sie länger wachsen lassen. Neue Gesichter waren dazugekommen: Männer und Frauen Anfang zwanzig, über die sich Fred besonders freute, denn sie waren nicht hier, um noch einmal vergangene Gefühle heraufzubeschwören. Sie wollten einfach nur Jazz hören. Vor der Zwischenwand auf der gegenüberliegenden Seite ragte Pauls Kopf direkt neben dem Hintern eines Mannes auf, der auf einem Gemälde mit einer Szene aus einer U-Bahn-Station gerade die Rolltreppe herunterfahren wollte. Paul hatte ihnen beim Aufbauen geholfen und dabei die ganze Zeit geschwiegen. Neben ihm standen ein paar Musiker, die Fred aus der Hochschule kannte und von Konzerten. Sonja war daheim geblieben. Benni hatte eine Mittelohrentzündung. Auch Freds Eltern waren nicht gekommen. »Das wird zu eng und stickig für uns, dafür sind wir nicht mehr jung genug«, hatte sein Vater gesagt. Aber seine Mutter hatte am Nachmittag noch einmal angerufen und ihm alles Gute gewünscht und gefragt, ob er sein weißes Hemd mit dem Stehkragen anziehen wolle: Darin sehe er doch so gut aus. – Er wollte.

Fred genoss den Moment, in dem jeder Einzelne im Publikum dankbar war, dass er für ein paar Stunden aus seinem aktenkundigen Dasein und der gewöhnlichen Stille des Alltags befreit worden war. Ihr Applaus war Anerkennung, aber auch Bitte, diese Stille, zu der die wieder hörbaren Kneipengeräuschen in keinem Widerspruch standen, noch nicht zurückkehren zu lassen. Fred rutschte von seinem Hocker und stieg mit einem großen Schritt auf die Bühne. Er verbeugte sich tief vor Viktor und Palle. Aber auch vor Chico, der sich hinter seinen Trommeln zusammengerollt hatte, ein Igel, der seine Stacheln in alle Richtungen reckte.

Chico hatte an diesem Abend gleich beim ersten Stück seinen Gefühlen und seiner Ansicht darüber, was geschah, Luft gemacht. Er hatte »Cantaloupe Island« mit einem unangemeldeten Schlagzeug-Solo gekrönt, nachdem er sie begleitet hatte mit präzisen Schlägen: auf den Fellen seiner Drums, auf den Rändern, auf den Becken. Aber dann, rollend und grollend wie ein Gewitter, das von Fern heranzieht, hatte er seinen Alleingang begonnen, der schließlich zu einem Tribut wurde an die gemeinsamen Jahre. Aus unzähligen Triolen entstanden Wirbelstürme, Erinnerungen an die Auseinandersetzungen, die sie gehabt hatten und denen dann wieder rhythmisch ruhige Phasen folgten, in denen er nur mit den Besen spielte und immer wieder Pausen ließ, als wollte er zum Ende kommen. Aber soweit war es noch nicht. Chico lud sich unmerklich auf mit der Elektrizität im Raum, bis er die Macht eines Superhelden hatte: Seine Hände ließ er schneller und schneller fliegen, bis sie unsichtbar wurden und man an ein vielarmiges Wesen glauben musste. Chico ließ jetzt seiner Wut freien Lauf: über Konrads Tod, über die Macht des Schicksals. Er spürte nicht, wie der Schweiß ihm in die Augen lief, unvermindert malträtierte er seine Tom-Toms und Becken, aus seiner Bass-Drum generierte er ein Erdbeben, lichtschnell wechselte er Stöcke und Schlegel, ein furioser Tumult, der dennoch bar jeder Beliebigkeit war. Chico zelebrierte sein persönliches Finale mit allen Höhen und Tiefen und verausgabte sich: so, wie er es vielleicht nie wieder tun würde als Schlagzeuger. Leise kam er zum Ende, friedlich schloss er ab. Mit den Besen streichelte er noch einmal sanft die Trommeln und Becken; dann fror er einfach ein hinter seinem Instrument für die Ewigkeit von Sekunden, als könnte und wollte er sich niemals mehr bewegen. Schließlich sah er auf, schaute Fred in die Augen mit einem Blick, der traurig war und wütend und eine letzte Aufforderung.

Jetzt kam der Moment, auf den Fred sich nicht vorbereitet hatte. Mit einer kleinen Geste der rechten Hand bat er das Publikum um Ruhe. Er räusperte sich, setzte an, musste noch einmal schlucken.

»Vielen Dank an diese beiden einmaligen, unvergleichlichen und einfach wunderbaren Musiker.«

Noch einmal klatschen die Leute, pfiffen, riefen etwas herauf, aber Fred hatte sie in der Hand. Ein weiteres Zeichen, es wurde wieder ruhig.

»Liebe Freunde, liebe Gäste, dass ihr diese großartige Komposition heute Abend an dieser Stelle gehört habt … Was soll ich sagen… Ihr wisst, warum wir heute hier sind … Am Ende dieses einmaligen unwiederholbaren Abends könnte ein Titel nicht passender sein … Ich will … ich sage langsam, aber sicher: Lebt wohl! Warum, das wäre eine lange Geschichte … und dafür bräuchte man viele Worte … Aber ihr wisst, wir sind Musiker und werden nicht fürs Reden bezahlt … Das heißt, werden wir heute überhaupt bezahlt?«

Fred hörte nur wenige Lacher. Alle hatten begriffen, dass die letzten Minuten angebrochen waren für das Fred Kemper Quartett. In den Bewegungen seiner Anhänger und Freunde, in den zu den Nachbarn gesprochenen Bemerkungen lagen eine große Frage, ein Abschiedsschmerz und eine Hoffnung.

Warum hörte er auf? Konnte man das wirklich glauben? Würde Fred Kemper nicht bald wieder auf dieses Podium kommen, weil er nicht anders konnte?

»Ich will euch allen Danke sagen dafür, dass ihr immer wieder all die Jahre zu unseren Konzerten gekommen seid. Klar, das geht auch an die, die heute erst zum Fred Kemper Quartett gefunden haben. Sorry, dass wir euch nur so ein kurzes Vergnügen beschert haben … Leider kann ich keine Platte hochhalten, die euch trösten könnte … Aber seid gewiss, ihr seht mich wieder. Nicht hier auf der Bühne, aber immerhin hin und wieder am Tresen. Das bringt mich dazu, dass ich natürlich Uli danke sagen muss, dafür dass er mir, war es 1973 …«

Fred schaute zu Uli, der hinter dem Tresen auf der Zapfanlage lehnte und an seinem weiß gewordenen Bart fummelte. Er sah nicht glücklich aus. Er rief Fred die Antwort zu: »Erstes offizielles Konzert, Sonntag, 28. Oktober 73, 21 Uhr. Und es ist noch ein Deckel offen: 20 Mark 80!«

»Da seht ihr's. So geht man hier mit Musikern um. Aber trotzdem Dank an Uli, dass er den Jungs und mir die Chance gegeben hat, dass wir immer in diesem fabelhaften Laden auftreten durften … Danke an die Südpol-Crew für die Unterstützung all die Jahre und das, na ja, meist gut gezapfte Bier …. Und wenn wir schon in der Vergangenheit schwelgen. Danke an den ollen Paul Mittelstädt, der Einzige, der seit damals keinen Tag älter geworden ist …« – Fred hob mit beiden Händen sein Saxophon und verbeugte sich in Pauls Richtung.

»Von ihm habe ich gelernt, was Jazz ist. Er hat mich damals hierher gekarrt und hält mir immer noch die Hand. Und wenn ich jetzt noch ein paar Leute nicht erwähnt habe, ein bisschen Zeit haben wir noch zusammen, keine Sorge … Ich will euch noch an jemanden erinnern, den wir heute Abend sehr vermissen. Konrad, unseren Bassisten der ersten Stunde … Ich gehe davon aus, dass er trotz aller Sünden, oder vielleicht ja auch gerade wegen aller Sünden, im Musikerhimmel gelandet ist und mit all den Großen in der unglaublichsten aller Big Bands spielt … Hoffentlich kann er da rauchen, so viel er will … Konrad, wir werden dich nie vergessen. … Und jetzt, wie man

so sagt als Musiker an dieser Stelle: Thank you, good night!
… ›In A Sentimental Mood‹.«

Fred setzt die Zähne auf das Mundstück, formt seine Lippen, wie er das ungezählte Male getan hat, als spräche er das Wort »four«, korrigiert den Ansatz noch einmal leicht und dreht sich halb um zu Palle. Der klopft dreimal mit dem Fuß. Viktor eröffnet das Stück mit jenem hellen Motiv voller beunruhigender Spannung, das Erkennungszeichen der legendären Version von Ellington und Coltrane, eine wiederkehrende Chiffre. Sie ist ein pochender Phantomschmerz, erzählt von schwerwiegenden Verlusten und ist zugleich ein Morsezeichen: eine Losung auf der Suche nach Antwort in einer Welt, in der so viele entzweite Seelen irrlichtern. Chico forciert die Atmosphäre, die im selben Moment wehmütig und aufgewühlt ist, mit nervösen, frei gesetzten Akzenten auf seinen Becken und Trommeln.

Was wird Fred tun? Alles Naheliegende vermeidet er. Er schreitet über die auf- und absteigenden Treppen der Melodie mit einer Bestimmtheit, die verrät, dass er sich in keinem Lamento verlieren will. Nicht der Melancholie ihre Rechtmäßigkeit versagen, nein, das will Fred nicht. Wenn er eines gelernt hat in all den Jahren, dann dass die Melancholie der schärfste Widersacher jenes herrschsüchtigen Stumpfsinns ist, mit dem so viele das Maß des Lebens festschreiben. Er will einfach nur einer Traurigkeit ohne Anfang und Ende und ohne Sinn und Ziel huldigen. Seine Absicht ist, sie sachte zu durchqueren, um noch eine andere Facette hörbar werden zu lassen. Etwas Leuchtendes, Heiteres: Die Fähigkeit, das Schicksal durch freundliche Verachtung zu überwinden. Freds Soli sind die Gedanken eines Mannes, der in einem Café an einem Herbstabend endgültig versetzt worden ist von der Frau mit den blauen Augen und den Erdbeer-Sahne-Bonbon-Haaren, die sich auf ihre Schultern kräuseln. Sie wird nicht mehr kommen, nie mehr. Vielleicht ist sie immer nur eine Illusion gewesen. Der Mann sieht hinaus auf das Gewimmel der Passanten, die mit hochgeschlagenen Kragen und den gesenkten Köpfen voran ausschreiten, um durch den Regen hindurch pünktlich ihr Ziel zu erreichen. Er sieht die Schatten in einer Straßenbahn, deren Stromabnehmer Funken schlagen auf der Fahrt von A nach B oder vielleicht auch B nach A: jede Abfahrtsstation eine End-haltestelle. Eine Frau zerrt vor einer grünen Ampel an einem dick vermummten Kind, das einzige Wesen in diesem Bild, das es noch nicht eilig hat. Der Mann im Café sieht durch die Scheiben in ein gewaltiges Glashaus. Er betrachtet die Me-nagerie wie ein Fremder von einem anderen Himmelskörper. Aber der Mann, der Fred ist, weiß, dass auch er dieser Spezies angehört, die da draußen wuselt und schwärmt. Wenn er auf-steht und geht, und er muss aufstehen und gehen, dann wer-den sich die Verhältnisse umkehren. Auch er wird den Kragen aufschlagen, den Kopf beugen und sich in den Strom einord-nen. Einen letzten Blick zurück wird er werfen auf den leeren Platz, wo die anderen, die vorübergeeilt sind, ihn haben sehen können, schwebend hinter Glas, ein einsames exotisches We-sen im Aquarium …

In eleganten Bewegungen verfolgt Fred die Melodie weiter, stürzt mit ihr unversehens ab in eine Blue Note, fängt sich, steigt auf und mit sanftem Zungenschlag fügt er die geeigneten Noten aneinander, ein vielsagendes Arpeggio, ein Signal: Fred verabschiedet sich in dem Willen, sich in den Strom zu fügen, ohne zu vergessen, dass es eine andere Seite gibt. Das Wissen darum macht ihn gelassen, die Gelassenheit heiter. Fred Kem-per, der heitere Fatalist. Aber er ist nicht allein. Chico, Viktor, sie kennen ihn zu genau, sie machen es ihm nicht leicht. Im-mer wenn er sich sicher fühlt, schrecken sie ihn auf. Chico mit seinen hart auf das Blech oder die straff gespannten Felle treffenden Stöcken, Viktor mit der Erneuerung jener mahnen-den Klavier-Figur. Und sie greift Viktor am Ende, das in sei-nen Händen liegt, mit noch einmal gesteigerter Kraft. Chicos letzte Tat wiederum ist ein energischer Trommelwirbel. Die Spannung vom Anfang, die Fred lösen wollte, die er zeitweilig bezwungen hatte, herrscht wieder, wie der sagenhafte Vogel, der aus der Glut stieg, als sei nichts gewesen. Aber weil auch Viktor gerne allzu pessimistische Abschlüsse mit Humor hin-tertreibt, lässt er noch einmal den kleinen Finger zuschlagen auf einer der weißen Tasten weit rechts auf seiner Klaviatur. Jenseits der Bühne ist das »Pling« kaum zu hören, aber Chico, Palle und Fred haben es im Ohr. Fred, der gerade kurz angesetzt hat, um das Blatt für das nächste Stück feucht zu halten, schickt ein Lachen in sein Instrument, das plötzlich ein kleines Geräusch macht, an das er sich so gut erinnert – als habe man einem Kanarienvogel den Hals umgedreht.

Der Applaus der Menge wird immer lauter und sammelt sich schnell zu einem rhythmischen Klatschen. Das Publikum will, dass er niemals aufhört. Jetzt steht Fred ganz allein oben auf dem Podest. Viktor und Chico bestehen darauf, dass er »I'll Remember Lilli« als Soloversion spielt.

Er widmet das Stück: »… Alex, der ich einmal sehr weh getan habe, Sonja, der ich hoffentlich nie weh tun werde, den allerbesten Kompositionen meines Lebens, Pia und Benni, und meinen Eltern, die heute leider nicht hier sein können und denen ich alles zu verdanken habe.«

Und dann beginnt er zu spielen mit nur einem einzigen Gedanken: Wenn du es nicht lebst, kommt es nicht aus deinem Horn.

Fred hat seinen Koffer gegriffen und sich durch die Menge geschlängelt, um in den kleinen Lagerraum neben der Küche zu kommen. Unter einer Neonröhre, die ihrem Ende entgegenflackert, greift er sich einen Hocker und beginnt die übergroßen geriffelten Dosen im Stahlregal an der Wand zu zählen. Bilder von geschälten Tomaten, Gewürzgurken und schwarzen Oliven sind aufgedruckt. Aus der Ecke neben dem vergitterten Fenster riecht es nach Scheuerlappen und Salmiak. Drei rote Eimer sind bereits halb gefüllt, damit die Kellnerinnen bald die Tische wischen können.

Fred beginnt, sein Saxophon auseinanderzubauen. Vorsichtig löst er die Blattschraube, nimmt das Blatt vom Mundstück, wischt es ab mit einem Stück Papier, das er von einer Küchenrolle gerissen hat, auf der kleine Bären aufgedruckt sind, schiebt es unter das Gummiband auf dem Taschenspiegel zu den anderen Blättern. Er dreht das Mundstück vom Kork, setzt die Kappe auf, nimmt mit einer leichten Drehung den S-Bogen ab, legt ihn zur Seite und lässt all die anderen Handgriffe folgen, die er im Schlaf beherrscht...

Jedes Mal, wenn er den umgekehrten Weg genommen und sein Instrument endgültig spielbereit gemacht hatte, dann stellten sich mit der letzten Geste ein: Gier und Besessenheit. Er wollte spielen und niemals aufhören müssen. Jedes Mal, wenn er das Instrument auseinandergebaut und verstaut hatte, fühlte er sich mutlos, als könnte er nun keinen Widerstand mehr leisten, gegen etwas, das an ihm hing wie sein Schatten.

Er starrt lange in den Koffer, bevor er ihn endgültig zuklappt. Von draußen hört er immer noch das Stimmgewirr. Kaum einer ist gegangen, sie warten auf ihn. Fred glaubt seinen Namen zu hören. Dann beginnt er zu würgen.

28

Der Knall war wütend und laut. Lilli zuckte zusammen und verharrte dann für einen Moment reglos, eine Wachsfigur mit Gabel über einem Teller mit Apfel-Tart und Vanille-Eis.

Die Fensterscheibe des Lorry vibrierte und verzerrte Freds Spiegelbild. Er sah nach draußen in die geballte Trübnis des Winternachmittags und war sich sicher, diesen Knall so schon einmal gehört zu haben. Es mochte ein Déjà-vu sein, ein Moment, in dem das Gehörte zwar gegenwärtig, durch eine Fehlfunktion seines Gehirns aber zugleich schon Erinnerung war. Fred sah, dass an der Außenseite des Fensters etwas Weißes klebte, eine Feder.

»Was war das?«

Lilli hatte sich wieder gefasst.

»Sieht aus, als sei eine Möwe gegen die Scheibe geflogen. Vielleicht hat sie sich im Schlosspark gelangweilt, ist ein bisschen rumgesegelt, hat plötzlich irgendwo ihr Spiegelbild gesehen und gedacht: Was für eine nette Möwe, der sage ich mal hallo ... Und rums ...«

Fred drückte seine Nase an das eiskalte Fenster und legte die Hände an die Stirn, aber auf dem Gehsteig war nichts zu erkennen.

»Scheint, als hätte sie Glück gehabt. Gehen wir vom Besten aus. Glauben wir daran, dass der Vogel nur eine Gehirnerschütterung hat und gut ins neue Jahrtausend fliegen kann.«

Lilli versuchte mit der Gabel eine 2000 in eine Pfütze aus geschmolzenem Vanille-Eis zu schreiben.

»Bedeutet dir das Datum etwas?«

»Es bedeutet mir was, dass ich hier bin und dich sehe.«

Vor wie vielen Jahren waren sie einander begegnet? Fred konnte es nicht auf Anhieb sagen. Er hätte Berechnungen anstellen müssen, Erinnerungen abgleichen. Aber das eine Bild war jetzt wieder da. Ihr Hintern in dem roten Rock, die Haare, der Schleier einer Nonne. Er hatte sich zu ihr gesetzt, weil kein anderer Platz mehr frei war. So einfach funktionierte, was man Schicksal nannte.

Fred hatte nie versucht, Lilli aus seinem Gedächtnis zu streichen. Aber es war wie mit einer Schallplatte. Die man immer wieder auflegte, die man eine Zeitlang Tag um Tag hörte, in der man sich mit jedem neuen Aufsetzen des Tonabnehmers wiederfand. Man lebte in ihr und mit ihr. Irgendwann stellte man sie doch zu den vielen anderen dünnen bunten Alben, wo sie blieb, bis man nicht mehr wusste, dass man sie überhaupt besessen hatte. Neue und andere Platten beanspruchen die Aufmerksamkeit, aber eines Tages, man sucht ein bestimmtes Stück, lässt den Finger über die Pappcover gleiten – und hat sie plötzlich wieder in Händen. Ein Zufall? Ein Zusammenhang? Hat etwas Geflüstertes aus den Höhlen des Unterbewusstseins einen an diese Stelle geführt?

Sorgfältig leckte Lilli ihren Löffel ab, legte ihn zur Seite und strahlte ihn an.

»Das höre ich gerne. Aber im Protokoll des Familienoberhauptes Fred Kemper sollte doch eigentlich etwas anderes stehen?«

»Wenn alles protokollgemäß gelaufen wäre, würde ich Sonja heute bei den Vorbereitungen für eine große Nachbarschafts-

Silvesterparty helfen. Ich würde leere Flaschen für das Feuerwerk in den Rasen bohren und mit Pia und Benni Girlanden durchs Wohnzimmer ziehen.«

»Nicht das Schlechteste, was man tun kann. Aber du hast immer noch nicht die Frage beantwortet, warum du aufgehört hast?«

»Mit dem Fred-Feuerstein-Sein?«

Lilli lachte.

»Na, das passt zu dir – Fred steht im Garten und brüllt: Yabba Dabba Doo. Obwohl du von der Figur her Herrn Feuerstein durchaus ähnlicher geworden bist.«

»Die Kinder haben es gemocht, wenn ich's gerufen hab!«

»Du weißt, was ich meine: Warum hast du wirklich aufgehört, Musiker zu sein?«

»… die Familie, das Haus da draußen. Ich konnte nicht mal eben zu den Jungs gehen und proben. Als Lehrer kannst du ab und an mal ein Konzert geben. Meine Kollegin tritt ab und zu mit einem Streichquartett auf. Aber du kannst nicht auf Tour gehen. Sonja hat wieder angefangen zu arbeiten. Der Kredit, wir werden ihn noch lange abzahlen müssen. Ich hatte einfach das Gefühl, dass es mit dem Fred Kemper Quartett nicht weitergehen konnte. Da war eine Grenze. Um einigermaßen von der Musik leben zu können, hätten wir weiterkommen müssen, eine Platte machen, noch eine.

»Du bereust es, oder? Du bereust es sehr.«

»Schon als ich nach unserem Abschiedskonzert aufgewacht bin, habe ich es bereut. Aber das ist eben nur das eine. Das andere ist, du siehst es ja an dir, man braucht einen langen Atem, wenn man mit diesem Jazz-Ding was werden will. Ich fand meine Entscheidung nicht falsch …«

»Hätte es nicht etwas gegeben, einen Weg dazwischen?«

»Wenn ich ihn nicht gesehen habe, dann hat ihn mir wahrscheinlich der Bundespräsident damals ausgeredet. Wobei, geredet hat er nicht, nur streng geguckt.«

29

Sonja kam aus dem Schlafzimmer in ihrem salbeigrünen Kostüm, das Fred das »Tarnkappen-Kostüm« nannte: In jeder Situation passte es sich an, war Ton in Ton mit dem Hintergrund und ließ die Trägerin so vorsätzlich unscheinbar werden. Sie blieb vor dem Spiegel stehen, machte auf dem Absatz kehrt und kam nach zehn Minuten wieder heraus, jetzt mit offenen Haaren und Außenwelle, in der einen Hand ihre Lehrerinnen-Tasche, während sie sich mit dem anderen Arm noch in die Jacke ihres himmelblauen Hosenanzugs wühlte.

»Besser?«

»Kesser, wenn ich das so sagen darf. Wenn's der Sache dient … Du siehst übrigens verdammt sexy aus.«

»Heb dir das für später auf, wird sind spät dran.«

Fred steuerte den dunkelbraunen Passat-Kombi auf eine der Parkbuchten zu, die frisch gepflastert vor der Stadtsparkasse lagen. Sonja war in diesem Ort aufgewachsen am Rande jenes Metropolenklumpens, aus dem Fred kam. Robert, der Bankberater, wartete vor dem Eingang. Eichenhoch wuchs er aus dem Boden, erwartungsvoll schaute er die Hauptstraße herunter. Als er das Auto kommen sah, ließ er eine halb gerauchte Zigarette fallen und versuchte, sie unter einem blank polierten Schuh so unauffällig wie möglich auszutreten. Sonja stellte sie einander vor:»Das ist Robert, Robert Schwab, inzwischen praktisch der Bankier der Familie. Wir waren Nachbarskinder. Robert, das ist mein Mann Frederik.«

Fred reichte dem Finanzverwalter die Hand, der sie umklammerte mit dem Ehrgeiz eines Ruderchampions, der zum Endspurt ansetzt. Robert war ein paar Jahre älter als Fred. Aber er hatte das gleiche rotblonde Haar. Beide trugen sie die gleichen blauen Anzüge. Als Fred an Robert vorbeiging, der ihnen die Tür der kleinen Filiale aufhielt, roch er das Rasierwasser aus der weißen Flasche mit dem roten Segelschiff als Markenzeichen. Auch Fred hatte es im Badezimmerschrank stehen.

Roberts Büro war durch eine Milchglaswand vom Kassenraum getrennt. Er schob auf seinem Schreibtisch, der so alt war wie die Additionsmaschine darauf, Unterlagen an die für ihn einzig richtige Stelle, rückte einen Teller mit Schokoladenkeksen näher an das Paar, schenkte ihnen ungefragt Kaffee ein.

Robert war jetzt ein Schauspieler kurz vor dem Auftritt. Noch einmal ging er die entscheidenden Stellen des Monologs durch, der der Höhepunkt jener Aufführung war, in der er die Hauptrolle hatte.

Sonja hatte aus ihrer Tasche ein schwarzes Schulheft geholt. Seit Tagen hatte sie Listen und Zahlenkolonnen angelegt, hatte addiert und subtrahiert, Striche gezogen und Summen rot markiert. Was sie ausgaben für Butter und Brot, für die Kindersocken, für Bücher, Strom, Wasser, Telefon und Benzin, Zoobesuche, Geburtstagsgeschenke, Freds Schallplatten und alles andere, was vorstellbar war. Sie hatte jeden Posten notiert, hatte dem Ergebnis die Familieneinnahmen und Rücklagen gegenübergestellt – in Freds Fall wollten seine Eltern etwas dazugeben – »denn am Ende erbst du es ja eh«. Sie war vorbereitet und saß angespannt im Sparkassen-Sessel, der schwammweich geworden war mit den Jahren. Sie hielt sich darin dennoch aufrecht wie die meisten Männer und Frauen vor ihr. Sie saß weit vorn an der Kante, während Fred tief in das Polster gerutscht war.

Robert war hinter seinem Tisch stehen geblieben, die Hände über dem Schritt verschränkt. Er holte hörbar Luft und setzte zu einem langen Solo an.

»Liebe Sonja, lieber Frederik, ich darf doch Frederik sagen. Ein eigenes Haus zu kaufen, das ist ein großer Schritt …« –

… für die Menschheit, wollte Fred ergänzen, aber er presste die Lippen zusammen.

»… für eine junge Familie. Darum sollte man nicht vergessen, dass neben der Auswahl des passenden Objekts die Finanzierung für den langfristigen Erfolg des Vorhabens von essentieller Bedeutung ist. Ich freue mich sehr, dass ich Ihr, also euer Vertrauen habe und euch helfen darf, euren Traum zu verwirklichen mit dem bestmöglichen Zinsangebot, das ihr bekommen könnt.«

Robert hatte Bühnenpräsenz ohne jedes Charisma. Aber das wäre auch fehl am Platz gewesen. Er war wie seine Additionsmaschine: Er musste jahrzehntelange Verlässlichkeit verkörpern und einen jederzeit verantwortlichem Umgang mit den Spareinlagen seiner Kunden. Robert nahm jetzt Platz, packte einen Kugelschreiber mit Sparkassenaufdruck, den er in den nächsten zwei Stunden nicht mehr unbewegt lassen sollte. Fred dachte an den Grund ihres Besuchs. Sie waren hierher gekommen, um Geld zu kaufen! Aber er kam nicht dazu, sich die Absurdität dieses Vorhabens genauer vor Augen zu führen. Fred sackte mit jedem Begriff, den Robert in die Luft wirbelte, tiefer in einen Dämmerzustand: notarieller Kaufpreis, Notarkosten, Grunderwerbesteuer, Courtage, Tilgungsplan, Sondertilgungen …

Es war nicht der Fluss der Worte, waren nicht die Haken dahinter, die Robert routiniert setzte – »So, das haben wir damit auch unter Dach und Fach.« –, um sie ihrem Haus Im Hain 45 näher zu bringen. Für Freds Hypnose und die Tatsache, dass er allein in einer präzisen Taktfolge alle Kekse aufgegessen hatte, war ein anderer verantwortlich: Rechts neben Roberts ruckendem Kopf und links von den Spitzen eines Ficus hing ein Foto des amtierenden Bundespräsidenten. Die Haare wogten samtweiß vom Scheitel zu den Ohren, die Falten zwischen Nase und schmalem Mund waren streng, die schwarzen Augen fixierten Fred mit einer Bestimmtheit, der er sich nicht entziehen konnte. Aus ihnen kam die Botschaft: Es ist das Richtige. Also stell dich nicht so an, Frederik Kemper, du bist nicht der Erste.

Als Robert drei Sektgläser und zwei Piccolo aus der Teeküche holte, sagte Fred den einzigen Satz des Vormittags, an den er sich später erinnern konnte:

»Danke, ich muss noch fahren …«

30

»Der Bundespräsident hat dir durch sein Foto eine satanische Botschaft geschickt? Freddie, du bist ein echter Komiker geworden. Na gut, Frauen lieben Männer mit Humor. Sogar ich.«

»Galgenhumor. Ich habe keine bessere Ausrede.«

»Vielleicht ist was dran. Das war doch so ein Von-und-zu-Präsident. Der hat in seiner Freizeit garantiert Chopin gespielt und Liebhaberkonzerte gegeben. Für den ist so ein Jazz-Tröter ein gewissenloses Subjekt ohne Respekt vor der wahren Kunst. So einen muss man einfach auf den rechten Weg führen.«

Das Lorry füllte sich wieder mit Gästen. Im Eingang schüttelten sie imaginären Raureif ab und richteten sich dann auf, um das warme Licht aus den vielen kleinen Lampen aufzusaugen. Mit den neuen Besuchern schienen auch Bär und Elch und Zebra und Giraffe wieder aus dem Nachmittagsschlaf zu erwachen. Vielleicht regte sich sogar etwas in dem Dinosaurier-Ei. Die wahre Zeit all dieser einbalsamierten Kreaturen und seit Ewigkeiten nur scheintoten Realien kam erst noch: wenn der letzte Gast gegangen, das Licht gelöscht und die Farben der Nacht für gewöhnliche Menschen zu ungewiss geworden waren.

Lilli hatte noch eine Portion Apfel-Tart mit Vanille-Eis bestellt. Fred fand es spät genug, um sich ein Bier aus hundertneunundzwanzig möglichen Sorten zu bestellen.

»Was haben deine Eltern gesagt?«

»Ich weiß, was sie gesagt haben. Aber was sie gedacht haben? Sie haben mir gratuliert und nur das Beste gewünscht. Aber selbst Papa, als er mir auf die Schulter klopfte … Weißt du, eines Tages, als ich nach Hause kam, hörte ich aus dem Wohnzimmer plötzlich Musik, die ich kannte. Er hatte sich eine Platte von Duke Ellington gekauft. Und das ist nicht seine einzige Jazz-Platte geblieben …«

»Und deine Mutter?«

»Nimmt das Schicksal, wie es kommt. Ich glaube, auch sie hat geahnt, dass es schiefgehen könnte, auch wenn sie sicher mal davon geträumt hat, dass ihr Ältester ein eigenes Haus und eine nette Familie hat. Aber sie hat genug gesehen im Leben, um zu wissen, dass das, was man einmal für richtig halten mochte, falsch sein kann. Ich glaube, sie hat irgendwann festgestellt, dass auch sie in ihrem Leben einiges hätte anders machen sollen. Dass sie sich selber mehr hätte achten müssen. Ich verrate dir ein Geheimnis. Sonja hat sie nie wirklich ins Herz geschlossen. Ich habe Mama angerufen, um ihr zu erklären, dass ich Silvester nicht mit ihr und Sonja und den Kindern feiere. Sie hat sich die ganze durchgeknallte Geschichte mit meinem Oslo-Trip vollkommen gelassen angehört, und dann hat sie nur gesagt: ›Dann grüß Lilli mal von mir‹.«

»Bist du immer noch der Meinung, aus uns wäre ein Traumpaar geworden?«

»Mir ist bis heute kein Grund eingefallen, warum wir uns hätten trennen können, wenn wir zusammengekommen wären.«

»Weil dir im Bett nichts mehr eingefallen wäre, außer vom Blatt zu spielen?«

»Weil du plötzlich Falten am Hintern hast.«

»Woher weißt du das?«

Lillis Augen wurden zu Schlitzen, aber der böse Blick gelang ihr nicht.

»Der Bundespräsident hat es mir verraten … Vielleicht, weil wir uns gestritten hätten, ohne uns versöhnen zu können?«

»Weil wir nicht mal mehr etwas gehabt hätten, worüber es sich zu streiten lohnte?«

»Sieht nach unentschieden aus.«

Für einen Moment reflektierten Lillis Augen das Licht der halb heruntergebrannten Kerzen:

»Freddie, ich glaube immer noch nicht an das Zeug mit den beiden Hälften, die sich suchen, suchen, suchen, bis sie sich zu den Klängen von Geigen finden und kugelrund zusammen werden. Es wäre schön, wenn es so wäre. Ich weiß, wir hatten viel gemeinsam, der Blick auf die Dinge, die Musik. Wir hätten zusammen arbeiten können. Aber das ist riskant.«

»Es ist auch riskant, zusammen zu leben, wenn man nicht zusammen arbeitet.«

»Ich fand es am Anfang gut, wie es war, ich habe es sogar genossen. Es war, als wäre ich wieder zurück in unserem alten Haus in der Siedlung. Verdammt noch mal, ich wollte, dass es im Winter schneit, im Frühling blüht, der Sommer heiß ist und der Herbst rotgolden strahlt … Aber etwas war da, ein Murmeln, mal lauter, mal leiser.«

31

Werner, Alice und natürlich auch Lisa hatten eingeladen. Sie waren die neuen Nachbarn im Haus rechts, dem Reihenendhaus.

Fred stand mit dem rechten Fuß im Gesicht eines kleinen Bernhardiners, der sich die Ohren zuhielt. Drei niedliche Hunde auf grauem Grund. Der zweite Bernhardiner hielt sich das Maul zu, der dritte hatte die Pfoten vor den Augen. Die weise Fußmatte empfahl dem Eintretenden: »Nichts Böses sehen, nichts Böses hören, nichts Böses sagen.«

Die Fußmatte der Kempers hatte denselben grauen Grund, aber darauf schwebten blaue Wolken und ein dicker Luftballon vor sich hin. Pia hatte sie ausgesucht im Baumarkt.

Fred drückte auf einen frisch polierten Edelstahltaster. Drinnen hörte er eine kleine Melodie. Alice öffnete die Haustür. Es roch nach Pfirsich, ihre Wangen waren geschminkt wie Pfirsiche. Alice hatte ein Puppengesicht unter schwarzen Puppenhaaren. Sie nahm den großen Tulpenstrauß, den Sonja besorgt hatte, damit Fred ihn überreichen konnte, und bedankte sich wortreich. Ihre Stimme überraschte Fred. Sie kam aus einem Puppenmund, aber es war die Alt-Lage einer Frau, die etwas erlebt haben musste in ihrem Leben.

Im Wohnzimmer wartete Werner. Hinter der großen Glasfront sah Fred, dass Lisa, Benni und Pia schon im Garten spielten. Auf dem Rasen, der so grün war wie bei den Kempers, versuchten die Kinder bunte Plastikkugeln mit Holzschlägern durch Drahttore zu treiben. Sie lachten und schrien.

Eine Kugel rollte mit hohem Tempo auf einen winzigen Teich am Ende des Gartens zu, der in der Sommersonne schimmerte wie zerknittertes Silberpapier.

Werner strich sich über den Schädel, um sein schütteres blondes Haar zu verteilen. Er war kleiner als seine Frau. Hinter ihm sah Fred ein großes Bild. Sorgfältig halbierte Eierschalen waren in exakten Reihen ausgerichtet auf einen roten Grund geklebt. »Das haben wir im letzten Winter selber gebastelt«, erklärte Alice, die jetzt ein Tablett mit vier Gläsern und einer Flasche Prosecco brachte. Was Fred nie erfahren würde: Ob das Loch in der Schale halbrechts in der dritten Reihe von unten mit künstlerischer Absicht herausgebrochen worden oder einem gründlichem Staubwischen geschuldet war.

Werner musste Anfang fünfzig sein, aber er hatte das Gesicht eines Jungen. Er war Vertreter in der Region für eine Firma, die im Münsterland Zement herstellte. Er wog deutlich weniger als seine Frau. Werner füllte die Gläser zu je einem Drittel mit Prosecco, reichte jedem eins mit großer Geste, strich sich wieder über den Kopf und sagte:

»Liebe Nachbarn, seid willkommen im Hause der tapferen Schneiderleins.«

Sonja bekam einen Hustenanfall. Fred klopfte ihr auf den Rücken, eine Geste, nur halb hilfreich. Er wollte ihr zeigen, dass er in diesem Moment stolz darauf war, weil sie dachte, was er dachte.

Die Schneiders hatten zum Grillen geladen. Später wollten die Männer das Fußballspiel anschauen. Fred hatte nichts dagegen. Benni liebte Fußballspiele. Mit drei hatte er seine Leidenschaft entdeckt und wurde stets ärgerlich, wenn der Schiedsrichter nach neunzig Minuten abpfiff. Benni liebte Verlängerungen.

Bevor man allerdings auf die Terrasse durfte, bestand Alice auf einer Hausführung. Fred kannte den Grundriss, ihr Haus war nicht viel anders geschnitten. Aber Alice wollte zeigen, was sie aus den Räumen gemacht hatten: im Keller, im Erdgeschoss, der oberen Etage und unter dem Dach. Auf der Treppe sah Fred ihre Beine vor sich in einer engen weißen Hose.

Wenn Alice nicht aufhörte, sich langsam, aber sicher in die Atmosphäre auszudehnen, würde aus ihrem optimistischen Gang bald ein phlegmatisches Watscheln werden.

Auch ihr Zimmer, das zugleich Bügelzimmer war, ließ Alice nicht aus. Eine Wand bestand aus schwarzen Regalen bis zur Decke. Sie waren voll mit Büchern, guten Büchern, was Fred überraschte. Alice erklärte, dass Lesen ihr großes Hobby sei und sie tatsächlich gerne Schriftstellerin geworden wäre, sich dann aber für den Beruf der Erzieherin entschieden habe. Und während sie sich offenbarte, versuchte sie mit ihrem breiten Körper etwas zu verbergen. Es konnte ihr nicht gelingen. Zu vollgestellt waren die Regalböden vor den Büchern mit Kleinzeug in der einen und Stofftieren in der anderen Hälfte. Eine Kindheit aus Plüsch hielt die Stellung, von der Fred nicht zu sagen vermochte, ob sie Alice gehörte oder ihrer Tochter, die begonnen hatte, aus dieser Zeit herauszuwachsen. In der anderen Hälfte stand der Nippes.

Schon im Wohnzimmer hatte Fred die vielen Staubfänger entdeckt. Hier oben sah er eine Sammlung mit Hasen aus Porzellan, buntem Ton und wieder Plüsch. Vor einer aus dünnem Holz gesägten Drei und einer Null stand eine rote Kerze, die niemand jemals angezündet hatte, ein großer Clown mit Perlenkette bewachte eine Regalecke und sah einen kostbaren indischen Elefanten aus Ebenholz mit spitzen weißen Stoßzähnen und hellen Intarsien an, eine Western-Lokomotive aus Plastik kam nicht von der Stelle, ein Trockenblumenstrauß verstaubte in der Etage über einem braunen selbst gestrickten Teddy, der in der einen Pranke einen Filzschornsteinfeger mit Leiter und Marienkäfer hielt, der einmal an Silvester hatte Glück bringen sollen. Unter dem Fenster auf einem alten Nähmaschinentisch standen die Fotos der Familie.

Fred hätte Alice gerne gesagt, dass es ihr nicht peinlich sein müsse, denn was er in dieser Parade aus nostalgischem Kitsch sah, war eine Aneinanderreihung kleiner Widerhaken. In wie vielen Häusern in dieser Siedlung konnte man sie finden? Ihre Besitzer wollten sich jederzeit daran festmachen können, um nicht einfach rettungslos davonzutreiben wie Astronauten, die den Kontakt zu ihrem Schiff verloren haben und in einen schwarz gefrorenen Weltraum trudeln. Auch Fred hatte das ein oder andere Souvenir und ein paar Fotos aus Kindertagen aufgestellt auf seinem Schreibtisch und in seinem Regal. Sonja zog ihn gerne damit auf. Alles, was sie einrichtete, blieb karg, geradlinig und unsentimental.

Fred schaute dem Clown mitten ins Gesicht. Und plötzlich geschah etwas. Die Figur lachte nicht mehr, sie begann zu atmen und fletschte die weißen Zähne und zischte ihm etwas zu. Fred wollte den Kopf schütteln, aber konnte sich nicht bewegen. Plötzlich fühlte er eine Enge in der Brust und im Hals, als sei mit einem Schlag die Luft im Zimmer verbrannt. Sein Herz beschleunigte, ein alarmiertes Pferd, das im Galopp Reißaus nahm. Schweiß lief über sein Gesicht lief. Er sah die eine Frau an und dann die andere, zwei Fremde in einem Szenario, das er sich einbildete wie einen Traum. Der sich auflöste, als Sonja seine zitternde Hand nahm.

»Freddie, was ist los, du bist kalkweiß und du … Ist dir nicht gut …«

»Es geht, danke, es geht, der Sommer, die Wärme … ich glaube, ich gehe mal nach unten und frage Werner, ob er nicht schon ein kaltes Bier hat.«

Fred musste sich am Treppengeländer festhalten, mit jeder Stufe versuchte er, so tief wie möglich in seinen Bauch zu atmen. Als er Werner am Grill fand, fühlte er sich wieder klar.

»Ein Bier, ja warum nicht? Bei dem Wetterchen!«

Werner verschwand im Keller und war bald wieder oben mit zwei kleinen Flaschen. Er strich sich nicht über den Kopf, öffnete flink die Biere. Er war froh und dankbar, dass der andere das Startsignal gegeben hatte. Die beiden Männer stießen an, während die Kinder noch eine neue Runde Krocket starteten.

Fred wiederum war froh, dass Werner zu erzählen begann, ohne eine Zwischenfrage zu erwarten: von den Machenschaften in der Baustoffbranche, schlechtem und gutem Zement, seiner Familie, dem Hauskauf und dass sie sich gerne dafür krumm machten. Auf dem Grill zählte Fred die Würstchen, prüfte den knappen Nachschub in den Styroporschalen und die kleine Portion in der Salatschüssel und hätte gerne gesagt: Aber an den Würstchen sparen, du listiges Schneiderlein.

Ein unheimliches Heulen, das über den Garten kam, gefolgt von einem an- und abschwellenden Dröhnen, erstickte Freds Angriffslust. Etwas in ihm hatte bereits Luft geholt, ein garstiger Kobold, der plötzlich Streit suchte. Fred sah den Schatten über seine Kinder hinweggleiten, der schwarze Umriss eines geflügelten Tieres, auf dem im dritten Zeitalter die Ringgeister ritten. Schon war die Boeing über den Dächern verschwunden, aber noch lange war zu hören, wie der Pilot Gas gab und die Turbinen wieder drosselte, damit er im Sinkflug die Mindestgeschwindigkeit halten konnte. Als man das Flugzeug erfand, erfand man auch seinen Absturz, dachte Fred.

Seit der Einweihung der zweiten Landebahn lagen die Schneiders und Kempers und ihre Nachbarn Im Hain genau in der neuen Einflugschneise. Manchmal mochte Fred den Sound, das Pfeifen und Jaulen, wenn der Wind an den ausgefahrenen Landeklappen und Fahrwerken entlangjagte und in tönenden Aufruhr geriet. Jetzt hatte ihn das aeronautische Zusammenspiel von Luft und Metall im richtigen Moment gestoppt.

Pia und Lisa waren nach oben gegangen, um zu spielen, die beiden Frauen saßen im Garten. Das Fußballmatch lief seit knapp einer Stunde. Es sah gut aus für die Deutschen auf ihrem Weg zur Titelverteidigung. Die Mannschaft war nach der Pause durch einen Elfmeter in Führung gegangen und beherrschte jetzt das Spiel. Sie redeten wenig, kommentierten ab und zu einen Spielzug, wurden laut, wenn ein Tor hätte fallen müssen, reklamierten Foul, wenn der Schiedsrichter weiterspielen ließ. Und sie tranken viel. Fred gab den Takt vor. Werner hatte längst seine stille Reserve im Kühlschrank in der Küche deponiert, um nicht immer den Keller hinabsteigen zu müssen.

»Sag mal Frederik, du bist doch Musiklehrer, sagt meine Frau. Was für ein Instrument spielst du denn?«

Frederik schaute auf den Fernseher und zögerte nicht einen Moment. »Ich spiele kein Instrument.«

»Ach!« Werner strich sich über den Kopf und rückte vor an die runde, blank gewetzte Kante der braunen Ledercouch. »Aber ich dachte … musst du nicht im Unterricht den Schülern vorspielen und Lieder begleiten?«

»Das ist was anderes, als ein Instrument spielen.« Fred sprach leicht und mühelos in der ihm eigenen Tonhöhe.

»Das verstehe ich jetzt nicht ganz.«

»Trittst du ab und an mal gegen einen Fußball?«

»Ja, klar. Mit Lisa habe ich natürlich auch Fußball gespielt, Mädchen sollten …«

Fred unterbrach ihn, immer noch ohne seine Stimme höher und nervöser werden zu lassen.

»Ist das Fußball spielen?«

»Ja …«

»Aber du wirst zugeben, dass es schon was anderes ist als das, was da im Fernsehen passiert?«

»Ja, schon, aber muss man nicht … Ich meine, ich will nicht aufdringlich sein. Aber du hast doch Musik studiert, und da muss man doch …«

»Vollkommen in Ordnung, dass du fragst.«

Fred nahm einen tiefen Schluck aus der Flasche und rülpste leicht. »Pardon. Also, Werner … siehst du ab und an den kleinen blonden Mann …«

– Er wollte noch anfügen: … der so klein ist und so wenig Haare hat wie du, aber etwas zügelte ihn, vielleicht war es schon Bennis Kopf, der, wie bei jedem Fußballspiel, schweißnass an Freds Schulter lehnte und plötzlich ruckte. –

»… der da auf der deutschen Bank sitzt?«

Werner schwieg, denn etwas lief aus dem Ruder. Die ruhige kleine Fahrt durch einen Sommerabend in der Siedlung steuerte auf einen Sturm zu, der sich plötzlich unter heiterem Himmel gebildet hatte.

»War auch mal Fußballspieler. Und was macht er jetzt? Jetzt sitzt er auf der Bank, steht ab und an auf, ruft was aufs Feld. Und setzt sich wieder hin.«

Das tapfere Schneiderlein hatte ein Problem. Es sah sich plötzlich dem grausamen Riesen gegenüber, aber Werner hatte vergessen, wie er den Unhold bändigen konnte und tat vor lauter Schrecken das Falsche.

»Aber Alice hat gesagt, dass du früher sogar Konzerte gespielt hast. War das Ragtime oder so.«

Die Spannung in den heraufgezogenen Wolken war noch einmal um die entscheidenden Volt erhöht. Blitzeinschlag unvermeidlich.

Aber dann durchkreuzt etwas den Weg des Lichtbogens: Ein Gewaltschuss der Deutschen prallt vom Pfosten des gegnerischen Tores ab. Der Stürmer geht dem Ball geistesgegenwärtig entgegen und versenkt ihn im Tor, aber der Schiedsrichter pfeift ab, weil der Schütze vorher im passiven Abseits gestanden hat.

Benni sprang auf. Fred sah erst den Schweißabdruck, den die rechte Hand seines Sohnes auf dem Sofa hinterlassen hatte, und dann dessen inständigen Blick.

»Papa, was ist das denn für ein Scheiß? Was ist denn passives Abseits?«

Fred lächelte Benni an und erklärte die Entscheidung, als sei nichts gewesen: »Der Angreifer stand bei dem Schuss hinter dem letzten Bulgaren, war also im Abseits. Aber er hat nicht ins Spiel eingegriffen und niemanden behindert. Wäre der Ball reingegangen, wäre es okay gewesen. Aber als er den Abpraller aufnahm, war er wieder aktiv im Spiel und damit im Abseits. Leider kein Tor, auch wenn wir's gut brauchen könnten.«

»Passives Abseits ist also, wenn einer nur allein vorne rumsteht und sich nicht bewegt, als wäre er tot?«

Benni hatte es auf den Punkt gebracht.

32

»Wie ist es ausgegangen?«

»Ob mir Werner doch noch die Fresse poliert hat?«

»Deutschland gegen Bulgarien, mein mutiger Reihenhaus-Terrorist.«

»Die letzte Viertelstunde hat uns zu Freunden gemacht. Die Bulgaren haben das Ding noch gedreht in drei Minuten. So kann es gehen, ein paar Unaufmerksamkeiten, ein bisschen Glück. In der Niederlage haben Werner und ich dann Größe gezeigt.«

»Größe zeigen ist in jeder Lebenslage gut.«

Fred kannte den Klang in Lillis Stimme, die ihm schläfrig und selbstbewusst entgegenkam. So abgeklärt, so aufreizend sprach sie. Jetzt war sie wieder das ausschweifende Mädchen, so vornehm lasterhaft mit zu vielen Drinks, zu vielen Zigaretten, zu vielen Männern in zu wenigen Jahren, das von »Body And Soul« sang. Lilli hatte das Kinn auf ihre verschränkten Hände gestützt und sah durch seine Pupillen und seine Netzhaut hindurch, als wollte diesmal sie ihm einen Gedanken dahinterschreiben, der so begann: Das war einmal …

Jetzt war sie wieder eine erwachsene Frau, die ihn gewissenhaft prüfte wie jemand, der durchaus eine Absicht haben mochte.

»Ich spiele wieder.«

Unwillkürlich zog Fred den Bauch ein. Es war nicht aus Eitelkeit: Eine neu gewonnene Entschlossenheit wollte er in seiner Mitte konzentrieren. Bereit, wieder zu handeln, streckte er den Kopf vor auf Lilli zu, spannte die Arme an, die auf dem Tisch lagen, und hörte auf, den Salzstreuer in seinen Händen zu drehen.

»Du spielst wieder? Seit wann?«

In ihrer Stimme wechselten Überraschung, Unglauben und schließlich die Überzeugung, dass die Mitteilung so glaubwürdig war wie ironisch.

»Seit gestern Nacht. Ich habe mein Saxophon im Gepäck. Entweder ist die Tröte etwas aus der Form. Oder ich bin's … Dem Zimmernachbarn hat's nicht so recht gefallen.«

»Vielleicht mag er lieber Edvard Grieg.«

Fred erzählte ihr von »Winter Harbour« und seinem Vormittag an der Rathaus-Mole, vom Gezeter der Möwen, dem Knarren und Ächzen der Schiffsplanken, dem rhythmischen Anschlagen des Wassers am Pier, dem Wind, der sich mutwil-

lig in Schwingungen versetzte, in dem er durch die Wanten der
großen Segler wehte und an den Tauen und Masten der vielen
anderen Boote entlangstrich. Und Fred erzählte von dem, was
noch unhörbar lag hinter dem Horizont, jenseits der Fjorde und
zerklüfteten Felsküsten auf der Weite des Meeres. Akribisch
breitete er die Komposition vor Lilli aus, die er diesem Moment im Osloer Hafen abgelauscht hatte. Er beschrieb ihr das
feine Klirren des Windspiels, mit dem das Stück denkbar leise
begann, ließ sie erahnen, wie zart der Besen des Drummers das
Becken berührte, bis der Bassist einstieg mit einzelnen Tönen,
die innig und warm sein mussten und eine kühle Herausforderung. Aber es gab noch etwas, das er hinzufügen wollte: eine
Stimme, ihre Stimme, ein Gesang, der ohne Sprache auskam,
sondern allein sphärische Resonanz war, aufsteigend aus einer
Parallelwelt; die lag unter der Haut der Natur, tief unten, wo
alles seinen unbefleckten Ursprung hatte.

Lilli hörte ihm zu, ihre Augen blieben auf seinen Lippen,
wenn sein Blick abwich und an Schärfe verlor, weil er nicht
mehr auf die Welt um sich herum schaute, sondern nach innen.
Mit ihrer gebündelten Aufmerksamkeit ermunterte sie ihn,
weiterzusprechen von »Winter Harbour« und dem Wunsch,
wieder Stücke zu komponieren.

»Was müsste ich denn anlegen, wenn ich dich als Gastsän-
gerin engagieren möchte?«

»Wenn wir es schaffen, mein Management rauszuhalten,
würde ich's für ein Abendessen machen.«

Lilli lächelte, ein Lächeln, das ein Klaps auf seine Schulter
war und der Anfang einer Hoffnung, dass sich etwas verwandelte: für Fred Kemper, dessen rotblonde Haare stumpf geworden waren und grau gemustert, eine Maserung, angelegt
in all den Jahren, in denen er, so hätte Lilli es wohl gesehen,
freiwilliger Insasse in einem Gewahrsam ohne Gitter gewesen
war. Aber auch in ihr verflocht sich all das, was sie in den letzten Stunden gehört und hinter Freds Augen gelesen hatte zu einer Erwartung, einer Zuversicht. Vielleicht hielt sie mit einem
Mal eine neue Möglichkeit für sich in ihren Händen, eine, mit
der sie niemals mehr gerechnet hätte. Den Salzstreuer hielt er

immer noch fest. So ungeschickt wie möglich versuchte sie, das Ding zu kapern aus seinen Fingern. So lange wie möglich wollte sie spüren, wie sich Freds Hände anfühlten. Sie waren kalt. Sein Gesicht aber verströmte jetzt eine Wärme, die er hatte mit seinem Vortrag geschürt.

»Du hast also einen Plan?«

»Plan? ... So recht einen Plan habe ich noch nicht. Ich werde erst mal wieder spielen. Für mich ... Üben, die Finger flottkriegen, die Lippen straff, wieder üben, bis ich mich damit nach draußen trauen kann. Vielleicht suche ich mir ein paar aufstrebende Jungs, denen ich weismachen kann, dass sie beim Comeback einer unbekannten Legende dabei sein dürfen. Vielleicht kriegen wir ein paar Auftritte am Wochenende. Vielleicht ...«

Lilli hatte verstanden und senkte die Stimme zu einem Raunen: »Spiel wieder ... spiel für dich, spiel für mich, spiel für uns. Und die, die dich vermissen.«

Lilli legte ihre Hände mit den Flächen nach oben neben die seinen, um ihn zu bitten – und ihm etwas anzubieten. Gerne hätte Fred seine Hände auf ihre gelegt, als Eid auf die Zukunft, aber er kam noch nicht an gegen den Widerstand der Gegenwart. Etwas hielt ihn im Zaum.

»Trotzdem ... Ich mache mir Sorgen ...«

»Worüber?«

»Über die Kinder: Vor allem frage ich mich, wie's für Pia wird mit ihrer Mutter. Ich habe immer aufgepasst, dass Sonja nicht zu streng mit ihr ist. Von Anfang an ging sie mit Pia strenger um als mit Benni. Erst habe ich gedacht, das sei ein typisches Mutter-Tochter-Konkurrenzverhalten. Dass Mütter den Söhnen mehr durchgehen lassen und sie gutmütiger behandeln. Wenn die beiden im Sandkasten spielten und Sandkuchen backten, kriegte Pia garantiert den Anschiss, weil sie mit den Schlammfüßchen durchs Wohnzimmer wollte. Irgendwann habe ich herausgefunden, dass es einen anderen Grund hat. Pia ist wie ich. Sie ist sensibel und verträumt, manchmal wirkt sie schwach, aber ich weiß, dass sie das nicht ist. In ihr schmort und sprudelt etwas, das Sonja nicht verstehen kann. Pia wird wie ich werden, ein Mensch zwischen Baum und Borke, nicht Fisch, nicht Fleisch, eine Pia zwischen allen Stühlen.«

»Wäre das so schlecht?«

»Das nicht. Aber schwer. Benni wird es leichter haben. Benni ist wie Sonja. Er kann sich größer machen, wenn es nötig ist, und kleiner, wenn es ihm nutzt. Ansonsten ist er geradlinig, und wenn in dem Jungen etwas zu sehr siedet, dann dreht er einfach die Temperatur runter.«

»Dass ihr euch scheiden lasst, ist sicher?«

»Ja, das ist, das … Ja, es wird so kommen … Die Idee, zusammen neu anzufangen … Vielleicht könnte ich Sonja sogar überreden. Sie hat sich eingerichtet in unserem Leben und hat verdächtig gut durchgehalten. Aber ich will es nicht. Oder vielleicht sogar auf eine sehr reale Weise. Kann sein, dass sie einen Neuen hat. Kann sein, dass der schon sehr lange im Spiel ist. Könnt's ihr nicht verdenken. Ich habe sie nicht gerade gut behandelt in den letzten Jahren. Irgendwann habe ich sie plötzlich angebrüllt und für etwas verantwortlich gemacht, für das sie nicht mehr konnte als ich. Wenn ich früher zu viel getrunken hatte, bin ich sentimental geworden. Aber dann ist nur noch Zorn herausgekommen, dann war da nur sinnlose Streitsucht.«

»Warum hast du angefangen, zu viel zu trinken?«

Fred rief für sie beide den Tag auf, der kein Datum hatte und doch eine denkbare klare Erinnerung war.

Auch an diesem Morgen musste er stehen in der überfüllten S-Bahn-Linie, die in den Vororten bereits Pendler um Pendler eingesammelt hatte. Übernächtigte Männer wie er mit verwechselbaren Aktentaschen und gleichfarbigen Übergangsmänteln, junge Frauen, die die Schultern hängen ließen unter glamourös geschminkten Gesichtern. Bald mussten sie die ersten Kundinnen in den Parfümerien und Kosmetikabteilungen anlächeln. Manchmal lächelte er eine der jungen Frauen an, man kannte sich, man fuhr nach demselben Fahrplan.

Fred roch die immer gleichen Rasierwasser-Marken, aber auch den Nachtschweiß derjenigen, die sich nicht mehr die

Mühe machten, aufgefrischt einen neuen Tag anzutreten. Er konnte es verstehen, denn immer öfter spürte er selbst, wie viel Kraft es kostete, sich morgens daran zu erinnern, wer man heute sein sollte. Es hatte lange gedauert, bis er sich daran gewöhnt hatte, ein Teil dieses so rastlosen wie anpassungsfähigen Schwarms zu sein, aber an diesem Tag: Das Quietschen der Zugbremsen wurde höher und höher, bis es messerscharf die Verbindung kappte. Mit einem Mal war Fred ausgeschlossen, gehörte nicht mehr zu diesem Organismus, obwohl er mittendrin seinen Platz hatte. Plötzlich konnte er nicht mehr die Bewegungen um ihn herum vorausahnen, konnte nicht wendig und glatt durch die Schiebetüren des Zuges kommen, hinaus auf den Bahnsteig und die Rolltreppe abwärts. Er stand im Weg, er geriet ins Straucheln und eckte an, er war vollkommen aus dem Takt und glaubte, die erst ungläubigen und dann ärgerlichen Blicke der anderen zu sehen, die ihm sagen wollten: Hey, tanz hier nicht aus der Reihe … und eins und zwei und eins …

Er ging durch die Bahnhofshalle und über den Vorplatz, wo die Masse sich zerstreute und er mehr Raum hatte. Aber als er einbog in die schmale Straße, die auf seine Schule zuführte, holte ihn die Fremdheit wieder ein. Und jetzt blieb er einfach stehen, paralysiert von einer Vision.

Die erste Stunde Musik: Kanon mit der sechsten Klasse … Die Kaffeetasse abstellen und die Tasche nehmen mit den Büchern … Den Kollegen eine erfolgreiche Stunde wünschen … Einen Witz machen oder über einen Lachen … Durch die Tür des Lehrerzimmers, den Gang herunter nach links … Das Aufdrücken der Glastür… Das Treppenhaus des Aula-Traktes … Wieder links … Das Öffnen der zweiten Glastür … Der Klang der Schritte verändert sich auf den Bodenkacheln … Die Decke ist niedrig … Links hängen die Spiegel … Den Blick vermeiden … Rechts die Tresen der Aula-Garderobe … Darauf hocken die Kinder, die warten. Sie lassen die Beine baumeln und schlagen sie gedankenlos gegen das Holz … Er erkennt Stimmen, bevor er ihre Gesichter zuordnen kann … Seine Augen müssen sich an das Zwielicht hier unten gewöhnen …

Die Schüler folgen ihm … Klappsitze und Klapptische knarren und quietschen … Der Musikraum steigt an, er will herauswachsen … Aber es wird nie gelingen, immer wird er im Souterrain sein … Wird es heute heller sein hier unten? … Vor den Fenstern der Lehrerparkplatz … Die vergitterten Fronten der parkenden Autos … Frau Doktor Pflugs Opel … Scheinwerferaugen starren herein … Ein Kühler ist ein schwarzer Mund und flüstert: Kanon, was ist ein Kanon? – Ein Kanon folgt dem Prinzip der strengen Nachahmung, er ist die strengste Form der Nachahmung. Eine Stimme wird von einer später einsetzenden notengetreu wiederholt. Der Kanon erfreut sich volkstümlicher Beliebtheit als Singkanon. Das ganze Leben ist ein Kanon.

Passanten umschiffen Fred wie eine sturmreif geschossene Fregatte. Was ist aus ihm geworden? Er ist in den Kleidern eines Fremden unterwegs und steuert ein Ziel an, das jemand anderem gehört. Er sieht die Schaufenster von Geschäften, ein erschöpfter Tourist in einer unbekannten Stadt. Ganz sicher ist es ein Traum, in den er geraten ist, wach geworden vor der Zeit und noch einmal weggedöst: Das kennt man doch. Man muss dringend an ein Ziel, aber man kommt ihm nicht näher. Was immer man unternimmt, man wird abgedrängt und aufgehalten, man kennt den Weg und driftet doch ab, man will die Hoffnung nicht aufgeben, noch pünktlich zu sein, aber bekommt Angst, obwohl man klammheimlich doch genau das will: nicht ankommen.

Er atmet hektisch, winzige Tiere laufen über sein Gesicht und an seinen Armen herab und versammeln sich auf seinen Händen. Ich werde verrückt. Ich, Fred Kemper, werde verrückt.

Mit seinem Namen bricht er denn Bann, in seiner Not entdeckt er den Kiosk, zweihundert Meter weiter unten kurz vor der Kreuzung, an der das Gymnasium liegt. Fred wechselt die Straßenseite. Der Besitzer kennt ihn und begrüßt ihn freundlich. Und er bleibt es, als Fred um sieben Uhr achtundzwanzig an diesem Morgen zwei kleine Flaschen Doppelkorn kauft.

»Es hat funktioniert. Ich habe mir noch ein paar Pfefferminz-bonbons gekauft. Und eine Stunde später haben meine Schüler und ich im Kanon gesungen: ›What shall we do with the drunken sailor‹. Und bitte: Stimm ein …«

Lilli und Fred sangen und wurden lauter und lauter, bis ihr Shanty-Duett die Gespräche an den Nachbartischen verstummen ließ.

»In der ersten Zeit habe ich meine Medizin genommen, um zu vergessen, was mich erwartet. Dann habe ich gesoffen, um mich zu erinnern.«

»An deine beste Zeit?«

»Man findet es immer zu spät heraus, weil man denken möchte, dass die beste Zeit erst noch kommt.«

»In München sagt man gerne: Heute ist die gute alte Zeit von morgen.«

»Es war die Zeit nach dem Studium. Ich hatte was in der Hand und ich hatte eine Ausrede. Die Situation für Lehrer war schlecht, kein Land in Sicht. Also konnte ich Musik machen, ich war in between, irgendwo dazwischen, ohne dass ich etwas dafür konnte. Und wenn man mich heute fragt, hätte ich damals antworten müssen: ›Möge es immer so weitergehen‹«

»Was sprach dagegen?«

»Die Zeit, die ich hatte. Auf der Bühne hast du so verdammt wenig Zeit; du bist da, du bist hier, du bist jetzt. Jetzt muss es passieren, du hast ein paar Momente, in denen du etwas schaffen kannst, du musst nicht denken. Wenn ein Elfmeterschütze am Punkt steht und anfängt nachzudenken, geht's schief. Er sieht, wie der Ball vorbeigehen könnte, er spürt die Windböen, die den Ball ablenken könnten, er beginnt zu rechnen. Und in dem Moment, in dem er zweifelt, geschieht, was er gesehen hat: Der Ball rauscht am Tor vorbei! Wenn ich nicht gespielt habe, habe ich wahrscheinlich zu viel nachgedacht.«

»Zeig mir deine Hände, halt sie hoch.«

Und Fred tat, was Lilli befahl.

»Zittern tun sie nicht. Dabei ist das da …« – sie zeigte auf das halb getrunkene Bierglas. »… erst dein zweites. Bleibt es heute dabei?«

240

»Vielleicht. Ich habe nie für die Hände getrunken. Sondern für den Kopf. Manchmal habe ich es einfach gelassen, manchmal habe ich jedes Maß verloren … Im Moment muss ich nichts vergessen und mich nicht erinnern.«

»Wo soll deine Reise hingehen, Seemann?«

Fred blieb stumm, er suchte nach einem passenden Bild, mit dem er antworten wollte, kam auf Reiseprospekte, in denen alles emphatisch beschrieben und in geschönten Bildern abgelichtet und schließlich im Teil mit dem grauen Papier in nüchternen Preistabellen gebündelt ist. Aber er verwarf es, auch wenn er sagen wollte, dass es keinen Katalog gab, keinen mehr geben durfte. Er wollte schweigen mit Lilli, einfach schweigen, denn er ahnte, dass Lilli bald aufbrechen musste – und sie schwiegen.

Gemeinsam hörten sie auf das Klappern von Absätzen, das Klirren von Besteck, die Stimmen, die ineinanderfielen bar aller musikalischen Regeln. Hier verabredete man sich vielleicht schon für die kommende Nacht der Nächte, die älteren Herrschaften am Tisch neben dem Eingang mochten das Datum ignorieren, weil sie zu lange schon lebten, um sich beeindrucken zu lassen von solchen Zahlen. Jüngere versuchten in einer imaginären Kristallkugel zwischen den Gläsern und Weinflaschen die Zukunft zu lesen und zu erkennen, ob sie überhaupt noch eine hatten, ob der Millenium-Bug nicht alle in eine apokalyptische Katastrophe reißen würde – wenn die 00 die Datensätze ungültig werden ließ in den allgegenwärtigen Computern.

Mit einem Mal stand ein Mann an ihrem Tisch. Er trug einen dicken blauen Wollmantel, einen Hut und einen Schal. Er wirkte erschöpft, aber seine Verbeugung war edel und gewandt. Es war Kai am Ende seiner Schicht. Fred schaute in sein Gesicht und bemerkte erst jetzt die vielen Falten, die sich schnitten mit Narben und Schmissen, Inschriften aus einer Vergangenheit, über die er nie etwas erfahren würde. Auch Kais Augen waren die eines Huskies, ein Blau, das nichts trüben konnte und nichts verriet außer jener von der Natur verliehenen Zähigkeit, mit der er seiner Bestimmung nachkam. Kai wünschte Fred und Lilli nur das Beste zum neuen Jahr. Dann zog er seinen Handschuh aus, nahm Lillis Hand und deutete einen Handkuss an. Auf dem Weg zur Tür drehte sich Kai noch einmal um. Dann zwinkerte er Fred zu und verschwand aufrecht unter der geballten Faust der eisigen Nacht.

Zum ersten Mal an diesem Abend schaute Lilli auf ihre Uhr. Fünf Stunden, sechs Stunden mochten vergangen sein. Er wusste es nicht und sie musste sich vergewissern.

»Ich glaube, ich muss dann auch mal los.«

»Das habe ich befürchtet. Schon den ganzen Abend lang, habe ich mich vor dem Moment …«

»… manches kann man nicht aufhalten, Freddie.«

»Es war ein wunderbarer Nachmittag …«

»… und Abend.«

»Sehen wir uns bald wieder?«

»Wenn du noch keine Termine hast?«

Lilli begann, in ihrer Tasche nach dem Portemonnaie zu kramen. Dann strich sie sich die Haare zurück, um ihren Schal umbinden zu können.

»Schau nicht wie ein begossener Pudel … Wir spielen morgen Abend ab neun. Kurz vor Mitternacht will ich dann mit den Jungs runter zum Hafen. Danach werden wir dann bei Jan feiern, bis keiner mehr stehen kann.«

»Meinst du …«

»Ihr müsst nicht über Musik reden. Und ich werde ihnen die Lehrerwitze verbieten. Kommst, du?«

»Ja.«

»Schön, sehr schön … Dann muss ich nicht herumstehen wie 'ne alte Jungfer, wenn die Korken knallen. Dann hab ich wenigstens auch einen Kerl zum Knutschen.«

Lilli schaute ihn an und schürzte die Lippen, das kokette Mädchen, bei dem man nie sicher sein konnte, was es vorhatte.

Mit einem großen Schluck leerte Fred sein Bierglas. Sie zahlten und er half ihr in die Jacke, kam ihr näher, als nötig war. Und dieses Mal roch er etwas anderes, nicht die kühle, widerspenstige Zeder, er konnte nicht sagen, was es war, versuchte, das Schokoladen-Aroma zu erspüren, glaubte, es tatsächlich zu erkennen, so wie es nun war, nicht mehr bitter, nicht mehr dunkel.

Dann ließen sie das weiche Licht zurück, das weiter herabschwebte auf die Gäste, sich verbündete mit der Patina der ganzen Hinterlassenschaften zahlungsunfähiger Kunden. Überall waren helle Inseln und verwirrende Reflektionen, unter denen die unwiderlegbare Tatsache eines vorübergehenden Jahrhunderts bereits schemenhaft wurde.

Diesmal versucht er nicht, mit der Tür zu spielen, langsam drückt er sie zu, hält sie noch einen letzten Moment, als wollte er noch etwas an sich reißen von der Atmosphäre im Lorry, doch die kalte Luft friert jede Sentimentalität ein. Unsichtbar fällt Griesel um Fred und Lilli herum zu Boden. Vermummt stehen sie voreinander, kreuzen die Arme vor der Brust, werden gleich anfangen zu schlottern, zwei Pantomimen, die einander nachahmen, aber Lilli beendet das Spiel, geht einen Schritt auf Fred zu. Er spürt das zarte Leder von Fäustlingen auf seinen Wangen, fest hält sie sein Gesicht, lässt ihn nicht entkommen und küsst ihn auf den Mund.

»Mach's gut, Kemper!«

Dann sieht er sie mit schnellen Schritten davongehen. Auch Fred bleibt nicht stehen, es ist zu kalt, um abzuwarten, bis Lillis Gestalt seinem Blick entrückt in den Kulissen der Stadt. Die kennen solche Szenen zur Genüge und haben sich ihren spöttischen Reim darauf gemacht.

Aber Fred kann an nichts anderes denken: Seine Reise war nicht umsonst. Und so geht er los, jeder Schritt schneller als der vorausgehende: Er will die Zeit überholen und ohne Verzögerung im nächsten Abend ankommen. Seinen Weg findet er mit schlafwandlerischer Sicherheit, obwohl das Gemisch aus Laternenlicht und Dunkelheit die Farbe aus Autos und Fassaden herausgewaschen hat, um den Fremden zu verwirren. Rechts biegt er ab in die Uranienborgveien, er marschiert voran. Noch schmeckt er den Kuss auf seinen Lippen, aber aus dem Nachgefühl wird bereits eine Erinnerung, verhangen und angreifbar wie jede Erinnerung. Fred versucht sie zu retten für eine bessere Zukunft. Er fügt zufällige Einzelheiten hinzu und gibt ihnen Bedeutung: die Rücklichter eines Geländewagens, der noch ruhig auf dem Parkstreifen steht. Sie werfen zwei rubinfarbene Kleckse auf eine saubere Schneeplatte. Noch berühren sie sich nicht, aber als der Fahrer den Motor startet, beginnen die Kreise zu zittern – und Fred will glauben, dass sie sich berühren, bevor der schwere Wagen davonschlingert.

Es ist nicht mehr weit bis zum Hotel. Fred sieht die Kreuzung, durch die die Sunds gate schneidet, an der das Hotel liegt. Hinter sich hört er zwei Mofas, die näher kommen. Das vordere jammert und winselt mit einer hohen Stimme in einer Melodie, die das folgende mit leichtem Abstand eine Lage tiefer wiederholt – ein Kanon, den Fred hört und der ihm gefällt.

Aber es ist noch etwas anderes, das ihn langsamer gehen und tiefer atmen lässt: Ein Geruch nach geräuchertem Schinken hüllt ihn ein, der sich nicht um die Regeln von Raum und Zeit schert und hier und jetzt aufzieht aus den Wintern seiner Kindheit. Er sieht sich an einem der vielen Abende, an dem er mit seinen Eltern zurückkehrt von einem Ausflug an den See im Süden der Stadt. Fred trippelt zwischen ihnen und hält ihre Hände, und je näher sie den Häusern kommen, desto stärker wird der Geruch von Kohle und Holz. Der verspricht Geborgenheit, denn der Wind kann den Frost noch so sehr in die Straßen treiben: In den Zimmern zu Hause wird es warm und wohlig sein.

Und als käme er auch an diesem Abend heim, schiebt er sanft und dankbar die Tür zum Hotel auf und folgt der Frauenstimme, die laut und schnell Worte in einer osteuropäischen Sprache moduliert. Das Mädchen telefoniert, lächelt Fred an, ruft wieder in den Hörer, als müsste ihre Stimme allein durch die Luft bis nach Tschechien tragen, dreht sich zum hölzernen Schlüsselkasten, reicht Fred seinen Schlüssel und winkt ihm noch einmal zu, als er ihr einen Blick zuwirft aus der Kehre des Treppenhauses.

Dann verschwindet er zwischen den Etagen.

Fred hat sich auf dem Bett ausgestreckt, neben ihm liegt das Saxophon. Immer wieder schaut er auf die roten Ziffern des Radioweckers, aber es ist noch immer nicht so spät, wie er gehofft hat. Auch müde ist er nicht, kann nicht hoffen, im Schlaf Stunden unbemerkt verstreichen zu lassen. Jeder kalte Schluck, den Fred aus dem Orangensaftfläschchen aus der Minibar nimmt, macht ihn wacher und jede Erinnerung an den zurückliegenden Tag klarer. Und jedes Bild, das er gesehen, jeder Gedanke, den er gedacht hat und jedes Wort, das Lilli gesagt hat, fordern ihn auf, Folgen zu ermessen und zu erfinden, wie es weitergehen könnte. Aber Fred möchte nicht über die nächsten vierundzwanzig Stunden hinaus denken, er will nicht kalkulieren und planen, um dann zu warten. Er will einzig und allein der Musiker Fred Kemper sein, der das Thema vorgelegt hat, um sich der Inspiration des Augenblicks zu ergeben. Er will darauf vertrauen, dass sich alles unvergleichlich vollenden wird im Sinne einer übernatürlichen Weisheit.

Weil er nichts tun kann, zappt er sich durch die Fernsehprogramme. Er sieht Werbung, ein Musikvideo, in dem ein schwarzer Schauspieler, der vor ein paar Jahren die Welt vor dem Angriff Außerirdischer gerettet hat, rappt und in weißer Unterwäsche durch Miami läuft. Auf einem Sportkanal hält die Kamera aus der Vogelperspektive auf einen Snookertisch, aber Fred hat keine Geduld, um die Bahnen der perfekt angestoßenen Kugeln zu verfolgen, stattdessen starrt er ein paar Minuten auf eine betörende Asiatin mit hübsch toupierten Haaren, die in einem amerikanischen Sender von den Aussichten der Wirtschaft im kommenden Jahr berichtet. Am unteren Bildschirmrand sieht Fred weiße Chiffren auf schwarzem Grund vorüberjagen, Aktienkurse und Indizes, der Lauf der Welt als ökonomische Gleichung, die Fred nicht deuten kann.

Er zappt weiter, ein deutscher Sender, aber es läuft bereits der Abspann einer Krimiserie, die er mag, vielleicht war es eine neue Folge, die er noch nicht kennt. Schon zum zweiten Mal hat er sich durch alle Programme geschaltet, aber nichts vermag ihn zu fesseln, er reiht Ausschnitt an Ausschnitt, Nachrichten, Wetterbericht, Werbung, drückt wahllos auf die Tasten, denn er glaubt nicht mehr daran, etwas zu finden, das ihn ablenken kann, kurz wird es schwarz, und dann ist da dieser Mann, der eine Grimasse schneidet. Im ersten Moment kann Fred nicht einordnen, was da passiert, aber dann hat er es sich zusammengereimt. Der Mann ist ein Durchschnittstyp mit Anzug und Krawatte, ordentlich und anständig bis auf die etwas wirren Haare. Neben ihm steht ein Stuhl, der Fahrersitz eines erdachten Autos. Der Mann ist kein echter Pantomime, denn er bleibt nicht stumm, sondern untermalt seine Gesten mit Geräuschen. Er plappert in einem spaßigen Kauderwelsch, dann imitiert er das Türquietschen, steigt ein. Auf dem Stuhl sitzend, lässt er den unsichtbaren Gurt schnarren. Er verdreht die Augen, lässt hören wie das Seitenfenster kreischend herunterfährt. Dann stellt er den Spiegel ein. Der Mann ist genial; Fred lacht umso mehr, als der Komiker mit seiner Stimme mühelos das Krächzen und Stimmengewirr nachmacht, das entsteht, wenn man im Radio einen Sender sucht: Eine Opernsängerin, fremde Sprachen, der Fetzen einer Nachrichtenmeldung, alles kommt aus einem Mund. Aber weil der Mann mit den Programmen nicht zufrieden ist, kramt er im Handschuhfach lautmalerisch nach einer Kassette und legt sie ein.

»Practice your English!«

Fred muss lachen; so hemmungslos und lang hat er schon ewig nicht mehr gelacht. Zu gut kennt er den Tonfall. Die übertrieben perfekte Aussprache simpler Sätze. Der Sprachkurs ist der Running Gag, immer wieder tauchen die Phrasen verändert auf, während der Komiker auf seiner verrückten Fahrt ist. Jetzt bekommt er einen lüsternen Gesichtsausdruck, der verrät, wie debil Männer sind, wenn sie, wie jetzt im Nachbarauto, eine schöne Frau sehen.

Aber plötzlich verändert sich das Bild. Der Fahrer hat jetzt einen Beifahrer, einen Zwilling, der seinem Bruder alles nachmacht.

»Miep, miep«, die Hupe hört Fred klar und eindeutig, aber wenn er die Augen schließt und wieder öffnet, bleiben die Doppelbilder, die jetzt schwanken. Er will nach seinem Saxophon greifen und sich daran festhalten, aber seine Hand gehorcht ihm kaum, wo ist rechts, wo links? Fred weiß, dass er nicht die Weltraumkrankheit haben kann, denn er ist kein Astronaut. Ihm schwindelt, er will sich aufsetzen, fällt wieder aufs Bett zurück.

Fred weiß jetzt, dass Gefahr im Verzug ist und er handeln muss. Er bekommt nicht mehr mit, dass der lustige Autofahrer einen Unfall hat und bereits die Engel singen hört.

Noch ist Fred am Anfang jener Spirale aus Angst, die ihn lähmen wird, aber dann geschieht etwas Erstaunliches: Während die Welt um ihn herum eine immer fremdere wird, in der er zappelt wie ein Ertrinkender, verschwinden in seinem Denken alle Grenzen und Barrieren. Alles unterliegt plötzlich einer wundersamen Ordnung. Und er ist der Herrscher über diese Ordnung.

Wieder steht er an einem Ufer und schaut auf eine Landschaft. Aber er muss nicht seinen Blick lenken, um die Einzelheiten anzuvisieren, muss sich nicht konzentrieren auf ein paar Eindrücke. Er kann alles umfassen und sich den Traum erfüllen, dem Fluch der Linearität entkommen. Nicht Entwederoder, sondern Sowohl-als-auch. Er ist ein Spieler, der alle Melodien, die ihm in den Sinn kommen, parallel verfolgen kann. Mit dem Blick eines Adlers kann er das Entfernteste erkennen, mit der Nase eines Hundes kann er durch die Zeit riechen, mit den Ohren einer Fledermaus in der Unendlichkeit hören. Er verwandelt Vergangenheit in Gegenwart. Denn was er da nun vor sich hat, eine Komposition, die vielstimmig ist und doch keine Kakophonie, das ist sein Leben. Ein Stück ohne Schmerz und Angst, selbst dann, wenn er sich an Schmerz und Angst erinnern müsste.

Alles ist durchwirkt von einer schönen Melancholie, die ihn beruhigt, obwohl alles sich so schnell darbietet, schneller, als er je für möglich gehalten hätte, denken zu können. Aber was bedeutet jetzt noch schnell oder langsam?

Jemand hat eine Platte aufgelegt, es ist er selbst am Abend, bevor er nach Oslo aufgebrochen ist. Das Stück heißt »Contemplation«. Es ist von McCoy Tyner. Es hat den Klang eines Mannes, der allein ist, ein Mann, der darüber nachdenkt, was der Sinn des Lebens ist. Fred bewundert das unglaublich expressive Solo von Joe Henderson am Tenorsaxophon, über einem Thema, sehnsüchtig und spirituell, das sich durchs Ohr der Seele bemächtigt. Er hört, wie McCoy aus seinem Piano kleine spitze Edelsteine holt, Lichtmale in der Abenddämmerung auf einem schwarzen Meer. Und an diesem Meer entdeckt Fred ein Gesicht unter einer grünen Wollmütze. Die Wangen sind eingefallen, aber der Mann ist zäh und beharrlich und er winkt ihn weiter. Er ruft etwas, das Fred nicht genau versteht: »Lykke til!« – Lykke til! – Viel Glück!«

Ein Echo in Freds Kopf, das fortgerissen wird von den Bildern, die schneller und schneller rückwärts rotieren. Fred fängt den entschuldigenden Blick eines Bundespräsidenten auf und sieht im Rückspiegel eines Autos, wie ein Mann im blauen Anzug vor einer Bank fluchend das Gesicht verzieht. Er ist in einen Haufen Hundescheiße getreten, winkt ihm heftig zu, eine Aufforderung, nicht anzuhalten, aus den Augen eines Neugeborenen, das immer noch einen Pakt mit ihm hat, den er doch erfüllen muss; er begegnet Konrad, der so dünn ist und leicht, dass er schweben kann wie der Nieselregen, der auf die Menschen in schwarz zuweht. Fred sieht einen Stein, auf dem steht: »Das Geheimnis liegt in den Noten, die man nicht spielt.«

Die Hand einer kleinen Piratin taucht auf, die ihn wegzieht von einem kalten fensterlosen Ort. Und die Hand wird größer und größer zur Pranke eines Riesen, der ihn freundlich weiterschiebt durch schwingende Türen und auf eine Bühne, trüb im Zigarettenrauch, der Straßenbahnschaffner, der ihm zunickt. Er lüftet seine Mütze und zeigt auf einen Apatchenhäuptling, der Freds Scout wird, bis er allein das letzte Stück nehmen kann zu jenem Tag, an dem er zum ersten Mal diese seltsame Musik gehört hat. John Coltrane, geboren am 23. September 1926 in Hamlet, North Carolina. Hamlet, was für ein seltsamer Städtename.

Now cracks a noble heart.
Good-night, sweet prince;
And flights of angels
sing thee to thy rest.

Nein, noch keine Zeit für Engel, kein Gute Nacht!

Es muss eine andere Lösung geben.

Fred fällt ein Satz ein:

»When the sun set in the west, King Harold was killed by an arrow in his eye.«

Dieses Mal nicht Shakespeare, ein Satz aus dem Englischlehrbuch:

»Practice your English!«

Schlacht bei Hastings 1066, in der Ära kam der mehrstimmige Gesang auf, Harfen und Hörner, die tonangebenden Instrumente.

Aber das ist nicht seine Zeit, so weit muss Frederik Kemper nicht zurück. Er wurde geboren 1953, er muss suchen nach seiner ersten Melodie, dem ersten Lied, das ihm sagen kann, was jetzt zu tun ist. – Und dann hört er es: Seine kleinen nackten Füße auf den Pantoffeln des Vaters, er steht auf den Füßen seines Vaters, der ihn an den Händen sicher hält und fest. Dann marschiert der Vater los, und jeder Schritt ist Teil eines Kinderreimes:

»Anne-Manne-Danne-Manne-Mong-Kang-King-Kang-Keu!«

Und noch einmal:

»Anne-Manne-Danne-Manne-Mong-Kang-King-Kang-Keu!«

Sie sind auf dem Weg ins Bad? Marschieren sie dorthin, weil Fred sich noch die Zähne putzen muss. Er muss sich die Zähne putzen und ins Bad, ins Bad muss er, ins Bad seines Hotelzimmers! Denn dort kommt aus einem Schalter in der Wand eine Schnur, über der Wanne eine Schnur mit einem roten Griff aus Plastik, dort an der Wand. Den muss er packen und daran ziehen, an der Schnur muss er zerren, wenn er der jungen Frau mit der hohen Stimme ein Zeichen geben will. Denn sie allein besitzt die Himmelsmacht, die ihn jetzt retten kann.

Und so rappelt Fred sich endlich auf, er kommt auf seine eigenen Füße, die er Stück für Stück voransetzt, ein kleiner mechanischer Astronaut, ein hochgewachsener Mann, der torkelt in Zeitlupe und murmelt, was nur er verstehen kann, seinen magischen Reim, den er lange vergessen, lange gesucht und nun wiedergefunden hat:

»Anne-Manne-Danne-Manne-Mong-Kang-King-Kang-Keu!«

Und noch einmal.

Und noch einmal.

Und noch einmal.

Draußen aber bläst unruhig der Wind, er ist ungehalten und langweilt sich. Jetzt, in der Zeit um Mitternacht herum, sucht er nach neuen Winkeln und Wegen, aus denen er die Seile an den Fahnenmasten auf dem Osloer Rathausplatz zum Klopfen und Schlagen bringen kann. Aber er kann noch mehr: treibt sein Spiel auch in einer anderen Zeit. Dort will er in Leitungen greifen, gespannt über Straßen in einer Siedlung irgendwo im Ruhrgebiet, denn er will wie ein böses Kind die alten Quecksilberdampflampen daran durchschütteln, die es längst nicht mehr gibt, er will Lilli den Schal entwinden, die im Garten der Familie Colbjørnsen eine letzte Zigarette raucht, und er wird versuchen, an den Türen des Südpol zu rütteln, das vor langer Zeit schon einer Pizzeria Platz weichen musste.

Der Wind macht, was er will, denn er kann das: einfach die Richtung ändern, jederzeit, sanft oder wüst. Das ist seine Bestimmung.

Für alle, die hoffentlich auf den Geschmack gekommen sind und den Jazz über die vielen »Standards« erkunden wollen, empfehle ich ein Buch, das mir vieles über meine Lieblingstitel verraten hat: *Jazz-Standards – Das Lexikon. Hrsg.: Hans-Jürgen Schaal. Kassel 2004.*

Fred Kemper und die Magie des Jazz wurde in den Musikpassagen von folgenden Titeln inspiriert:

You Don't Know What Love Is – John Coltrane Quartett
Von dem Album: *Ballads*. Impulse 1987

How Long Has This Been Going On? – Lonette McKee
Film-Soundtrack: *'Round Midnight*. CBS 1986

So What – Miles Davis Quintett
Album: *Kind Of Blue*. Columbia 1997

'Round Midnight – Miles Davis Quintett
Album: *'Round About Midnight*. Sony Music 2005

My Man's Gone Now – Bill Evans Trio
Aus der Edition: *The Complete Live At The Village Vanguard 1961*. Riverside 2003

Why Was I Born? – Kenny Burrell & John Coltrane
Album: *Kenny Burrell & John Coltrane*. Concord 2006

Giant Steps – John Coltrane
Album: *Giant Steps*. Atlantic 2002

My Funny Valentine – Chet Baker Quartett.
Album: *This Time The Dream's On Me – Chet Baker Quartett Live – Volume 1*. Capitol Records 2000
Außerdem die Version mit Gerry Mulligan von 1975

Fly Me To The Moon – Verschiedene Versionen
Besonders: Roy Haynes Quartett mit Roland Kirk. 1962

Love For Sale – Dexter Gordon
Album: *Go!* Blue Note 1999

Love For Sale – Chet Baker
Album: *Candy*. Universal Music 2004

Body And Soul – verschiedene Versionen, besonders: Mishka Adams. Album: *God Bless The Child*. Candid 2005

Godnight My Love – Sarah Vaughan
Sampler mit dem unsäglichen Titel: *Schmuse-Jazz*. CBS 1990

Naima – John Coltrane
Album: *Giant Steps*. Atlantic 2002

If I Should Loose You – Chet Baker & Paul Bley
Album: *Diane*. SteepleChase 1986

The Girl From Ipanema – Stan Getz & Joao Gilberto
Album: *Getz/Gilberto featuring Antonio Carlos Jobim*. Verve 1997

Verschiedene Titel von *Pasodoble* – Lars Danielsson & Leszek Możdżer. Act 2007

Cantaloupe Island – Herbie Hancock Quartett
Album: *Cantaloupe Island*. Blue Note 1994

In A Sentimental Mood – Duke Ellington & John Coltrane
Album: *Duke Ellington & John Coltrane*. Impulse 2007

Contemplation – McCoy Tyner Quartett
Album: *The Real McCoy*. Blue Note 1999

Außerdem habe ich beim Schreiben immer wieder Musik gehört von: Cannonball Adderley, Nat Adderley, Rebekka Bakken, Lisa Bassenge, Mari Boine, Marc Copland, Karl Denson, Art Farmer, Chico Freeman, Charlie Haden, Billie Holiday, Shirley Horn, Keith Jarrett, Anna Maria Jopek, Gunther Klatt & Aki Takase, Krzysztof Komeda, Charles Lloyd, Les McCann, Thelonious Monk, Mickey Neher, Michel Petrucciani, Pharoah Sanders, Helge Schneider (Album: *The Last Jazz*), Wayne Shorter, Tomasz Stanko, Stanley Turrentine, Ben Webster, vielen anderen – und von: Esbjörn Svensson (E.S.T). Der schwedische Pianist starb am 14. Juni 2008 bei einem Tauchunfall in Stockholm, während ich gerade am Auftritt des Fred Kemper Quartetts in Bratislava schrieb.

Ich bin kein Musiker, nicht einmal Noten lesen kann ich; der Quintenzirkel ist für mich mehr Quantenphysik als Musik. Ich bin, was Theorie und persönlich ausgeübte Praxis angeht, komplett unmusikalisch. Und ich bekenne mich dazu. So wie zu meinem Traum, den ich habe, seit ich vierzehn bin: Damals habe ich im Musikunterricht den Jazz entdeckt. Ich habe begonnen, Jazz im Radio zu hören, Platten zu kaufen, in Konzerte zu gehen und Clubs. Ich habe versucht, keine Jazz-Session in meiner Stammkneipe zu verpassen. Denn immer habe ich all jene beneidet, die sich dort auf der kleinen Bühne versammelten und einfach anfingen, zusammen Musik zu machen. Musik, die die Menschen, die sich vor dieser Bühne drängten, bewegte – ohne Umweg über eine Sprache, die mit den abstrakten Worten auskommen muss.

Mit diesem Roman konnte ich mir zumindest dank der Worte jenen Traum erfüllen: selber ab und an auf einer Bühne zu stehen und Saxophon zu spielen. Geholfen haben mir dabei viele Menschen, manche kenne ich persönlich, viele andere haben jene wunderbaren Bücher über den Jazz und seine Musiker geschrieben, haben Plattentexte und »Liner Notes« verfasst. Sie alle haben mir geholfen zu verstehen, was sich hinter den Stücken »theoretisch« verbirgt, die ich so oft in meinem Leben gehört habe. Ihnen, den Autoren und Fachleuten, danke ich hier, vor allem aber auch all denen, die mir geholfen haben bei meinen vielen Fragen zu den unterschiedlichsten Themen – und die mich auch nicht mit kritischen Anmerkungen verschont haben:

Eberhard, Gudrun, Nicole, Norbert, Thomas, Uli, Wolfgang, Wolfram, Yvonne und mein allerältester Freund Peter, der meine Jazz-Leidenschaft teilt – und mit dem ich in den Achtzigern zu jedem Jazz-Konzert gefahren bin, das wir uns als Schüler leisten konnten.

Ganz besonders danke ich auch meinem »Mann in Oslo«, Kai Schwind – er war mein allererster Leser und Lektor.

Danke!

Stefan Sprang

geboren 1967 in Essen, dort aufgewachsen im Süd-Viertel. Studium in Münster und Berlin. Seit 1990 freier Hörfunkautor und -redakteur. Lebt und arbeitet in Essen und Frankfurt/ Main. Für seine journalistische Arbeit bekam er den »Kurt-Magnus-Preis« der ARD. Sein 2007 erschienener Hörspiel-Monolog »helden: tot« wurde für den »Deutschen Hörbuchpreis« nominiert. 2011 erschien von ihm »Boy meets girl – oder: Die Liebe der hiesigen Menschen im 21. Jahrhundert«.

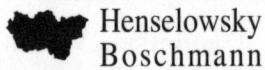